Das Leben ist kein Tanzlokal

Für H.P.E.

Peter Jackob

Das Leben ist kein Tanzlokal

Krimi

LEINPFAD
VERLAG

Die dargestellten Ereignisse sind fiktiv. Mögliche Ähnlichkeiten mit tatsächlichen Gegebenheiten oder Personen sind rein zufällig.
Die Mordkommission wurde aus erzähltechnischen Gründen in die ‚Polizeiwache Altstadt' gelegt.

Umschlag: kosa-design, Ingelheim, nach einem Foto von
Gerhard Horion, Mainz, www.horion-photographie.de
Lektorat: Angelika Schulz-Parthu, Frauke Itzerott
Layout: Leinpfad Verlag, Ingelheim
Druck: TZ Verlags & Print GmbH, Roßdorf

Leinpfad Verlag, Leinpfad 5, 55218 Ingelheim,
Tel. 06132/8369, Fax: 896951
E-Mail: info@leinpfadverlag.de
www.leinpfadverlag.com

ISBN 978-3-942291-29-3

Personenverzeichnis

Schack Bekker:	Kriminaloberkommissar
Erna Dunst:	Kriminalhauptkommissarin
Dr. Gotthilf Meiner:	Leiter der Kriminaldirektion
Dr. Walter Kur:	Leiter der Gerichtsmedizin
Dr. Maximilian Büben:	Gerichtsmediziner, Dr. Kurs Assistent
Werner Niesberg:	Polizeifotograf
Cornelia von Pfirsig:	Kriminalpsychologin
Hans-Dieter Dingmann:	Polizeibeamter
Martin Staber:	Polizeizeichner
Georg Schilling:	Leitender Oberstaatsanwalt
Günther Ender:	Polizeikommissar
Stefan Rinke:	Polizeikommissar
Helga:	Wirtin der Kleinen Stadthalle
Leo Anrim:	Goldschmied, Freund Bekkers
Reiner Kümmert:	Sozialarbeiter
Horst Steinmann:	Leiter des Heims für Bedürftige (HfB)
Martin Messmann:	Buchantiquar
Roland Lieberstock:	Aushilfsjobber, wird von Kümmert betreut
Raimund Sandner:	Pensionär, Nachbar Roland Lieberstocks
Andreas Alb:	Lehrer für Kunst und Religion
Thorsten Nüssel:	Leiter des Therapiezentrums Frauenlobstraße
Gerda Niesberg:	Frau des Polizeifotografen
Jan von Pfirsig:	Cornelia von Pfirsigs Sohn
Paul Schumee:	Schack Bekkers Nachbar

Bernd Bluhm:	ehemaliger Wirt des Weinhauses Bluhm
Erwin Löbel:	Hausmeister in der Domstraße
Anton Blögg:	Inhaber eines Waffengeschäfts
Klara Bekker:	Schack Bekkers Tochter
Ferdinand:	Stadtstreicher
Helene Säumling:	Schack Bekkers Ex-Frau

Ihm fehlt die Liebe zu den Dingen, welche er erkennt, aber er hat Geist, Kitzel und Genuss an Jagd und Intrigen [...] denn die ganze Welt der Dinge hat diesem Hungrigen keinen Bissen mehr zu reichen. (Friedrich Nietzsche, Morgenröte)

Ich will eifersüchtiger auf dich sein als ein Turteltauber [. . .] (William Shakespeare: Wie es euch gefällt)

1

Bekker und Niesberg gingen einmal die Woche am Fluss spazieren. Mal den Zwei-, mal den Drei- oder auch den Vier-Brücken-Weg. Heute hatten sie sich für die lange Variante entschieden, die sie mit einem Besuch beim ‚Schorsch' im Zollhafen abschließen würden. Sie erreichten die Eisenbahnbrücke und liefen in Richtung Kostheim. Es war ruhig in der Stadt, seit Monaten kein Mord, selbst die Zahl der Gewalttaten war ungewohnt niedrig. Am ersten Brückenpfeiler blieben sie stehen. Der Fotograf beugte sich über das Geländer und sah auf den Fluss hinunter.

»Hier ist mein Vater mit seinen Freunden in der Nachkriegszeit immer reingesprungen. War ne Mutprobe, die hatten doch was an der Erbs!«

»Da gehört schon was dazu. Überhaupt, unser Rhein.«

Bekker zündete sich eine Zigarette an und blies den Qualm in die Luft. Er roch seine Kindheit, gemeinsam mit seinem Vater auf dem Fußballplatz – Roth-Händle ohne Filter. Er hatte es genossen bei den Alten zu stehen, eine Brezel, vielleicht auch eine zweite, wenn die Laune gut war. Er dachte an seine selbst gemalte Fahne und das Rundendrehen im alten Bruchweg-Stadion. Damals hatte man in der Halbzeit noch die Seiten gewechselt. Genüsslich nahm er einen weiteren Zug. Ein Radfahrer fuhr an ihnen vorbei. Niesberg drehte sich um und sah dem jungen Mann nach.

»Dass sich erwachsene Leute so was aufsetzen, also ehrlich. Bei Kindern ist das ja noch einzusehen, aber Erwachsene. Das sind doch Weichgespülte.«

Er schüttelte verständnislos den Kopf. Bekker lehnte sich ebenfalls über das Geländer und verfolgte ein Stück Treibholz, das leicht schaukelnd auf die Theodor-Heuss-Brücke zutrieb. Der Fotograf fragte ihn nach einer Zigarette.

»Hier, du Schnorrkopp!«

»Jammer bloß nicht! Vor allem jetzt, wo du dann doch noch Hauptkommissar wirst.«

»Ich bin doch eh schon fast ein halbes Leben hintendran. Wer, in meinem Alter, ist denn noch Oberkommissar?«

»Ja, da hilft dir deine nette, umgängliche Art.«

»Arsch!«, entgegnete ihm Bekker und deutete an, weitergehen zu wollen.

Er schlenderte los und bemerkte nicht, dass Niesberg noch immer am Geländer stand.

»Sag mal, Werner, die merkwürdige Ruhe in der Stadt. Es geschieht kaum was, als wären die ganzen Leute ruhig gestellt worden. Irgendwas bahnt sich da an, das spüre ich.«

Keine Antwort.

»Werner?«

Er drehte sich nach ihm um, Niesberg war in der Nähe des ersten Brückenpfeilers stehen geblieben und hatte zu fotografieren begonnen.

»Kommst du?«

Sein Freund winkte ab, Bekker entschied, nicht zu warten. Wenn alles nach Plan lief, stand seine Beförderung demnächst an. Er durfte sich eigentlich nicht beschweren, denn er war häufig unkonventionelle Wege gegangen und hatte seine Vorgesetzten nicht nur einmal in der Öffentlichkeit schlecht aussehen lassen. Er hatte es immer geschickt eingefädelt, sodass man ihm nichts vorwerfen konnte, aber den Betroffenen war das natürlich nicht entgangen. Und doch, fand er, hätte er die Beförderung früher verdient gehabt. Seine Fähigkeiten als Ermittler waren unbestritten und über die Grenzen von Mainz hinaus bekannt, aber auch seine fehlende Teamfähigkeit, seine Launen und seine Unberechenbarkeit.

»Werner, kommst du jetzt?«, rief er ihm zu.

»Gleich, ich hab hier ein irres Motiv.«

Bekker blickte zum Dom, der wie ein steinerner Schäfer seine Häuserherde zu behüten schien. Der Fotograf lief gemütlichen Schrittes auf ihn zu und lächelte breit.

»Schack, was ist denn los?«

Eigentlich gab es wirklich keinen Grund zu drängen; warum genoss er nicht einfach den Spaziergang, die Ruhe? Die Tage zwischen Weihnachten und Neujahr waren entspannend gewesen, aber irgendwie auch nicht zu greifen.

»Die haben was Komisches«, sagte er völlig unvermittelt.

»Die wer, Schack?«

»Na, die Tage zwischen Weihnachten und Neujahr.«

»Weißt du, wie meine Mutter die Woch genannt hat?«, fragte ihn der Fotograf.

Bekker blieb stehen und sah ihn an.

»Die Gummiwoch, weil sich nichts so zieht, wie diese Tage im Jahr.«

»Ich weiß, die Gummiwoch«, wiederholte Bekker, »als ich klein war, habe ich mir das immer bildlich vorgestellt, also, dass in der Woche alles aus Gummi wäre. Häuser, Betten, Stühle, Kleider, einfach alles.«

Niesberg streckte sich, dann setzten sie ihren Spaziergang

fort. Seine Frau kam ihm in den Sinn, der Blick wanderte Richtung Rheingau. Er seufzte. Glücklich war er nicht, aber hätte er Glück ertragen? Ihm fiel auf, dass er lächelte. Ohne Gerda war er zugegebenermaßen nicht lebensfähig. Er kämpfte ungern für seine Überzeugungen, wollte seine Ruhe – nur wenn es ums Fotografieren ging, entwickelte er Energie. Und bei seinen Kindern, wenn seine Frau es zuließ.

»Schack, wann kommt denn die Erna aus dem Urlaub zurück? Sag mal, ist das wirklich so ernst zwischen den beiden?«

Der Kommissar blickte seinen Freund an.

»Meine hoch geschätzte Kollegin dürfte übermorgen wieder zum Dienst erscheinen.« Dann ließ er völlig unvermittelt fallen: »Ich denke, dass sie den Schwachkopf wirklich heiraten will. Wenn der liebe Gott es gut meint, dann hat er sich beim Skifahren ...«

»Jetzt hör aber auf! So schlimm wirds schon nicht kommen! Erinnerst du dich noch, als ihr zum ersten Mal mit dem zu tun hattet?«

»Ja, ja. Damals, die Sache an Fastnacht mit den abgeschlagenen Händen. Wenn der Kur nicht seine Auszeit genommen hätte, wären sich die beiden vielleicht nie nähergekommen. Den Kerl hab ich gleich gemocht, der ist so was von humorfrei. Begreifst du, was die Erna mit dem will? So einen kannst du nicht erfinden, selbst wenn du es versuchst.«

»E Trockebrötsche«, stellte Niesberg fest.

»E Wissbadener Trockebrötsche«, ergänzte Bekker.

»Der Fall hat deinen Aufstiegschancen in unserem Laden nicht gerade gut getan.«

Bekker winkte ab, sie hatten die Brücke hinter sich gelassen und liefen wortlos an den Schienen entlang. An der Abzweigung nach Kostheim blieb er stehen und sah seinen Freund mit ernster Miene an.

»Sollen wir einfach weiterlaufen, immer den Schienen nach? Und wenn wir nicht mehr können, setzen wir uns auf ein Bänkchen und warten.«

»Warten?«

»Na ja, warum nicht? Und dann nehmen wir irgendwann ein Taxi zurück.«

Niesberg schüttelte den Kopf. Bekker sinnierte einfach weiter.

»Was meinst du, wie weit wir kommen könnten? Rüsselsheim? Raunheim? Groß Gerau? Bis zu den Gummiadlern nach Frankfurt?«

»Nach der Gummiwoch jetzt auch noch die Gummiadler? Ich trink bei der Konditorei Oesterreich da vorne Kaffee und ess was Süßes. Und später eine Gulaschsupp beim ‚Schorsch'.«

Der Kommissar ging nicht auf seinen Freund ein.

»Aber wenn wir Pech haben, kommt uns niemand holen in der Walachei ... Und dann geht es zu Fuß zurück.«

Sie begannen den recht breiten, asphaltierten Weg nach unten zu spazieren. Nach dem Fußballplatz kamen sie an dem Minigolfplatz vorbei, auf dem nur selten jemand zu spielen schien.

»Sollen wir nicht mal wieder golfen, also, minigolfen? Im Sommer, mit einem schönen Bier und wir grillen und so weiter«, schlug Bekker vor, »das haben wir doch früher öfters gemacht.«

»Stimmt, aber da hab ich mich noch fit gefühlt. Du weißt doch, für mich gibts keinen Sport mehr, nur noch Gucksport!«

Bekker musste lachen.

»In Ordnung, Werner, ich glaube, wir lassen das besser.«

Sie überquerten schweigend die Mainbrücke. Der Kommissar hing seinen Gedanken nach, erinnerte sich an den ersten Weihnachtsfeiertag bei seiner Tochter Klara. Seine Ex-Frau war wohlweislich nicht eingeladen gewesen. Ihr Verhältnis hatte sich mittlerweile auf ein Mindestmaß reduziert. Klara war es gelungen, dass man eine Vereinbarung getroffen hatte. Keine Anwaltsbriefe seines ehemaligen Schwiegervaters mehr, keinen Streit um die Zwillinge – die Jungs durften selbst entscheiden, wann sie ihn besuchten. Man ging sich aus dem Weg, so gut dies möglich war. Wenigstens hatte sich seitdem Helenes Groll gegen ihn etwas gelegt. Es lag wohl vor allem daran, dass sie einen neuen Mann hatte, einen erfolgreichen Anwalt, ganz wie ihr Vater. Die Nachgeburt, wie ihn Bekker titulierte, schien erheblich besser als er zu seiner Ex-Frau zu passen. Allerdings ging er schon aus purem Aberglauben nicht davon aus, dass die Konflikte mit Helene jemals überwunden werden könnten. Dazu war sie zu nachtragend.

Als sie zwei Stunden später schließlich zum ‚Schorsch' kamen und es Gulaschsuppe gab, war die Welt restlos in den Fugen. Es dunkelte bereits und der Kommissar musste sich eingestehen, dass er gar nicht so froh war wie sonst, Weihnachten und Silvester überstanden zu haben. Seine Jungs hatte er im Zuge des Treffens bei Klara gesehen. Auch seine Enkelin, die zweijährige Anne. Es war einer der schönsten Tage seit Langem gewesen. Um sich das einzugestehen, hätte er vor Jahren noch ziemlich besoffen sein müssen. Klara hatte Sauerbraten zum Mittagessen gemacht und am Nachmittag gab es Kuchen. Jetzt, nachdem sie Mutter geworden war, genoss er auf einmal die Idee, Opa zu sein, eine Familie zu haben. Dieses Gefühl hatte während seiner Ehe leider nur kurz angehalten. Schon früh war die Situation mit Helene unerträglich geworden.

»Schack?«

»Werner.«

»Was geht dir durch den Kopf? Die Sabine?«

Bekker war bis vor wenigen Tagen mit einer agilen, Niesbergs Meinung nach sehr netten Frau ausgegangen, doch lag er von Anfang an richtig, sie hatte zu viel Temperament für den Kommissar gehabt.

»Was? Ach, hör doch auf! Du weißt doch, wenn etwas rum ist, ist es rum. Ich mach mir keine Gedanken mehr. Das war mal.«

»Ein Fehler, Schack, ein Riesenfehler!«

»Willst du mir was über Beziehungen erzählen? Nimm es mir nicht übel, Werner, aber das ist ja wohl ein Witz.«

Der Fotograf nahm seine Tasse in die Hand und schwenkte sie, als ob es ein schwerer Rotwein wäre.

»So, so. Ich kann dir eins sagen, wenn die Kinder nicht wären, wär alles ...«

»Werner, mal langsam, du glaubst doch nicht im Ernst, dass deine Probleme mit der Gerda nur mit den Kindern zu tun haben?«

Der Kommissar hatte schon eine weitere sarkastische Bemerkung auf den Lippen, verkniff sie sich aber. Vielleicht war sein Freund in diesem Punkt doch nicht so robust, wie er es gerne annahm. Sie bestellten zwei Bier , »um zum Abschluss zu kommen«, wie Bekker beim Zuprosten bemerkte.

Die Tür öffnete sich und Polizeikommissar Ender betrat das Lokal. Er grüßte die beiden und holte sich am Tresen einen Kaffee zum Mitnehmen. Erst schien er gleich wieder gehen zu wollen, kam dann aber zu seinen Kollegen an den Stehtisch und berichtete von einer Szenerie, die er eben gesehen hatte und die ihm nicht aus dem Kopf zu gehen schien.

»Ich werde also zum Winterhafen gerufen und finde da eine tote Taube.«

»Das ist noch nichts Besonderes, Günther«, bemerkte der Kommissar.

»Die Taube liegt auf einem großen Leintuch in einer Blutlache. Das ist doch makaber, oder?«

»Und?«, ließ Niesberg fallen.

»Was und? Ich dachte, ihr beide könntet euch das mal ansehen. Ich kann mir da keinen Reim drauf machen.«

Bekker stand eine Weile regungslos, beinahe abwesend da. Ender blickte mehrfach zwischen den beiden hin und her und wusste nicht, wie er reagieren sollte. Dann spitzte der Kommissar den Mund, bewegte den Kopf nach links und rechts und nickte.

»Ihr könnt uns mitnehmen?«

Ender bejahte und fühlte sich, als habe man ihm eine merkwürdige Last abgenommen.

2

Als sie in den Wagen stiegen, konnte sich Bekker mal wieder nicht an den Namen von Enders jungem Kollegen erinnern.

»Und du bist der ...«, fragte der Kommissar mit entschuldigender Geste.

»Polizeikommissar Stefan Rinke. Mit Namen hast du es nicht so.«

»Namen und Damen das sind echte Dramen!«

»Hör bloß auf mit der Reimerei«, warf Niesberg scherzend ein, »davon lässt du besser die Finger.«

Bekker fragte Ender, was er ihm Näheres zu dem Fund sagen könne.

»Nur, dass die Szene ziemlich skurril wirkt und völlig unklar ist, was sie zu bedeuten hat.«

»Am Winterhafen waren wir doch vor ein paar Stunden noch gewesen? Mir ist da nichts aufgefallen.«

Der Wagen passierte die Templerstraße.

»Das ‚Heim für Bedürftige'«, warf Niesberg ein, »das gibts ja schon seit Anfang der Achtziger. Da hab ich mir früher meine Trenchcoats geholt, fünf Mark das Kilo. Mein Ältester hat einen aus dem Schrank im Keller gekramt und trägt ihn jetzt auf. Gut, der sieht zwar ein bisschen verrobbt aus, aber irgendwie hat der Junge doch recht, oder meinst du nicht? Kannst du dir das Theater mit der Gerda vorstellen?«

»Uns hat das damals nichts geschadet, aber wir haben auch noch darauf geachtet, dass wir keine Werbung laufen. Heute scheint es ja vor allem darum zu gehen, die In-Marken groß und breit vor sich herzutragen. Da siehst du wieder mal wie abgebrüht die Industrie ist.«

»Hilft ja eh nichts«, versuchte der Fotograf zu beschwichtigen.

»Wo genau ist denn die Fundstelle, Günther?«, wollte Bekker wissen.

»Vorne am Victor-Hugo-Ufer, an der Spitze der Landzunge.«

Sie stiegen an der Malakoff-Terrasse aus dem Wagen, gingen zu Fuß über die Drehbrücke und hielten sich links.

»Ich hab meine Digitalkamera dabei, Schack.«

»Jetzt sehen wir uns das erst mal an. Vielleicht ist es ja nichts Dramatisches«, erwiderte der Kommissar.

Sie folgten dem Beamten. Niesberg lief ein Stück hinter ihnen. Er hatte keine Lust unvorbereitet auf diesen, wie hatte sich Ender ausgedrückt, skurrilen Fund zu stoßen.

»Hier ist es«, sagte der Polizist bestimmt. Jemand hatte ein weißes Leintuch ausgebreitet, das voller Blut zu sein schien. Darauf lag eine tote Taube. Bekker bückte sich und betrachtete das Tier genauer. Man hatte ihm die Kehle durchgeschnitten und den Kopf nach hinten gebogen. Einem Vogel!

Was sollte dieser Unsinn? Handelte es sich um einen dummen Jungenstreich? Er überlegte einen Moment und kam zu dem Schluss, dass geprüft werden musste, um was für eine Substanz es sich auf dem Tuch handelte. Im Falle von Tierblut war es lediglich eine bizarr anmutende Inszenierung. Sollte es jedoch Menschenblut sein ... der Kommissar unterbrach seinen Gedanken, als wolle er so diese Möglichkeit ausschließen.

»Ich rufe mal den Kur an. Wenn ich ihn bitte, wirft er sicherlich einen Blick darauf.«

»Den Leiter der Gerichtsmedizin?«, fragte Günther Ender erstaunt. Bekker bejahte.

»Werner, ein paar Fotos wären schon gut. Brauchst du dafür Beleuchtung?«

»Nein, das dürfte auch so gehen.«

Das Tuch lag fein säuberlich ausgebreitet da, es sah wie glatt gestrichen aus. Die Taube war darauf regelrecht aufgebahrt worden, ziemlich zentral, wie Bekker feststellte. Er stockte, sah in den grauen, schwerwolkigen Himmel und konnte sich des Eindrucks nicht erwehren, dass etwas nicht stimmte. Diese Inszenierung ergab kein Bild, schien unvollständig und wirkte wie ein Verweis auf etwas Anderes, Größeres.

Der Fotograf betrachtete seinen Kollegen, die Umgebung, das fahle Restlicht – auch er hatte ein ungutes Gefühl.

»Das sieht doch nicht nach einem Jungenstreich aus, oder?«

»Ähm, nein. Und genau das beunruhigt mich. Kommst du mit?«

»Wohin?«

»Ich will mich unten am Wasser umsehen.«

Sie liefen ein paar Meter in Richtung Eisenbahnbrücke und gelangten über die Steintreppe auf die gemauerte Uferumrandung, die der Böschung vorgelagert war. Bekker ging langsam voran, in der Hand hielt er die von Polizeikommissar Ender geliehene Taschenlampe. Obgleich es ein ruhiger, fast nervtötend ruhiger Abend mit dickem Wolkenteppich war, der einem suggerierte, dass die Welt eine Pause einlegte und nichts als Ruhe einforderte, empfand er eine bedrohliche Spannung. Er strich durch sein Haar und blieb stehen. Niesberg drängte sich an ihm vorbei, griff sich die Taschenlampe und umrundete die Uferspitze. Dann hörte der Kommissar das hastige »Komm mal her, Schack« seines Freundes. Als er ihn erreicht hatte, deutete der Fotograf auf den Boden.

»Das glaubt man doch wirklich nicht, guck dir das mal an!«

Vor ihnen lag ein toter Hund, die Gedärme waren auf den Gehweg gequollen und sein Blut lief in einem dünnen Rinnsal in den Rhein. Wie lange lag der Hund schon da? Bekker zog sein Taschentuch aus dem Mantel und berührte das Tier, es war noch nicht ganz kalt.

»Nicht lange her«, brummte er vor sich hin.

Niesberg war wütend. Er hatte selbst einen Hund, den er liebte, Bauz. Das Tier war ihm bei einem Spaziergang in der Nähe von Elsheim zugelaufen. Bauz war seinem Herrchen treu ergeben und reagierte außerordentlich beißwütig, wenn ihm eine fremde Person oder ein anderer Vierbeiner nicht behagte. Niesberg bekam seinetwegen regelmäßig Probleme, auch weil er ihn bei jeder möglichen und unmöglichen Gelegenheit mitnahm. Heute war eine Ausnahme, denn Bauz war lauffaul und er hatte keine Lust, das Tier einen großen Teil der Strecke zu tragen. Seine Frau drängte schon seit Jahren darauf, ihn wegzugeben, doch der Fotograf war in diesem Punkt nicht umzustimmen. Eigentlich befürchtete er jeden Tag, Bauz bei seiner abendlichen Heimkehr nicht mehr anzutreffen.

»Schack?«, blaffte er den Kommissar an.

Bekker ahnte, worauf Niesberg hinauswollte.

»Keine Ahnung, was das zu bedeuten hat, überhaupt keine. Aber da hat jemand schwer was am Sträußje.«

Bekker ließ sich von seinem Freund die Taschenlampe geben und ging noch ein Stück weiter. Aber da war nichts mehr, zumindest nicht auf den ersten Blick. Niesberg tauchte neben ihm auf.

»Und, hast du noch was gefunden?«

Er schüttelte entschieden den Kopf. Was sollte das? Ein Streich oder ein schlechter Scherz? Dafür war die Szenerie zu geschmacklos und schien doch zu durchdacht; und zwar auf eine bedrohliche Weise durchdacht. Sie liefen zurück und blieben an den Stufen stehen, die vom Uferrand nach oben führten.

»Ich hab ein schlechtes Gefühl bei der Geschichte. Selbst, wenn das alles nichts weiter bedeutet, dann ist das trotzdem krank.«

Bekker nickte, als stimme er seiner eigenen Bemerkung zu, nahm sich eine Zigarette und gab Niesberg auch eine. Er rauchte wieder deutlich mehr, das musste der Stress sein. Dr. Meiner, sein Intimfeind und Vorgesetzter, war mittlerweile – wie nicht anders zu erwarten – die Karriereleiter nach oben gefallen und zum Leiter der Kriminaldirektion ernannt worden. Und wenn er es recht bedachte, tat dieser mehr denn je dafür, ihm das Leben zu erschweren.

»Meinst du, da kommt noch was?«, unterbrach Niesberg seinen Gedanken.

»Ich vermute leider ... ja.«

»An Neujahr? Fast so beschissen, wie die Sache damals an Fastnacht.«

Der Kommissar sah ihn an und zog an seiner Zigarette.

»Das war doch auch der erste Tag vom Kloppo als Betreuer von den 05ern? Wenn man überlegt, was sich daraus entwickelt hat – wenn das alles nicht geklappt hätte, also, mit dem Aufstieg am Ende, dann wären wir heute das zweite Hessen Kassel. Und so was schlägt aufs Gemüt, aufs Selbstverständnis. Das hätte selbst uns Mainzer durchgeschüttelt!«

»Ich red von den toten Frauen und deiner Nicht-Beförderung.«

»Kann mich nicht mehr so richtig dran erinnern.«

Niesberg hatte damals tatsächlich den Eindruck gehabt, als wäre es Bekker egal gewesen. Aber mittlerweile war das anders.

»Und warum willst du sie jetzt?«, wollte er von seinem Freund wissen.

»Jetzt, so kurz vor der Beförderung, macht man sich so seine Gedanken. Was hätte sein können, was wäre möglich gewesen? Ich weiß zwar, dass das Schwachsinn ist, aber es zehrt doch an einem. Die Gier, Werner, die Gier!«, presste der Kommissar heraus, als würde er den sterbenden Kurz in »Apocalypse Now« imitieren.

»Heißt das im Film nicht ‚das Grauen', Schack?«

»Grauen ist doch nichts weiter als die Folge der Gier«, dozierte der Kommissar.

»Du Schwätzer«, setzte Niesberg feixend hinzu.

Eine Weile sprachen sie kein Wort, dann kam Bekker wieder auf die toten Tiere zurück. Der Fotograf blickte auf den Rhein in Richtung Theodor-Heuss-Brücke.

»Jemand schneidet einer Taube die Kehle durch und einem Hund den Bauch auf. Und das an Neujahr? Ja, da steckt mehr dahinter, das ist nicht nur ein übler Scherz. Was ist das eigentlich für ein Hund?«

Niesberg als Hundebesitzer wusste wahrscheinlich Bescheid.

»Ne Straßenmischung.«

»Ein Bastard?«

»Für mich sind das Straßenmischungen, Schack. Ich würde mal vermuten, in ihm steckt was von einem Pudel und was von einem Schnauzer.«

Sie gingen zurück zur Inselspitze.

»Ich mach noch schnell die Fotos.«

Ender kam zu Bekker.

»Schack, hast du was am Wasser entdeckt?«

»Einen toten Hund, dem man den Bauch aufgeschlitzt hat. Der Werner wird das auch noch aufnehmen.«

»Gibt es eine Spur oder einen Hinweis, dem wir nachgehen sollten?«

»Nein, bisher haben wir nur die Tiere. Und den Blutfleck auf dem Leintuch. Wir müssen wissen, ob es sich um richtiges Blut, ich meine, um Menschenblut handelt.«

Ender verzog den Mund. Der Kommissar entschied, die Intuition seines Kollegen zu testen.

»Wie ist denn dein Eindruck? Was glaubst du, steckt dahinter?«

Der Polizist tippte sich mehrfach mit dem Zeigefinger an die Nase und kniff die Augen zusammen, als würde er etwas in der Ferne zu fixieren suchen.

»Wenn du mich so fragst, würde ich vermuten, dass die Tiere für irgendwas stehen.«

»Aha, und für was?«

»Charaktereigenschaften.«

»Charaktereigenschaften?«

Bekker war so verblüfft, dass er nur die Bemerkung wiederholte.

»Interessant, ich hatte das von einer ganz anderen Warte aus gesehen.«

Ender sah ihn an, darauf wartend, dass Bekker ihn aufklärte. Dieser zögerte erst kurz, bevor er antwortete.

»Die entscheidende Frage ist doch: Waren die Tiere schon tot, oder wurden sie getötet? Der Hund war noch nicht ganz kalt und das deutet natürlich auf Tötung hin, aber er könnte ja auch auf natürliche Weise gestorben sein und das hier ist nur irgendeine merkwürdige Zeremonie, was weiß ich. Menschen machen die unglaublichsten Dinge. Wenn die Tiere schon tot waren, dann sehe ich die Sache recht gelassen. Hat jedoch jemand Hand angelegt, dann Obacht!«

»Aha, na gut. Du wirst schon wissen, was zu tun ist. Was bin ich froh, dass ich mich mit so etwas nicht herumschlagen muss.«

Der Dienstwagen des Gerichtsmediziners Dr. Walter Kur hielt neben ihnen. Bekkers Freund ließ die Scheibe wegen der Kälte nur ein kleines Stück herunter.

»Na, Schack. Hast du das hier angerichtet? Nur weil du es bist, komme ich höchst persönlich vorbei. Ich habe ohnehin genug von der Feierei, ich fühle mich wie gemästet.«

»Was schlägst du auch so zu.«

Kur stellte den Wagen ab, griff seinen Koffer und stieg aus.

»Und, wie hast du Silvester gefeiert?«, wollte er von Bekker wissen.

»Alleine auf dem Balkon, ganz in Ruhe. Aber am ersten Weihnachtsfeiertag war ich bei Klara, mit der kleinen Anne, ihrem Mann und meinen Jungs. War schön, ich muss es einfach mal sagen.«

»Du kommst nach all den Jahren doch noch auf den Geschmack. Sie kriegen uns alle.«

»Wer, sie?«

»Na, die Höhlenbastlerinnen.«

»Walter, komm, halt die Klappe und guck dir das an. Ehrlich gesagt, irritiert mich das ganze Szenario.«

3

Am Fundort sahen sie, wie Werner Niesberg versonnen vor dem Leintuch stand und den toten Vogel betrachtete.

»Werner?«

»Grüß dich, Walter.«

»Wie siehts aus?«

»Also, ich komm damit nicht klar. Irgendwas stimmt nicht ... ach, Scheiße.«

»Ich sehe mir das gleich mal genau an«, sagte der Gerichtsmediziner bestimmt. Bekker winkte Niesberg zu sich, er wollte wissen, was ihn an dem Anblick des Leintuchs so gefesselt hatte.

»Da steckt System dahinter, Schack. Wann kommt die Erna nochmal aus dem Urlaub?«

»Das hast du mich doch heute schon Mal gefragt. Übermorgen dürfte sie wieder da sein. Endlich!«

Niesberg sah seinen Freund an und grinste unmissverständlich. Schon mehrfach hatte man Erna und ihm angedichtet, ein Verhältnis gehabt zu haben. Tatsächlich hatte sich das nie bewahrheitet, obwohl es zwei-, dreimal fast dazu gekommen war. Bekker fand Erna anziehend, eine herbe Schönheit, die sich für ihn am deutlichsten in den kurzen Haaren und ihrem ironischen Wesen widerspiegelte. Und ihre Figur war ..., er sah an sich herunter und holte tief Luft. Eigentlich musste er Diät halten. Wie um alles in der Welt konnte er überhaupt einen solchen Gedanken haben?

»Walter, hör mal, wir gehen kurz was trinken. Vorne in dem Café im Malakoff, da können wir auch rauchen. Kommst du nach?«, fragte ihn Niesberg.

Der Gerichtsmediziner nickte kurz und war schon wieder mit dem Tuch und der Taube beschäftigt.

»Ach so, der Herr Niesberg hat entschieden, dass wir was trinken gehen?«, warf der Kommissar ein.

»Etwa nicht?«

Die beiden liefen gemächlich in Richtung Fort Malakoff.

»Sag mal, das hab ich ja völlig vergessen, wie lief denn eigentlich Heiligabend bei dir ab?«, wollte Bekker von seinem Freund wissen.

»Es übliche. Stress, Theater wegen der Geschenke, die Kinder kamen nicht bei. Um sieben haben wir beide uns dann vors Bäumsche gehockt, bis die Herrschaften um Viertel vor acht da waren. Man kanns doch eh keinem recht machen. Und dann ist der Gerda noch es Hinkel angebrannt. Ich kann dir sagen, da war was los.«

Der Kommissar fühlte eine gewisse Genugtuung.

»Manchmal denkt man ja ganz kurz, es fehlt einem was, wenn an Heiligabend niemand da ist und man allein im Wohnzimmer hockt. Aber wenn ich dann so Sachen hör, gehts mir gleich besser.«

»Bist einfach ein Simpel.«

Sie setzten sich an einen der Tische und bestellten, Niesberg Pils, Bekker Rieslingschorle. Dem Kommissar kam mit einem Mal der tote Hund wieder in den Sinn – dieser eigenartig stille Tod, der sich in diesem blutigen Rinnsal manifestierte, das in den Rhein lief – darin lag etwas zutiefst Brutales, Gemeines.

»Werner?«

»Ja, Schack.«

»Die Sache mit dem Hund ...« Der Kommissar überlegte, wie er den folgenden Satz am besten formulierte. Er wartete noch einen Augenblick, bis er mit leiser, ruhiger Stimme die Frage stellte.

»Was geht in dir vor, wenn du so was siehst?«

»Was soll denn in mir vorgehen? Du meinst, was ich fühle? Ich krieg Aggressionen.«

Niesberg stellte sein Bier ab und sah Bekker mit erstauntem Blick an, als würde er jetzt erstmals einen klaren Blick auf die Ereignisse haben.

»Ich bin einfach davon ausgegangen, dass der Hund schon tot gewesen sein musste!«

»Und warum?«

»Weil«, der Polizeifotograf hielt inne, »weil man das nicht wahrhaben will, also, wenn das anders wär. Oder«, Niesberg pausierte erneut, »oder das Tier war krank. Aber was soll dann der aufgeschlitzte Bauch?«

»Warte mal.« Bekker zog sein Handy aus der Tasche und rief Kur an.

»Walter, kannst du mir schon etwas über den Hund sagen?«

»Er war wohl nicht tot, als man ihn aufgeschlitzt hat. Aber das ist noch nicht spruchreif.«

»War der Hund vielleicht krank?«

»Wie kommst du denn darauf? Also, auf den ersten Blick nicht.«

Damit endete das Gespräch.

»Und?«

»Er geht davon aus, dass er noch gelebt hat.«

»Was für ein krankes Schwein schneidet einem Hund bei lebendigen Leib den Bauch auf! Wenn ich den Drecksack zwischen die Finger bekomm!«

»Und dann? Willst du ihm dann auch den Bauch aufschlitzen?«

Der Fotograf sah ihn mit erstaunter Miene an.

»Warum ... eigentlich ... nicht.«

»Quatsch nicht so einen Stuss.«

Nach einer Weile entschieden sie, noch zum Weinhaus Wilhelmi in die nahegelegene Altstadt zu gehen. Nachdem sie Kur informiert hatten, machten sich die beiden auf den Weg, der Gerichtsmediziner folgte wenig später mit dem Wagen. Sie fanden rechts neben dem Eingang an dem runden Tisch Platz, wo sie schon viele Male gesessen hatten.

Bekker trank in letzter Zeit meistens Rieslingschorle. Bier ging auf die Hüften und Wein pur vertrug er nicht mehr besonders gut. Vielleicht würde sich ja sein Magen wieder beruhigen und das nächtliche Sodbrennen verschwinden. Das ist dein Pförtner, Schack, hatte ihm Kur gesagt. Abends keinen Kaffee mehr und überhaupt, trink viel Wasser ohne Kohlensäure, hatte er ihm geraten. »Das gibt Läus in de Bauch«, war Bekkers einziger Kommentar gewesen.

Niesberg trank Silvaner im Schoppenglas. Aber nicht die üblichen 0,2 Liter, sondern er verdoppelte diese und nannte es in Anlehnung ans Piffchen, das ja nur die Hälfte der üblichen 0,2 Liter waren, ein Paffchen. »Weils so schön knallt, paffpaff«, sagte Niesberg und lachte wie gewöhnlich am lautesten über seine Witzelei. Kur nippte genüsslich an einem Spätburgunder. Während der Wintermonate kam für ihn nur Rotwein in Frage.

»Walter, kannst du dir nen Reim auf die getöteten Tiere machen?«, wollte Niesberg wissen.

»Die Taube auf dem Leintuch wirkt wie inszeniert, wie in ein Bild gesetzt sozusagen. Es ist auch keine gewöhnliche Taube, sondern eine Turteltaube. Und der Hund? Das ist einfach nur abschreckend. Da unten am Ufer, das hatte eine andere Qualität. Generell erschreckt mich die Grausamkeit und die Tatsache, dass es an Neujahr passiert ist.«

»Vielleicht war das eine Gegenreaktion auf die Besinnlichkeit«, gab Bekker zu bedenken. »Ich denke, du hast ganz recht, Walter, diese Sache mit dem Hund wirkt einfach nur brutal.

Nicht zu vergleichen mit der Taube, also der Turteltaube. Dieser Unterschied könnte durchaus eine Rolle spielen.«

»Schon möglich. Turteltauben leben eigentlich immer als Paar und bleiben ihr Leben lang zusammen«, erklärte ihm Kur.

»In jedem Fall ist das so was von abartig, ich könnt dem Kerl ...«, ereiferte sich der tierliebende Fotograf erneut.

»Werner, es bringt doch nichts sich aufzuregen. Fest steht, dass die Sache etwas Sadistisches hat, und es fraglich ist, ob es dabei bleibt. Erst hatte ich noch gehofft, dass es ein bösartiger, dummer Streich war. Jetzt bin ich mir aber nicht mehr sicher«, Bekker griff nach seinem Schoppenglas, »wer weiß, was da dahintersteckt.«

»Lass uns erst einmal meine Ergebnisse wegen des Bluts auf dem Leintuch abwarten. Hoffentlich ist es kein Menschenblut«, warf Kur ein.

»Und wenn der Täter das Hundeblut nur für das Leintuch benötigt hat? Das würde doch bedeuten, dass die Turteltaube symbolischen Charakter hat, ganz im Gegensatz zu dem Hund«, bemerkte der Kommissar.

Sie schwiegen, auch weil alles gesagt zu sein schien. Damit beschloss die kleine Runde das Gespräch über die Vorkommnisse am Hafen. Als sie um kurz vor Mitternacht das Lokal verließen und sich verabschiedeten, nieselte es leicht.

4

Der Sonntag nach Neujahr brachte nicht viel Neues. Einzig der Anruf eines befreundeten Kollegen aus Freiburg lenkte den Kommissar ein wenig ab. Er wollte Bekkers Meinung über einen vor den Festtagen spurlos aus dessen Backstube verschwundenen Bäckermeister einholen wollte. Das Ungewöhnliche hierbei war gewesen, dass dieser wohl die Arbeit von der einen auf die andere Sekunde abgebrochen haben musste, denn es waren noch Brötchen im Ofen gewesen. Aber es war wohl kein überstürzter Aufbruch gewesen, weil der Mann seine Tasche gepackt und offensichtlich nichts hatte liegen lassen. Nur war er eben kurz darauf wie vom Erdboden verschluckt. Bekker musste passen, er konnte sich auch an keinen eigenen Fall erinnern, der als Hinweis für seinen Freund Loip hätte dienen können.

Zum Fund der toten Tiere hatte Kur angekündigt, dass die Ergebnisse am morgigen Tag vorliegen würden. Bekker hatte nach wie vor den Eindruck, dass die Tat nicht für sich alleine stand. Immer wieder ging ihm die so eigenartig in Szene gesetzte Taube im Kopf herum. Der merkwürdig nach hinten gedrückte Kopf, er konnte sich nicht recht mit dem Bild anfreunden.

Am Abend machte er sich Spaghetti, die er in gebratenen roten Zwiebeln, Oliven, Zucchini und Speck schwenkte. Dazu trank er ausnahmsweise einen Rotwein und legte, was nicht allzu häufig vorkam, eine Oper auf. Die Entscheidung war schnell auf »Figaro's Hochzeit« gefallen. Als er gegen Mitternacht auf dem Sofa erwachte, verspürte er eine leichte Übelkeit, sein Magen machte ihm in der letzten Zeit immer wieder zu schaffen. Der Kommissar stand auf und zog sich an, er wollte noch einen Spaziergang zum Rhein machen, die frische Luft würde ihm gut tun. Kurz darauf stand er auf dem Gehweg am Graben Ecke Neutorstraße und sah in den tiefhängenden Himmel. Alles deutete auf Schnee hin. Er liebte die Vorstellung einer gänzlich eingeschneiten Stadt, auch wenn dies, rein beruflich betrachtet, mehr Arbeit und einigen Ärger bedeutete.

Bekker räusperte sich und ging los. Federnden Schritts und

der Kälte wegen konsequent durch die Nase atmend, näherte er sich dem Rhein. Eigentlich hätte man wegen der Sache am Winterhafen nicht so ein Theater machen müssen. Aber die subtile Brutalität und die scheinbare Sinnlosigkeit der Taten, vor allem jedoch das blutige Leintuch hatten ihn dazu bewogen, Kur zu bitten, vorbeizukommen und sich das anzusehen. Er erreichte das Ufer, setzte sich kurz auf einen der tropfenförmigen, metallenen Anleger und blickte auf den Rhein hinaus.

»Da ist einem die Sicherung durchgebrannt«, sagte er langsam vor sich hin.

Er stand auf und überquerte er die Drehbrücke. Eine Ratte hastete vom Ufer über die Wiese zum Hafenbecken. Die Luft roch schwer. Der Kommissar musste an unerfüllte Lust denken, was ihn irritierte. Es wird schneien, dachte er und lief zur Fundstelle des Lakens. Die von Ender geliehene Taschenlampe steckte noch in seiner Jacke. Bekker wusste, warum er zurückgekommen war, dieser Vorfall hatte etwas Krankhaftes – die durchgeschnittene Kehle der Turteltaube, das blutige Leintuch. »Frei wie ein Vogel – vogelfrei«, sagte er völlig unvermittelt vor sich her. Er lief am Wasser entlang in Richtung Eisenbahnbrücke. Im Blick hatte er das Gebäude der Rheinschiffer. War die Taube ein Zeichen für etwas weit Schlimmeres? Und bedeutete dies, dass jemand ein Katz- und Mausspiel im Sinn hatte? »Psychokram«, murmelte er. Das fehlt jetzt noch zum Jahresanfang. Und so kurz vor der Beförderung. Einen Augenblick erstaunte ihn sein Gedanke, der ihm in früheren Jahren nie in den Sinn gekommen wäre. Der Kommissar war auf der Höhe des Hauses der Rheinschiffer und hielt inne. Er richtete die Taschenlampe auf die Seitenwand des Hauses – am Rande der Böschung befand sich einer hölzerner Unterstand, den Stadtstreicher während der wärmeren Monate gerne zum Schlafen nutzten.

Bekker ging am Gebäude vorbei und bemerkte erst gar nicht, dass er zu summen begonnen hatte – er schaute ein wenig ungläubig an sich herunter und schüttelte den Kopf. War ihm etwa unheimlich? Die kleine Steigung, dann war er wieder auf dem oberen Weg. Erneut blieb er stehen und sah sich um – warum diese Inszenierung, fragte er sich. Er lief zurück zu dem Haus. Hier war der Ort, hier musste es sein, er konnte es regelrecht fühlen. Bekker lief auf den Eingang zu, bewegte sich nach links zur Böschung hin und leuchtete in den schmalen Bereich zwischen Haus und Erdwall. Nichts. Und doch, hier war etwas passiert. Er blickte in den Himmel und über die Bäume der oberen Straße zum Dach des Hauses.

»Ach, du Scheiße«, stieß er aus.

Da saß tatsächlich ein Mann mit nacktem Oberkörper gegen den Schornstein gelehnt.

»Hallo, Sie da oben! Können Sie mich hören?«

Dann sah Bekker die feine rote Linie, die sich vom Herz über Brustkorb und Bauch schlängelte. »Herzstich«, grummelte er vor sich hin.

Er rief im Kommissariat an und leitete die notwendigen Schritte ein. Eigentlich hätte er am Tatort bleiben sollen, aber die Kälte zwang ihn dazu, ins Malakoff zu gehen, um sich aufzuwärmen. Sein Handy klingelte.

»Bekker. Mord.«

»Was ist denn jetzt wieder los?«

Es war Niesberg, den man wohl informiert hatte und der sich verschlafen anhörte.

»Ich brauch dich, Werner! Und zieh dich warm an, ich meine, du wirst schon sehen.«

Er hörte, wie der Fotograf leise aufstöhnte und gleich darauf gähnte.

»Schlimm?«

»Schlimmer«, antwortete der Kommissar.

Niesberg legte kommentarlos auf. Bekker war wieder nach draußen gegangen. Auf dem Weg zum Gebäude der Rheinschiffer sah er einen Wagen mit Blaulicht heranfahren. Er ging ohne abzuwarten weiter und über die Drehbrücke. War der Mann aus freien Stücken auf das Dach geklettert? Nein, so etwas tat sich niemand freiwillig an.

»Der hockt auf dem Giebel wie ein Wettergickel«, stellte er kopfschüttelnd fest.

5

Kur kam mit seinem Wagen angefahren. Bekker beobachtete, wie dieser schwerfällig ausstieg und seinen Mantel noch enger, als er das ohnehin immer tat, um den Körper schlang. Er hatte den Kommissar noch nicht entdeckt.

»Schack?«, rief er.

»Hier unten, Walter!«

»Wo ist der Mann?«

»Auf dem Dach, Richtung Eisenbahnbrücke.«

Der Gerichtsmediziner ging ein paar Schritte zurück und blieb dann stehen, griff sich an die Stirn und atmete laut aus.

»Kannst du mir mal sagen, warum du wieder hier bist? Und wie hast du den Mann da oben entdeckt? Den sieht man doch auf den ersten Blick gar nicht!«

»Bauchgefühl. Mir hat das alles nicht eingeleuchtet.«

Die Mitarbeiter der Spurensicherung trafen ein, der Mediziner lief die Böschung herunter und kam zu Bekker.

»Ja?«, brummte der Kommissar.

»Was ja?«

»Du wolltest was sagen.«

Kur schwieg einen Moment und sah erneut zum Dach hinauf.

»Halbnackt? Hier? Und die toten Tiere da vorne?«

»Wir brauchen den Psychoonkel, oder?«

Kur nickte.

»Du weißt doch, der Onkel ist eine Tante!«

»Vielleicht macht das besser die Erna. Diese Frau quatscht und quatscht – und wenn es konkret wird, sollst du die Verantwortung übernehmen. So jemand kann ich leiden …«

»Schack, das ist eine Kollegin von mir.«

»Ja, ja. Ärzte und ihre Kollegen.«

»Cornelia von Pfirsig ist sehr gut in ihrem Job. Lass dich mal auf sie ein.«

»Komm, ist gut jetzt. Verschon mich noch ein paar Stunden.«

Ihm war klar, dass er mit ihr würde zusammenarbeiten müssen. Sich das Gegenteil einzureden, machte die Sache jedoch für den Moment erträglicher.

»Ich glaube nicht, dass sich das umgehen lässt. Hier geht es nicht nur um ein Gutachten, Schack.«

Bekker ließ Kur stehen und lief in Richtung obere Uferpromenade. Man hatte bereits begonnen, die Fundstelle zu sichern und die Beleuchtung aufzubauen. Niesberg kam mit seinem verbeulten Alfa die Straße entlang und kurbelte das Fenster herunter.

»Du konntest dich nicht einfach mal ins Bett legen, Schack? Dein Kopf gibt wohl nie Ruhe!«

»Guck dir das mal an, dann weißt du, dass es gut war, dass wir hier zuerst aufgetaucht sind.«

Niesberg schloss das Fenster, parkte den Wagen und stieg mit seinem Arbeitskoffer unterm Arm aus. Bekker führte ihn an eine Stelle, von wo aus man den Mann mit dem entblößten

Oberkörper auf dem Dach sehen konnte. Er stieß einen Pfiff aus und blickte wie gebannt auf den Toten.

»Das kann ja wohl nicht wahr sein!«

»Ich fürchte schon. Und wir müssen da hoch und uns das ansehen. Am besten durch das Dachfenster. Für morgen früh lassen wir dann so eine Haulotte, also Teleskopbühne kommen.«

Bekker sah auf seine Uhr, halb zwei. Er ging zur Eingangstür, an deren Schloss Kratzspuren zu erkennen waren. Der Kommissar klopfte mehrfach, aber wie zu erwarten war, machte niemand auf. Er informierte einen der Streifenbeamten, dass die Tür geöffnet werden müsse, was innerhalb weniger Minuten geschah. Im Eingang roch es muffig. Wird bestimmt nur in den warmen Monaten genutzt, dachte er und begann sich umzusehen.

»Der Tote kann nur über die Treppe aufs Dach gebracht worden sein«, sagte er laut vor sich hin. Walter Kur stand in der Tür und wartete. Gleich würde der Kommissar nach ihm rufen, natürlich ohne sich umzudrehen oder nach draußen zu gehen. Wie immer, wenn er eine Spur verfolgte. Bekker bückte sich und hob etwas von der ersten Treppenstufe auf.

»Walter! Walter, komm mal, ich brauch dich!«

Der Gerichtsmediziner kam leise näher und beobachtete seinen Freund, der ihn jetzt wieder rief, ungeduldiger als eben noch. Er schien vollkommen vertieft zu sein und gänzlich mit dem Fund in seiner Hand beschäftigt.

»Hier sind mindestens zwei Leute hochgegangen«, dozierte er vor sich hin. Ein weiteres Mal rief er nach Kur und drehte sich plötzlich um, sein schrilles »Ha!« erfüllte den Flur. Bekker wäre ihm am liebsten an die Gurgel gesprungen.

»Schau dir das mal an.«

Der Gerichtsmediziner trat neben ihn und begutachtete den Gegenstand, der in Bekkers behandschuhter Hand lag.

»Ein Dolch? Verziert? Sieht recht alt aus.«

»Genau, und wahrscheinlich gehört er dem Mörder. Könnte wetten, dass er damit die Tiere getötet hat.«

»Und wahrscheinlich auch unseren Mann auf dem Dach«, fügte Kur hinzu, zog einen Plastikbeutel aus seiner Tasche und verstaute die Stichwaffe darin.

»Kommst du mit?« Bekker deutete die Treppen nach oben.

»Bin gleich wieder da, ich bringe das nur schnell ins Auto.«

Im ersten Stock des kleinen Hauses der Rheinschiffer fand sich eine Wohnküche mit der früher häufig anzutreffenden Eckbank und einem Herd samt wackliger Spüle. Ihm fiel das Surren des Kühlschranks auf. Jemand kommt regelmäßig her, dachte er. Wobei es hier saukalt ist. Er öffnete ihn: ein halbes Brot, Butter, eine Dose Wurst, nicht angebrochen, und ein abgepacktes Steak. »Sieht noch essbar aus«, überlegte er und stellte sich Bratkartoffeln und Röstzwiebeln dazu vor.

Am hinteren Ende des Raums befand sich eine Tür. Er zog es jedoch vor, erst einmal einen Blick aus dem Fenster werfen, das auf den Rhein hinausging. Schritte auf der Treppe wurden laut und Kur betrat mit zwei Mitarbeitern der Spurensicherung die Wohnküche. Der Gerichtsmediziner gab einem der beiden Anweisungen, dann ging er zu dem zweiten Zimmer durch, Bekker und der weitere Mitarbeiter folgten ihm. Es hatte einen fast quadratischen Grundschnitt, der nicht recht zu dem länglichen, schmalen Haus passen wollte. Eine Matratze samt Schlafsack, mehrere alte Zeitungen, die fein säuberlich gestapelt waren, und ein MP3-Player lagen herum. Am Fußende des Betts lagen Kleider.

»Sind bestimmt vom Toten«, bemerkte Bekker.

»Und hier liegt ein Buch«, bemerkte der Mann von der Spurensicherung und las den Titel vor: »Morgenröte. Von Nietzsche. Sind irgendwelche kurzen Texte.«

»Ich nehme das mit und sehe es mir mal an«, entschied der Kommissar.

Kur tippte ihm auf die Schulter und deutete an die Decke, eine Luke war zu sehen, die auf den Dachboden führte. Ein Spurensicherer hatte den passenden Stock gefunden, mit dem er sie öffnete und die Leiter auszog.

»Das ist alles nicht gut. Essen im Kühlschrank, Matratze und Schlafsack, präzise aufeinander liegende Zeitungen, dieses Buch und die Kleider des Toten!«, zählte der Kommissar sichtlich genervt auf.

Er stieg zum Dachboden hinauf, der nicht sonderlich hoch war. Man konnte sich nur gebückt oder auf den Knien fortbewegen.

»Das machen meine Knochen nicht mehr lange mit, so was nicht. Und mein Kreuz sowieso nicht!«, maulte er.

Kurs Kopf ragte in den Raum hinein, er musste beim Anblick Bekkers schmunzeln, verkniff sich aber die fällige Bemerkung.

»Scheiße«, brüllte dieser plötzlich und sank auf die Knie, »ich hab es so satt!«

Der Gerichtsmediziner kletterte nach oben, ignorierte den Gefühlsausbruch und machte sich am Dachfenster zu schaffen, das schließlich aufsprang. Jetzt erreichte auch Niesberg den Speicher, Bekker saß noch immer auf den Knien und stierte auf die Dielen, ohne den Blick zu heben. Der Fotograf machte ein Bild von seinem Freund und nickte. Dann begutachtete er den Raum, der neben ein paar alten Kisten und Tüten, die jedoch staubig waren und aussahen, als seien sie seit Jahren nicht angerührt worden, nichts von Interesse zu beinhalten schien. Niesberg fotografierte die Spuren auf dem Holzboden. Bekker kam hinzu und besah sie sich. Erst von zwei Personen, dann verwischter Staub; hier schien das Opfer zusammengesunken zu sein, und weiter eine Schleifspur zum Fenster. Aber kein

Blut. Der Mörder hatte sein Opfer wahrscheinlich im Einvernehmen heraufgelotst. Möglicherweise hatte ein verabreichtes Beruhigungsmittel hier oben zu wirken begonnen. Sehr gut möglich, dachte der Kommissar.

»Werner, komm bitte mal her«, Walter Kur deutete mit der einen Hand auf das Dach und mit der anderen winkte er den Fotografen zu sich. Niesberg erschien neben ihm an der Luke.

»Hier wurde der Tote abgelegt und da muss der Mörder nach draußen geklettert sein.«

Kur deutete auf zwei Stellen vor ihm und zeigte anschließend auf den toten Mann, der gegen den Kamin gelehnt saß.

»Er muss ihn übers Dach gezogen haben. Wahrscheinlich hat er ihm die Hände mit einem Seil zusammengebunden und ihn so zu der Stelle manövriert. Auf den Dachtritten hatte er ja genug Halt. Oder er hatte Hilfe. Aber das sehe ich ja gleich. In jedem Fall ist das Opfer erst dort oben erstochen worden, sonst hätte das Blut Spuren hinterlassen. «

»So einen Wahnsinn bekommst du doch sonst nur im Film zu sehen!«, wandte Niesberg ein.

Bekker drängte sich an ihnen vorbei und sah sich den Toten auf dem Dach an.

»Aber es ist doch trotzdem eindeutig, oder?«, warf er ein.

Sie schauten ihn einigermaßen überrascht an.

»Du willst mir doch nicht sagen, dass du eine Ahnung hast, was das zu bedeuten hat?«, schaltete sich Kur ein.

»Einer muss raus aufs Dach«, lenkte der Kommissar ab.

»Und das bist nicht du bei deiner Höhenangst«, unterbrach er ihn. Inzwischen hatte man einen Stuhl unter das Fenster gestellt; anschließend wurden der Gerichtsmediziner und ein Kollege der Spurensicherung mit Gurten gesichert und kletterten hinaus. Bekker stellten sich schon beim bloßen Anblick die Haare auf. Er würde sich noch einmal das Zimmer mit der

Matratze ansehen. Unten angelangt, begann er es systematisch zu durchsuchen. Ein leerer Aschenbecher in Form einer gläsernen Hand fand sich neben dem Bett. Die Dinger sind doch mindestens dreißig Jahre alt, dachte er, der ist mit Sicherheit hier aus dem Haus. Er stellte ihn auf den Tisch und redete vor sich hin.

»Und, er ist ausgewischt worden. Wahrscheinlich raucht der Mörder. Oder das Opfer?«

Er stellte sich in den Türrahmen zur Küche und blickte in das Zimmer, rechts das Fenster, das zum Fluss zeigte, die Matratze lag dahinter. Ein Holzstuhl, ein kleiner, wackliger Holztisch, auf dem ein paar Brotkrumen lagen, die noch nicht ganz hart waren. Keine Frage, hier hatte noch vor wenigen Stunden jemand gesessen und sich gestärkt. Opfer oder Täter, Opfer oder Täter, sagte er immer wieder in Gedanken vor sich hin.

»Täter«, bemerkte er schließlich und ging nach unten, um zu rauchen. Der Kommissar lief, den Geschmack der Zigarette genießend, um das Haus herum. Er sah, wie Kur den Toten auf dem Dach untersuchte. Der bloße Gedanke, sich dort oben aufhalten zu müssen, bereitete ihm Unwohlsein. Der Gerichtsmediziner hatte sich über den Schoß des halbnackten Mannes gebeugt.

»Walter?«

Kur reagierte nicht.

»He, Walter?«

»Was ist denn?« Er klang gereizt. »Der Täter hat ein Seil benutzt. Die Striemen an den Handgelenken legen das nahe. Später, Schack, wenn es nicht dringend ist.«

Er ging ein paar Schritte zum Rhein hin, blickte zur Inselspitze und zum Haus der Rheinschiffer. Wieder und wieder. Er hörte Schritte und drehte sich um – Erna stand vor ihm.

»Ernie? Du bist doch noch bis morgen früh im Urlaub? Was verschafft deinem alten, ausgelaugten Kollegen die Ehre?«

»Ein Mann mit nacktem Oberkörper, der auf einem Dachfirst sitzt, Schack. Das lässt dir doch auch keine Ruhe. Ich bin um zehn Uhr gestern Abend zurückgekommen und habe das zufällig, kurz bevor ich ins Bett bin, mitbekommen. Polizeifunk, ich kann es halt nicht lassen. Und weil ich mich nicht von diesem Bild lösen konnte, habe ich mich irgendwann auf den Weg gemacht. Ich kann das doch meinen geliebten, kurz vor der Beförderung stehenden Kriminaloberkommissar, nicht alleine durchstehen lassen.«

Erna Dunst grinste. Obgleich sie den Schalk im Nacken hatte, war sie auf eine liebenswürdige Art verbindlich. Ganz im Gegenteil zu ihrem Kollegen. Sie hatte ihn in den letzten Jahren auf der Karriereleiter überholt und war zur Hauptkommissarin aufgestiegen. Bekker war eben ganz und gar nicht verbindlich, und wenn Ernie, wie er sie liebevoll nannte, ihm nicht schon mehrfach das Fell gerettet hätte, wäre die anstehende Beförderung zum Hauptkommissar ohnehin nicht zustandegekommen. Die Tatsache, dass sie erfolgreicher war als er, hatte ihr Verhältnis jedoch nie belastet oder getrübt. Erna schätzte ihn, wie schon zu Beginn ihrer Zusammenarbeit, als kriminalistisches Meisterhirn.

»Das ist eben die Sache«, begann er völlig unvermittelt und zusammenhangslos zu erzählen, »der Walter meint, ich soll mit dieser von Pfirsig sprechen. Du weißt schon, die Nerventante.«

Erna kannte ihn und wusste, dass er erst einmal alles aus seinem Kopf ausmistete, was ihn durcheinanderbrachte, seine Gedanken störte. Und das bedeutete, er formulierte es, sprach es aus. Das hatte wenig mit dem analytischen Bekker zu tun, der, wenn er eine Spur verfolgte, beinahe manisch fokussiert war.

»Ich meine, man muss schon sagen, dass das kein gewöhnlicher Mord ist, oder? Jemand, der so etwas tut ...«

»... dem ist einiges mehr zuzutrauen«, vollendete er ihren Satz. Sie zu bitten mit der Kriminalpsychologin zu sprechen, ohne dass sie es selbst vorschlug, kam eigentlich nicht in Frage. Aber nach einer kurzen Pause hörte er sich sagen:

»Vielleicht könntest du dich ja dazu entschließen, sie anzurufen?«

Er hatte Erna doch gefragt.

»Schack, mit ihr ist es für mich als Frau nicht einfacher als für dich. Du weißt doch, dass sie sich aufführt wie eine bissige Stute. Keine Ahnung, was mit ihr los ist. Allerdings leistet sie wirklich gute Arbeit. Du machst das schon mit deinem umwerfenden Charme.«

Der Kommissar konnte nicht so recht einschätzen, ob er sich geschmeichelt oder über den Tisch gezogen fühlen sollte. »Weibliche List«, nuschelte er in sich hinein und überlegte, wie er am besten mit der Psychologin redete.

»Ich gehe mal ins Haus«, unterbrach ihn Erna.

Bekker nickte gedankenverloren und lief noch einmal zum Fundort der Tiere. Es war eisig kalt, seine Füße spürte er schon lange nicht mehr. Warum eine solch merkwürdige Inszenierung? Und was trieb den Täter dazu? War es nicht sogar so, dass die Taten weniger schrecklich aussahen als die Idee, die dahintersteckte? Er bejahte den Gedanken und spürte einen Zwang, der ihm so noch nie begegnet war; er empfand ihn als etwas, das den Mörder antrieb, wie eine große, machtvolle Besessenheit. Und dieser Trieb würde nicht zur Ruhe kommen. Die Turteltaube auf dem blutigen Leintuch stand in direkter Verbindung zu dem Toten auf dem Dach, davon war er überzeugt. Sie mussten sich beeilen, um Schlimmeres zu verhindern. Etwas Abgründiges, Finsteres hatte sich befreit, etwas, das sich nicht kontrollieren ließ. Er blieb stehen und rieb sich die Augen.

6

Als Bekker endlich in seiner Küche saß, war es bereits vier Uhr morgens. Das Radio eingeschaltet, prüfte er seine Mails. Tatsächlich hatte er sich nach Jahren der Verweigerung ein Laptop zugelegt und fand, wie er sich eingestehen musste, Gefallen daran. Nachdem er anfänglich jegliche Funktion des Rechners erst kritisch kommentiert und abgelehnt hatte, war er mittlerweile begeistert von den Möglichkeiten, die ihm sein Maschinchen, wie er es beinahe liebevoll nannte, bot. Der Kommissar recherchierte, verschickte Post und machte Bekanntschaften übers Internet, hatte aber auch anzügliche Seiten besucht, die ihm seine Zwillingssöhne gezeigt hatten. Bekker hatte die beiden, in seiner Rolle als Vater, zurechtgewiesen, konnte aber schließlich seiner Neugierde nicht widerstehen. Allerdings dauerte dies nur so lange, bis er mitbekam, wie gläsern das Netz war. Erna hatte ihn irgendwann zur Seite genommen und darauf aufmerksam gemacht. Erst stritt er es vehement ab, musste aber schließlich über sich lachen. Seitdem nutzte er seinen Computer zur Kommunikation, um online einzukaufen oder um sich zu informieren.

Auf kigges.de prüfte er noch schnell, ob sich in der Winterpause etwas auf dem Transfermarkt für die Nullfünfer ergeben hatte – nein, dann schaltete er ab. Das Radio ging ihm auf die Nerven, er lief ins Wohnzimmer und legte eine Jazz-CD auf. Etwas Schräges, ja nichts Glattes, Normales; er entschied sich für den Pianisten Thelonious Monk. Bekker drehte den Ton laut und kam zurück in die Küche. Sein altes Kofferradio hatte nur ein Kassettenfach und auch das war eigentlich schon nicht mehr zu gebrauchen. Er würde sich endlich ein neues kaufen, spätestens nach seiner Ernennung zum Hauptkommissar, als Zeichen für den Beginn einer neuen Ära. Du Spinner, dachte er. Monk war jetzt zu anstrengend, er stand auf und legte

Charlie Parker auf. Bekker ging ins Bad, wusch sich und putzte die Zähne. Von wem wurde Parker in diesem Film über ihn dargestellt? War das nicht der Schauspieler, der in Ghost Dog den Samurai spielte? Das hängende Augenlid, er würde nicht einschlafen können, wenn ihm der Name nicht einfiel. Dieser Einzelgänger, der nach dem Kodex der Samurai, dem Hagakure lebte. Ein schwarzer Auftragskiller und sein Ehrenkodex. Forest Whitaker, genau so hieß der Darsteller. Warum dachte er ab und an solch wirres Zeug? Egal, Bekker ließ es zu, denn er glaubte daran, dass alles einen Sinn machte, einem höheren Zusammenhang diente, allerdings schien das nur für seinen Beruf zu gelten. Sonst, der Kommissar blickte in die Schwärze, führte diese Haltung zu nichts. War das vielleicht der Grund, warum jede seiner Beziehungen innerhalb weniger Wochen zu Bruch ging? Hätte er nicht zum Psychologen gemusst? Eine Paartherapie mit Helene, seiner Ex-Frau, hatte er strikt abgelehnt. »Du hast wohl ne Meise, niemals, unter keinen Umständen«, waren seine Worte gewesen. Er hatte damals das Gefühl gehabt, seine Frau wollte ihm absprechen, beziehungsfähig zu sein.

»Dabei habe ich mich doch immer …«, Bekker bemerkte, dass er laut dozierend, mit erhobenem Zeigefinger in seiner Unterwäsche im Wohnzimmer stand. Er verstummte und sah an sich herunter. Natürlich hatte er am Scheitern dieser Ehe nicht weniger Anteil gehabt als Helene. Auch wenn es ihm heute noch so vorkam, als wäre seine Ex-Frau an allem schuld gewesen. »Das verbietet schon die Logik, du Depp.«

7

Als er gegen neun Uhr auf die Straße trat, schien der abstruse Mordfall in weite Ferne gerückt zu sein. Er lief zur Bäckerei

Vetter, aß einen Amerikaner, der hier noch so schmeckte wie in seinen Jugendtagen, und trank eine Tasse Kaffee. Sein Handy klingelte. Es war Erna, die sich tatenfroh anhörte.

»Wo bist du denn?«, wollte er von ihr wissen.

»In der Polizeiwache. Am Winterhafen wird jetzt gleich der Tote vom Dach geholt. Und demnächst kommt Frau von Pfirsig hierher, um mit uns zu sprechen und unsere Zusammenarbeit zu koordinieren und so weiter. Ich habe nämlich angerufen. Also, für jeden einen Job.«

»Danke, Ernie, ich kann das ja mit der Haulotte erledigen. Dann brauchst du auch nicht raus.«

Erna kannte Bekkers Höhenangst, sein Angebot, sich um die Sache am Winterhafen zu kümmern, zeigte ihr deutlich, wie sehr er das Gespräch mit Cornelia von Pfirsig zu vermeiden suchte.

»Das heißt, du bevorzugst die Mutprobe.«

Einen Moment herrschte Stille.

»Ich komme anschließend zu dir in die Wache.«

»Du meinst, wenn du nicht abtransportiert worden bist«, sagte sie ironisch, »auf dann, Tiger.«

Seine Gedanken kreisten um die Fahrt im Korb. Als er das Rheinufer erreichte, sah er schon von Weitem das Mahnmal seiner Angst. Walter Kur und mehrere Mitarbeiter der Spurensicherung waren ebenfalls vor Ort. Bekker atmete tief durch und versuchte so die aufkommende Nervosität zu kontrollieren. Nein, er würde dieses Mal keine Panikattacke haben, keinen Schweißausbruch. Der Trick bestand darin, nicht nach unten zu sehen. Aber das war bei diesen Hubkränen nicht unbedingt einfach. Er stellte sich die Psychologin vor, die endlosen Diskussionen mit ihr, um sich einzureden, dass seine Entscheidung die richtige gewesen war.

»Den Pfirsisch hätt ich jetzt nicht ertragen«, wiederholte er mehrfach. Trotz der schwelenden Angst, glaubte er sich gut zu fühlen.

»Hast du schon mit Frau von Pfirsig gesprochen?«, wollte Kur von ihm wissen, der ihm entgegengekam. Bekker betrachtet die Haulotte aus dem Augenwinkel.

»Mit dem Pfirsisch?«

»Schack, wenn du mich fragst, solltest du ihren professionellen Rat unbedingt ernst nehmen.«

Der Kommissar nickte, woraufhin der Gerichtsmediziner das Thema wechselte.

»Wir können gleich hoch.«

»Ich muss noch kurz zu Niesberg«, bemerkte Bekker und entfernte sich.

»Werner?«

»Ja, Schack?«

»Blickst du durch?«

»Gib mir noch ein paar Minuten«, hörte er seinen Freund sagen, ohne dass ihm ersichtlich war, worauf dieser hinauswollte. Der Fotograf lief die Böschung nach oben, ging erst nach links, dann wieder nach rechts, verharrte, redete dann mit sich selbst und entschied sich schließlich für eine bestimmte Position, von der aus er eine Reihe von Bildern schoss.

»Schack? Kommst du, wir müssen jetzt da hoch.«

Walter Kur stand neben der Teleskopbühne und hatte die Hände tief in die Taschen seines langen Daunenmantels gesteckt.

»Na ja, so hoch ist es ja wirklich nicht«, versuchte sich der Kommissar Mut zu machen.

Seine Höhenangst war allseits bekannt. Für ihn war es bereits eine Herausforderung, die Eisenbahnbrücke entlangzulaufen, obwohl er sich schon recht gut daran gewöhnt hatte. Er vermied konsequent durch die Ritzen zwischen den Betonauflagen nach unten zu schauen. Jede Woche lief er sie mit Niesberg ab. Das Gefühl, ausgeliefert zu sein, konnte er nicht ertragen. Immer wieder startete er den Versuch, die Angst abzulegen und zu überwinden. Manchmal träumte er davon, völlig angstfrei in der Gondel eines enormen Riesenrads zu sitzen und sich mit dem Oberkörper über den Rand zu lehnen. Diese winzige Teleskopbühne, deren Kabine vielleicht sieben Meter über dem Boden schweben würde, war doch nichts im Vergleich dazu. Selbst wenn ihm übel werden sollte, würde er sich dieses Mal nichts anmerken lassen. Höhe wirkte lähmend auf ihn, schon der Gedanke daran, ließ Bekker nervös werden.

»Das ist wirklich nicht sehr hoch«, sagte er noch einmal vor sich hin und stieg zu Kur in die Kabine. Ohne dass sich der Arm in Bewegung gesetzt hatte, nahm bereits das Unwohlsein in der Magengegend zu. Dann löste sich der Korb aus der Ruheposition – Bekker griff hastig nach dem Rundlauf, was sein Freund Kur natürlich bemerkte. Er wagte einen Blick auf den Arm, der wie ein sich langsam streckendes Hühnerbein aussah. Der Gerichtsmediziner beobachtete ihn aus dem Augenwinkel, ihn beeindruckte, dass sich der Kommissar immer wieder diesem Gefühl aussetzte. Es ruckte erneut. Bekker hielt den Handlauf so fest umfasst, dass die Knöchel seiner Hand weiß wurden. Kur amüsierte sich insgeheim, was der Kommissar jedoch registrierte.

»Holzkopp, dämlicher«, knurrte er.

»Holzkopp?«

Kur zögerte erst, begann dann aber langsam mit seinem Oberkörper hin- und herzuschaukeln. Bekker brauchte einen Moment, bis er begriff, was passierte.

»Walter, ich sitz am Fluss und wart auf dich.«

Er versuchte sich abzulenken, aber das Gefühl, nur dieses dünne eiserne Hühnerbein vom Absturz entfernt zu sein, ließ ihn fast wahnsinnig werden. Er fühlte sich fremdbestimmt, hätte am liebsten geschrien, am Korb gerüttelt. Als Kur nach irgendetwas außerhalb der Kabine griff, hätte er beinahe die Nerven verloren. Gerade noch rechtzeitig erkannte er, dass dieser sie an das Dach heranziehen und festmachen wollte. Als der Kommissar dem Toten ins Gesicht sah, vergaß er für einen Moment seine Angst und trat neben Kur, der sich seine Gummihandschuhe überstreifte und ihm ein Paar hinhielt. Vor ihnen die Leiche, mit dem Rücken an den Schornstein gelehnt. Bekker schätzte sein Alter auf etwa fünfzig. Der Anblick war an Absurdität kaum zu übertreffen. Der Gesichtsausdruck des Toten schien ruhig und entspannt. Bekkers Vermutung, dass man ihn sediert hatte, würde Kur bei der Autopsie überprüfen.

»Da siehst du die Stichwunde. Genau ins Herz. Der Dolch, den du gestern gefunden hast, dürfte die Mordwaffe sein. Also, auf den ersten Blick.«

Die Klappe des Fensters ging auf und nacheinander kletterten zwei mit Gurten gesicherte Männer auf das Dach. Kur sah Bekker an und fragte ihn, ob ihm etwas auffiele.

»Nein, aber gib mir noch einen Moment. Die Jungs sollen noch nichts anfassen.«

»Das dauert eh noch, bis alle Vorbereitungen getroffen sind.«

»War der Werner schon hier oben, um Bilder zu machen?«

»Ja, er war schon oben. Ich weiß gar nicht, ob er überhaupt schon zu Hause gewesen ist seit heute Nacht.«

Bekker näherte sich dem Toten. Die Haut war mit einem leichten Eisflaum überzogen. Der Kommissar versuchte ihn zu bewegen, aber er war natürlich festgefroren. Der Mann war schätzungsweise 1,80 Meter groß, hatte dunkles, leicht gelocktes, volles Haar und trug einen akkurat geschnittenen Dreitagebart. Der Körper schien trainiert, in gutem Zustand. Seine

Hände sahen kraftvoll aus. Er besah kurz das Dach und dann erneut das Gesicht des Mannes. Etwas Offenes, Waches lag in seinen Zügen.

»Bist du so weit, Schack? Können wir?«

»Ja, ja, sag mal, Walter, spinne ich eigentlich?«

»Hier spinnt nur einer. Und den musst du so schnell wie möglich ausfindig machen. Ich bringe dich runter«, hörte er seinen Kollegen sagen. Der Arm der Teleskopbühne setzte sich in Bewegung und Bekker hielt sich wieder krampfhaft am Handlauf der Kabine fest. Für kurze Zeit war die Panik wie weggeblasen gewesen, keine Angst, keine Beklemmung, nichts, er hatte klar denken können. Jetzt aber war alles wieder da, schlimmer noch, es beherrschte ihn, ihm wurde von Sekunde zu Sekunde übler, sein Magen krampfte, er stieß auf, hatte den ekelhaft bitteren Geschmack der Säure im Mund.

Als der Korb in seine Ruheposition einrastete und naturgemäß leicht nachwippte, musste er würgen. Mit seinem Stofftaschentuch wischte er sich den Schweiß ab und spuckte aus. »Verdammt«, fluchte er lauthals. Kur öffnete ihm die Tür des Korbes und hielt ihm eine Zigarette hin. Bekker schaute ihn verdutzt an.

»Du wolltest doch eigentlich aufhören?«

»Ich habe fast aufgehört, die ist nur für Notfälle. Wie wenn sich mal jemand in der Haulotte fast übergibt.«

»Arschgeige.«

Mit der angezündeten Zigarette in der Hand machte er einen weiten Schritt und hatte wieder festen Boden unter den Füßen. Die Kabine ruckte und schwankte leicht hin und her, als sie sich in Richtung Hausdach davonbewegte. Kur betrachtete seinen Freund, von dem man den Eindruck gewinnen konnte, er würde seine Umwelt während eines Falls nur beiläufig wahrnehmen. Weit gefehlt, der Gerichtsmediziner wusste nur zu genau, dass Bekkers Gehirn jetzt wie ein Hochleistungscomputer arbeitete; alles ordnete der Kommissar während einer Ermittlung seinen Beobachtungen und Analysen unter, selbst wenn er abends unterwegs war, blieb sein Fokus stets auf den Fall gerichtet. Nicht jedem war das glaubwürdig zu vermitteln, dachte er, aber Erna beispielsweise kannte und schätzte Bekkers ungewöhnliches Talent mitsamt seiner ab und an ungehobelten Art. In diesen Momenten schien er wie besessen und war dementsprechend unausstehlich. Er grüßte nur zögerlich, war ständig missmutig und streitsüchtig und verbreitete wegen der kleinsten Ungereimtheit schlechte Laune. Und doch strahlte er gerade dann, wenn er getrieben war, etwas Faszinierendes aus. Das zu lösende Problem ließ ihn nicht los, einem wilden Tier gleich, das Runde um Runde in seinem Käfig dreht, stellte er immer und immer wieder die gleichen Fragen, bis er mit einer Antwort aufwarten konnte.

Es war eine der Eigenschaften, die ihn ausmachten, aber auch diejenige, die vor allem seinen Vorgesetzten, Dr. Meiner, bis aufs Blut reizte. Dieser hatte nur aufgrund seiner Ermittlungsleistungen bislang nicht versucht, ihn abzuschieben. Wenn Kur Bekkers Verhalten wieder einmal nicht recht verstand, er beispielsweise eine seiner Kurzschlussreaktionen nicht recht einzuordnen wusste, fragte er Niesberg, der den Kommissar wohl am besten kannte.

Der Gerichtsmediziner sah den Kommissar auf dem gefrorenen Boden knien. »Schack? Suchst du was?«

»Hab noch nichts gefunden, aber vielleicht ...«, rief er und klopfte mit der flachen Hand die gefrorene Wiese ab. War das Terrain nicht bereits von der Spurensicherung abgesucht worden? Allerdings hatte Bekker häufig schon am Tatort ein Gefühl dafür, in welche Richtung sich die Untersuchung entwickeln würde. Nach den ersten Gesprächen mit den Angehörigen oder den beteiligten Personen stellte sich meist ein Bauchgefühl bei ihm ein, das ihn nur selten trog. Bekker war sich zu diesem Zeitpunkt nur über eines im Klaren, nämlich, dass der Mörder nicht an diesem Punkt Halt machen würde. Er stützte sich mit den Händen ab, zog ächzend sein linkes Bein heran und wuchtete sich nach oben. Erst ein Vogel mit durchtrennter Kehle, dann ein aufgeschlitzter Hund und jetzt dieser halbnackte Tote auf dem Dach, die Taten nahmen an Grausamkeit zu. Als habe jemand Anlauf genommen und so seine natürliche Tötungshemmung überwunden. Das schien ihm der eine Aspekt zu sein. Aber auf was verwies nun die tote Turteltaube? War das nicht ein Liebes- oder Glückssymbol? Er würde sich damit beschäftigen müssen. »Irgendwas Symbolisches«, sprach er vor sich her. Sein Handy klingelte.

»Wie ist es gelaufen, Schack?«, wollte Erna wissen.

»Ganz gut.«

»Der Werner bringt uns die Fotos am Nachmittag in die Wache.«

»Gibt es was Neues über die Identität des Toten?«

»Noch nichts. Möglicherweise ist es ja ein Stadtstreicher. Kann uns der Walter da nicht weiterhelfen? Ich prüfe sicherheitshalber mal die Vermisstenanzeigen«, mutmaßte die Kommissarin.

»Er sieht auf den ersten Blick nicht so aus, aber man weiß ja nie. Ich kümmere mich darum und komme dann.«

8

Die Geschichte Niesbergs über seinen ältesten Sohn und den Trenchcoat war ihm in Erinnerung geblieben. Bekker stoppte vor dem Heim für Bedürftige, überlegte kurz und betrat dann die Räumlichkeiten der Hilfsorganisation; er ging auf einen Mann zu, der wohl etwas jünger als er selbst war und für ihn das Aussehen eines Sozialarbeiters hatte. Der Kommissar mochte Menschen, die sich einer solchen Arbeit verschrieben, im Grunde bewunderte er sie sogar. Er selbst hatte sich nie zu so etwas durchringen können. War er ein Schnösel, dem diese Seite der Gesellschaft zu schmutzig und trostlos war? Oder war es die eigentlich unbegründete Angst durch den Kontakt mit sozialen Randgruppen seinem einigermaßen geregelten Leben, das vor allem durch seinen Beruf aufrechterhalten wurde, den Rücken zu kehren?

»Guten Tag. Ich bin Kommissar Bekker.«

»Hallo, Herr Kommissar.«

Bekker lächelte freundlich, fast ein wenig zu freundlich, wie er im nächsten Moment dachte.

»Eine Frage. Ist Ihnen vielleicht etwas zu Ohren gekommen, dass jemand aus dem Umfeld hier«, er ärgerte sich über seine Formulierung, »vermisst wird?«

Der Mann kratzte sich am Kopf, dann strich er sich über sein Kinn und überlegte.

»Kommen Sie doch bitte mit in mein Büro«, sagte er und führte ihn in den ersten Stock, wo sie in einem kleinen, etwas schmucklosen, aber gemütlichen Raum auf zwei Holzstühlen Platz nahmen.

»Also vermissen? Nein. Seit wann denn?«

»Vermutlich seit gestern Abend.«

»Das ist noch ein bisschen zu früh. Allerdings kommt jeden Morgen ein Mittfünfziger vorbei, wir trinken Kaffee und plaudern ein paar Minuten. Er lebt auf der Straße und fehlt eigentlich nie.«

»Und heute ...«

»... fehlt er.«

»Sein Name?«

»Ferdinand.«

»Ferdinand. Und weiter?«

»Ich kenne ihn nur als Ferdinand.«

»Irgendetwas Außergewöhnliches, das den Mann betrifft. Wie sagt man heute so gewichtig, ein Alleinstellungsmerkmal?«

Bekker überdachte seine Frage, die zugegeben etwas merkwürdig klang. Aber, wenn er der Tote war und auf diese Weise gestorben war, halbnackt, erstochen auf einem Dach am Winterhafen, hatte er dann nicht eine oder gar mehrere Eigenschaften, die ihn vom Rest, zu dem er auch sich selbst zählte, unterschied? Sein Gesprächspartner sah ihn mit großen Augen an und drehte den Kopf leicht zur Seite.

»Der Ferdinand ist schon ein ziemlicher Kauz, hat studiert, Kulturwissenschaft glaube ich und auch mal Medizin, muss eine ziemliche Koryphäe gewesen sein. Hatte wohl mehrfach Forschungsstipendien.«

Er zog eine Schachtel Zigaretten aus seiner Jacke und deutete zum Fenster.

»Aber, soviel ich verstanden habe, hat er wohl nie seinen Abschluss gemacht. Denn der Ferdinand erzählt noch heute davon, welches Kapitel er gerade am Schreiben ist und was er an neuen Untersuchungen zu seinem Thema gefunden hat. Ich habe da nie richtig nachgefragt, wollte ihn nicht in die Enge treiben. Die Arbeit müsste schon Tausende Seiten haben. Aber auf jeden Fall ein interessanter Typ.«

Sie rauchten wortlos und sahen in den noch immer wolkenverhangenen Himmel. Eine für den Kommissar unerwartete, fast unverständliche Ruhe und Vertrautheit bestand zwischen ihnen. Es begann zu schneien, wenige, einzelne Flocken.

»Was genau ist denn passiert?«

»Ein Mann mit nacktem Oberkörper auf einem Dachfirst, mehr kann ich noch nicht sagen.«

»Horst Steinmann, ich bin der Leiter hier.« Er machte eine Pause und schien zu überlegen. »Sie haben mich gar nicht nach meinem Namen gefragt. Nicht unbedingt normal für einen Polizisten.«

»Ich, stimmt, ich wollte nicht so dienstlich daherkommen. Dazu ist immer noch Zeit genug, wenn es denn sein muss. Ich bringe nachher ein Bild des Toten vorbei.«

Der Leiter des Heims für Bedürftige strich sich durch die Haare.

»Ich hoffe sehr, dass es nicht der Ferdinand ist, er hat so etwas Weises, Gutes. Ist wirklich eine Freude ihm zuzuhören.«

»Ich muss los, wir sehen uns später.«

»Gut, dann bis nachher.«

Der Kommissar lief zur Altstadttangente und bog nach rechts ab. Sollte dieser Ferdinand tatsächlich der Tote sein? Als er die Wache erreichte, war er leicht geschwitzt. Im ersten Stock angekommen, ging er in den Gemeinschaftsraum, holte sich Wasser und saß wenig später in seinem Büro, das er schon seit Jahren mit Erna Dunst teilte. Sie war noch keine vierzig. Bekker überlegte, sie musste achtunddreißig sein. Wieso in Gottes Namen konnte er sich das nie merken? Und sie hatte es tatsächlich schon zur Hauptkommissarin geschafft. Er war selbst schuld, dass sie ihn überholt hatte. Für Erna war er froh, aber ab und an stellte er sich vor, was seine Kollegen hinter seinem Rücken über ihn erzählten. Nicht, dass man seine fachliche Kompetenz angezweifelt hätte, seinen Rat holte man oft und gerne ein, nein, die Tatsache, dass er im Polizeiapparat nicht zurechtkam, begann ihm jetzt, mittlerweile in der zweiten Hälfte der Fünfzig, zu schaffen zu machen. Bekker ertappte sich immer häufiger dabei, dass er dasaß und darüber sinnierte, ob er manchmal nicht hätte anders reagieren können, flexibler, offener. Immer wieder hatte er Vorschriften missachtet und sich, wie hieß es im Amtsdeutsch, querulatorisch und nicht teamfähig gezeigt. »Querulatorisch und nicht teamfähig, von wegen«, sagte er vor sich hin. Erna kam ins Zimmer und hörte die letzten Worte ihres Kollegen. Sie legte Bekker die Hand auf die Schulter.

»Du kommst mir immer mehr wie ein Murmeltier vor, dem auf einmal auffällt, dass es mit etwas weniger Schlaf ...«

»Bist du fertig mit deiner Predigt?«

»Ich sitze nicht da und wiederhole Sachen, die irgendein Wicht mal über mich gesagt hat.«

Bekker sah sie an, seine Augen funkelten.

»Wicht? Das ist ein fabelhafter Ausdruck, Wicht! So kann ich es viel besser aushalten.«

Erna schüttelte den Kopf, ging zu ihrem Schreibtisch, wo sie einen Umschlag öffnete und Niesbergs Fotografien herauszog.

»Wie kamst du eigentlich darauf, nachdem ihr die Tiere gefunden hattet, am nächsten Abend nochmal zum Winterhafen zu gehen und weiterzusuchen? Nicht gerade das, was man bei diesen Temperaturen und mitten in der Nacht freiwillig macht, oder?«

»Die Tiere waren keine für sich stehende Tat, also, was ich sagen will, ist, dass der Täter damit ...«

»... noch nicht genug hatte?«

»Nein, ja, also, ich hab eine enorme pathologische Kraft gespürt und die schien mir noch nicht befriedigt.«

»Interessant, ich denke mal, du hättest unbedingt mit Frau von Pfirsig sprechen sollen. Sie hat nämlich etwas Ähnliches gesagt.«

»Was denn?«, ließ der Kommissar scheinbar desinteressiert fallen. Dabei nahm er einen Apfel und ein Messer aus dem Obstkorb auf seinem Schreibtisch und begann ihn zu schälen. Mit schnellen, routinierten Bewegungen entfernte er die Schale.

»Sie ist der Meinung, dass der Täter krankhaft veranlagt ist und womöglich weitermorden wird.«

»Das liegt doch nahe, oder? Na, egal. Aber kannst du dir vorstellen, was los ist, wenn das passiert?«

»Wir treffen uns morgen früh mit ihr. Bis dahin will sie ein vorläufiges Täterprofil erstellen und es uns erläutern. Schack, ich fände es gut, wenn du deine Vorbehalte mal vergessen würdest und positiv an die Sache rangingest. Sie kann uns helfen, da bin ich mir sicher.«

»Manchmal komme ich mir wirklich vor, als ob es mit dem Erwachsenwerden nicht so recht geklappt hat, oder?«

»Du liebst dich doch genau so, wie du bist. Ich kenne kaum jemanden, der so kompromisslos sein Leben lebt.«

Bekker wollte erst etwas einwenden, hatte schon auf den Lippen, dass seine Kollegin auch kein normales bürgerliches Leben führte, besann sich aber. Es ging um ihn, nicht um sie. Erna funktionierte im System und dazu hatte sie die besondere Fähigkeit, sich nicht zu verkaufen oder ihre Grundsätze zu verraten. Sie war zwar deutlich jünger als er, aber das hielt ihn nicht davon ab, von ihr zu lernen. Natürlich würde er das nie zugeben. Bekker streckte sich.

»Einen Stadtstreicher namens Ferdinand gilt es zu finden«, sagte der Kommissar und berichtete seiner Kollegin von dem Gespräch mit Horst Steinmann im Heim für Bedürftige.

»Also, dann lass uns da gleich hingehen, jetzt wo wir die Bilder haben, oder?«, schlug sie vor.

Sie nahmen den Wagen, wie gewöhnlich fuhr Erna und Bekker saß hinten. Vorne brachte er sie durch sein ständiges Mitbremsen, die Hände aufs Armaturenbrett legen und sich Festhalten, als würde er jeden Moment durch die Windschutzscheibe geschleudert, schier um den Verstand. Erna wusste um ihre sportliche Fahrweise und Bekker um seinen Kontrollzwang. Sie parkten vor dem HfB. Dort trafen sie dessen Leiter rauchend vor dem Eingang.

»Hallo, Herr Steinmann. Darf ich vorstellen, das ist meine Kollegin Kriminalhauptkommissarin Erna Dunst.«

»Erna Dunst? Das ist aber ein ziemlich schräger Name für eine Kommissarin.«

»Na, dann kommen wir doch gleich mal zur Sache«, bemerkte sie leicht gereizt.

»Herr Steinmann, wo können wir uns unterhalten?«, versuchte Bekker jede Dissonanz im Keim zu ersticken. Erna mochte das typisch männliche Revier-Markieren nicht, die Bogenpisserei, wie sie es nannte. Und Bekker fand, dass sie nicht ganz unrecht hatte, hielt ihr aber die Zickigkeiten des weiblichen Geschlechts entgegen. Sie antwortete dann eigentlich immer: »Ihr habt lange genug Zeit gehabt und nichts daraus gemacht. Jetzt kommen wir.«

Steinmann führte die beiden in einen Aufenthaltsraum im Erdgeschoss und bot erst Erna einen Platz an, bevor er Bekker und sich selbst Stühle freiräumte, auf denen sich Zeitschriften, Skizzenblöcke und kartonierte Ordner türmten. Der Kommissar registrierte sein aufmerksames Verhalten. Der Leiter des HfB schien gespürt zu haben, dass er bei der Kommissarin nicht den rechten Ton getroffen hatte, die aus ihrer Jacke zwei Fotos herauszog und ihm hinhielt. Bekker meinte ein kurzes Zucken um dessen Augen zu beobachten, er kennt ihn, ganz sicher, sagte er sich. Die Bilder legte er vor sich auf den Tisch, starrte eine Weile zur Tür und begutachtete sie schließlich erneut. Er knirschte mit den Zähnen, fasste sich an die Nase, was Bekker irritierte, und holte tief Luft, schwieg aber.

»Herr Steinmann?« Seine Frage blieb unbeantwortet. Der Kommissar entschied, noch etwas zu warten. Handelte es sich bei dem Toten auf den Bildern um den genannten Ferdinand? Erna kam ihm schließlich zuvor.

»Sie kennen den Mann auf dem Foto?«

Er atmete mehrfach laut aus und holte tief Luft.

»Ja …, aber das ist nicht der Ferdinand.«

»Und wissen Sie zufällig, wie er heißt?«

Steinmann nickte, ihm liefen Tränen über die Wangen.

»Und er ist sicher tot?«

»Ja. Wer ist das denn nun?«, drängte Erna.

»Das ist der Reiner, Reiner Kümmert. Mein Freund. Wir leben seit sieben Jahren zusammen.«

Bekker konnte seine Verblüffung kaum verbergen. Steinman heulte wie ein Kind. Erna kramte ihre Taschentücher aus dem Mantel und hielt ihm die halbvolle Packung hin.

»Danke, das ist wirklich ...« Ein weiterer Weinkrampf überkam den Mann. Die Kommissarin stand wortlos auf, Bekker machte ihr ein Zeichen zu warten. Tatsächlich schien es sinnvoll, wegen Steinmanns angeschlagenem Zustand, die weitere Befragung ein wenig zu verschieben.

»Ich glaube, eine Pause könnte uns allen nichts schaden. Wäre es Ihnen möglich, später zur Polizeiwache zu kommen, wir brauchen Ihre Aussage«, sagte er und erhob sich. Der Leiter des HfB schien sich wieder ein wenig gefangen zu haben und versprach, in einer guten Stunde da zu sein. Draußen wollte Bekker von Erna wissen, warum sie so voreingenommen gegen Steinmann gewesen war.

»War ich doch gar nicht!«, wehrte sie sich.

»Ich finde schon.«

Ihrem Gesichtsausdruck war zu entnehmen, dass sie es nicht bemerkt hatte.

»Nicht gerade professionell von mir, muss ich sagen. Ganz im Gegenteil, er ist mir sogar sympathisch.«

»In jedem Fall gibt es erste Ansatzpunkte. Reiner Kümmert, dieser Ferdinand, der heute nicht aufgetaucht ist, und das Täterprofil vom Pfirsisch.«

»Das hat ja nicht lange gedauert, bis du einen Spitznamen gefunden hast.«

»Komm, das ist doch wirklich naheliegend. Pfirsisch ist griffig und knapp, überleg mal, pelzige Haut und rotbäckig, ganz wie im richtigen Leben.«

»Die Frau ist in Ordnung, Schack. Sie hat ihren Sohn alleine groß gezogen, weil ihr Mann vor knapp zwanzig Jahren mit einer jüngeren Frau durchgebrannt ist. Und dabei hat sie auch noch Erfolg im Beruf, sie hat Karriere gemacht. Also bitte.«

»Karriere gemacht«, wiederholte er.

Natürlich verglich Bekker seine Situation damit, weshalb sie gar nicht erst auf seine Bemerkung einging.

»Dann fahren wir jetzt zurück, ordnen unsere Informationen und kümmern uns um Steinmann«, schlug Erna vor.

»Fahren wir noch schnell bei der Helga in der Kleinen Stadthalle vorbei? Einen Kaffee könnten wir uns doch gönnen.«

9

Mit dem Auto war es nur ein kleiner Umweg bis in die Umbach. Erna mochte Helga, ihre freundliche, warme Art, der schwere, breite Akzent und die schon seit Jahrzehnten gleich aussehenden wasserstoffblonden Haare. Irgendwie waren sie Ausdruck von Beständigkeit, fand die Kommissarin.

Die Kleine Stadthalle erweckte den Eindruck, als stünde die Zeit still. Dreißig Jahre vergehen hier gänzlich unbemerkt, dachte Bekker. Helga hatte einen Pott Kaffee vor sich stehen und plauderte mit zwei Straßenarbeitern, die am Tresen ihr Bier tranken. Als die Wirtin Erna und Schack zur Tür hereinkommen sah, lag ein breites Grinsen auf ihrem Gesicht.

»Ei, ihr zwei Hübschen. Hängt euch schon mal auf, ich kümmer mich gleich um euch.«

Es ging ihm mit einem Schlag besser, das erste Mal seit Tagen empfand er so etwas wie Geborgenheit. Er atmete mehrfach tief ein, als wollte er den Geruch von Helgas Kneipe inhalieren.

»Du kannst atmen, was das Zeug hält, nur wird es nichts nützen«, bemerkte Erna.

»Was kriegt ihr?«

»Zwei Kaffee und für mich die Tagessupp.«

»Es gibt Linsen, Schack.«

Bekker liebte Linsensuppe.

»Und du Erna, mein Schatz, isst du auch was?«

»Danke Helga, für mich nur den Kaffee.«

Sie setzten sich an den ersten Tisch hinter dem Tresen. Die Weihnachtsdekoration, die aus von der Decke hängenden roten Sternen und zwei mit silbernen Lametta geschmückten und mit Lichterketten ausstaffierten Plastikbäumen bestand, wurde traditionell erst nach den Heiligen Drei Königen entfernt. Dazu liefen amerikanische Weihnachtsschlager aus den Fünfzigern, Helga liebte besonders Dean Martin und trällerte häufig mit. Nur warum musste sie seine Lieder noch bis zur Fastnacht spielen? Die beiden sahen sich vielsagend an.

»Schon dafür wars gut«, sagte er und drehte einen der Bierdeckel gegen den Uhrzeigersinn. Helga stellte die beiden Tassen Kaffee vor sie auf den kleinen eckigen Tisch; Erna mit Milch und Zucker, Bekker schwarz.

»Gleich komm ich mit der Supp.«

»Mach dich nicht schockelisch, nur die Ruh, Helga«, warf er ein.

»Ihr habt doch mittags nie lang Zeit. Ich beeil mich.«

Und schon war sie in Richtung Küche verschwunden. Erna entschied, ihrem Kollegen nochmals die Kriminalpsychologin ans Herz zu legen.

»Schack, du solltest die fachlichen Fähigkeiten von Cornelia von Pfirsig nicht unterschätzen.«

»Wahrscheinlich bin ich ungerecht. Und knackig ist sie ja auch.«

»Das ist doch nicht dein Typ, obwohl ... eigentlich hat sie etwas von Helene.«

»Das reicht aber jetzt. Sollen wir später mit Steinmann noch zu seiner Wohnung fahren?«

Erna trank einen großen Schluck.

»Auf jeden Fall, Schack. Und wenn wir fertig sind, werten wir die Ergebnisse aus und treffen uns morgen zur Profilanalyse. In jedem Fall sollten wir spätestens bis morgen Mittag wissen, wie wir weiter vorgehen.«

Helga kam hinter der Theke hervor, manövrierte den randvollen Teller Linsensuppe vor Schack und stellte ihm Essig sowie frisches Schwarzbrot daneben. Bekker löffelte seine Suppe und fühlte sich merkwürdig unbeschwert.

»Schack?«

»Hmm. Ja?«

Erna spürte die Anspannung trotz des zufriedenen Ausdrucks auf seinem Gesicht.

»Was hast du denn?«

»Der Mord, also, da kommt noch was.«

»Mehr Tote?«

»Irgendwas lässt mich nicht los, die ganze Sache ist doch sonderbar.«

»Denkst du an was Bestimmtes?«

»Warum diese Inszenierung auf dem Dach? Das ist ein Aufwand, ein Risiko. Wir müssen dahinterkommen, was den Täter dazu getrieben hat. Das ist der Schlüssel zur Psyche von dem Kerl. Der Tote wurde ja regelrecht zur Schau gestellt.«

Die Kommissarin legte den Kopf leicht schräg und lächelte ihn an. Sie bewunderte Bekkers klaren Blick in solchen Momenten. Erna war ein offener, starker Charakter, es bereitete ihr nicht etwa Probleme, wenn ein Kollege etwas besser beherrschte oder eine Situation schneller erfasste. Aber wenn sie wieder Fuß gefasst hatte, war es ihr meist möglich, tiefer als jeder andere in die Problematik einzusteigen.

»Die Frage ist doch, woran sich der Mörder orientiert hat. Verweist er damit auf etwas? Ist da auf einen gewissen Bildungshintergrund zu schließen? Und schon sind wir mitten im Psychologisieren.«

Sie zahlten und fuhren zur Wache. Kurz nachdem sie ihr Büro erreicht hatten, fegte Werner Niesberg durch die Tür.

»Ich hab noch ein paar neue Bilder.«

Sie segelten auf Ernas Schreibtisch.

Bekker kam, seinen Stuhl hinter sich herziehend, zum Schreibtisch.

»Sag mal, Schack, leicht anheben vielleicht?«

»Nicht heute. Manchmal gehts einfach nicht.«

Sie sah ihn mit hochgezogenen Brauen an.

»Nicht zu glauben, du bist und bleibst ein Spinner.«

Niesberg nahm ihr die Bilder aus der Hand, blätterte und legte drei davon vor sich.

»Seht euch das mal an!« Dabei deutete er auf das rot befleckte Leintuch mit der toten Taube.

»Und was ist hier so Besonderes?«

Dabei nahm der Fotograf einen Bleistift zur Hand und zeichnete einen Teil des Flecks nach. Vor ihren Augen entstand ein rosenähnliches Gebilde.

»Hä?«, rief der Kommissar verwundert aus.

»Das könnte eine Rose sein, aber ganz eindeutig ist das nicht«, warf Niesberg in die kleine Runde.

»Nein, eindeutig ist das wirklich nicht«, entschied die Kommissarin.

Bekker wartete ab, ob seine beiden Kollegen noch etwas zu sagen hatten, dann räusperte er sich und ließ seinen Gedanken freien Lauf.

»Etwas Einschneidendes muss im Leben des Täters vorgefallen sein und das hat diese Wahnsinnstat ausgelöst. Er hat sich seinem inneren Zwang ergeben und auf diese Weise kurzzeitig davon befreit. Aber der Zustand wird nicht lange anhalten, denn sein psychisches Dilemma besteht nach wie vor. Es wird sich erneut Leidensdruck aufbauen, der, glaube ich, noch größer sein wird als beim ersten Mal, und es folgt die nächste Eskalation. Ich bin kein Psychologe, aber wenn wir ihn nicht schnell unschädlich machen, könnte das katastrophale Folgen haben.«

»Du denkst, er tötet weiter?«, schloss Niesberg an.

»Nicht nur das, die Taten könnten schockierender werden. Und er wird nicht aufhören.«

»Du malst vielleicht ein Horrorszenario«, bemerkte Erna.

Niesberg hob den Zeigefinger und verschaffte sich so die nötige Aufmerksamkeit, um das zweite der drei Bilder anzusprechen. »Es ist nicht so, dass es sich hiermit schon erledigt hat«, wandte er ein, »guckt euch das mal an.«

Mit dem Mittelfinger tippte der Fotograf mehrfach auf das Bild. Links neben der Böschung lag unter einem Strauch eine kleine braune Glasflasche, in der normalerweise Medizin aufbewahrt wurde.

»Ich geh mal davon aus, dass sich kein Mensch freiwillig halbnackt bei dieser Kälte auf ein Dach hockt. Ihr könnt euch denken, was ich darin vermute.«

»Hat die Gerichtsmedizin die Flasche?«, fragte Erna nach.

»Ja, hat sie.«

»Und das dritte Foto?«, hakte Bekker nach, wissend, dass sich Niesberg den dicksten Brocken bis zum Schluss aufhob. Eine gewisse Theatralik genoss er einfach.

»Wie ich dich kenne, Werner, kommt der eigentliche Hammer doch erst noch.«

Sein Freund winkte ab.

»Es ist nichts Besonderes.«

»Jetzt spann uns nicht auf die Folter«, mischte sich Erna ein.

»Also«, er schob die Fotografie in die Mitte des Schreibtischs und kratzte sich die Nase, »die Sache ist nicht ganz einfach zu entdecken.«

Zu sehen war die Straße oberhalb des Hauses der Rheinschiffer in Richtung Eisenbahnbrücke. Bekker konnte beim besten Willen nicht erkennen, was an dem Motiv so außergewöhnlich sein sollte. Niesberg forderte die beiden auf, sich das Bild genau anzusehen und erklärte ihnen, warum er es, das keinen direkten Bezug zum Tatort zu haben schien, überhaupt gewählt hatte.

»Ich mache immer ein paar Bilder von der Umgebung, wenn ein Mord passiert. Und dieses Mal scheine ich Glück gehabt zu haben. Man erkennt es ohne Schwierigkeiten, kommt aber nicht ohne Weiteres dahinter, was es bedeutet.«

»Man kommt nicht ohne Weiteres dahinter, Werner?«, drängte die Hauptkommissarin.

»Euch fällt also nichts auf?«, vergewisserte er sich.

»Nun sag schon«, hielt ihm Bekker entgegen.

Niesberg nahm einen Bleistift vom Tisch und deutete auf eine recht weit entfernt stehende Person, die am Straßenrand an einem Baum lehnte und scheinbar desinteressiert in Richtung Kamera blickte. Bekker hatte verstanden.

»Das? Das ist unser Mann?«

»Ich kanns nicht beweisen, aber ich bin dabei, ein paar gezielte Vergrößerungen zu machen. In jedem Fall trägt er eine Brille, eine Kapuze und er verfolgt unsere Arbeit. Und wie heißt es doch so schön, der Täter kehrt immer zum Tatort zurück.«

»Und wann hast du die neuen Bilder?«

»Heute abend. Ihr könnt gerne vorbeikommen.«

»Freu dich nicht zu früh. Auch wenn er das ist, kann ich dir garantieren, dass er nicht zu erkennen sein wird. Der weiß, was er tut.«

»Aber seine Größe«, entgegnete Niesberg ein wenig enttäuscht.

»Stimmt, die Größe. Und die Kleidung«, versuchte Bekker ihn aufzumuntern.

Erna überdachte ihre Situation, was blieb ihnen anderes übrig, als sich auf dieses Katz- und Mausspiel des Täters einzulassen? Sie mussten in sein Denken hineinfinden.

»Ich mach mich auf den Weg. Ruft kurz an, wenn ihr mich noch besuchen wollt.«

»Machs gut, Werner«, sagten die beiden wie aus einem Mund.

»Und wieder ein gemeinsames Jahr länger! Deine Pension rückt in weite Ferne«, sagte Erna lachend.

»Ja, ja« maulte Bekker, »aber wenigstens als Hauptkommissar!«

»Du bist viel zu gut für diesen Laden!«

»Ich hätte nie geglaubt, dass mich das mal einholt, aber es zehrt an einem, es zehrt wirklich.«

Das geheimnisvolle Lächeln um Ernas Lippen faszinierte den Kommissar schon seit dem ersten Tag ihrer Zusammenarbeit. Dazu kamen ihre Ruhe und Klarheit, ihr umgängliches Wesen, nein, er konnte sich keine bessere Kollegin vorstellen, aber mehr hätte er sich nie eingestanden. Dazu kamen der Altersunterschied, der für ihn heute schwerer wog als noch vor zehn Jahren, und Bekkers recht schwieriges Verhältnis zu Frauen. Zu viele Enttäuschungen und die in schöner Regelmäßigkeit wiederkehrenden Streitereien hatten ihn zum Einzelgänger werden lassen. Keine Bücher mit sieben Siegeln mehr, sagte er sich, außerdem bin ich kein Adonis und ziemlich aus der Form geraten.

Dennoch hatte er vor wenigen Monaten begonnen, sich die halblangen Haare kürzer schneiden zu lassen, denn das dünner werdende Haupthaar war nicht mehr zu verantworten gewesen. Jahrelang hatte er Konventionen wie gebügelte Hemden und Bundfalten verachtet. Jetzt, mit dem Enkelkind und der Sechzig in Sichtweite, konnte er nicht mehr umhin, zuzugeben, dass er für seine Kinder und Kindeskinder ein klein wenig stattlicher auszusehen versuchte. Bekker sehnte sich insgeheim nach Anerkennung. Im gleichen Moment schien ihm der Gedanke aber geradezu abstoßend und unerträglich, doch es beschäftigte ihn immer wieder. Und im Gegensatz zu früher war der Wunsch so stark, dass er ihn mittlerweile zuließ.

»Nach dem Gespräch mit Steinmann fahren wir noch zu seiner Wohnung, oder?«

Bekker brauchte einen Moment, bis er aus den Untiefen seiner Wünsche, Hoffnungen und Ängste aufgetaucht war.

»Ja, so hatten wir es doch ausgemacht!«

Die Kommissarin wunderte sich über den fast jugendlich klingenden Ausruf Bekkers. Was geht nur im Kopf dieses liebevollen, grummeligen Beziehungsneurotikers vor, fragte sie sich und verließ ihr Zimmer, um einen Moment Ruhe zu haben und sich auf das folgende Gespräch zu konzentrieren.

10

Horst Steinmann klopfte an und betrat, ohne eine Antwort abgewartet zu haben, das Büro. Bekker schreckte hoch, die nächtlichen Ereignisse hatten ihn müde gemacht. Der Leiter des HfB entschuldigte sich wegen seines ungestümen Eindringens, kam auf den Kommissar zu, dem es nicht gelang, rechtzeitig aufzustehen, und gab ihm die Hand.

»Ich bin ..., die Nacht ...«, entschuldigte Bekker sich.

Sein Gegenüber nickte mehrfach in schneller Folge, setzte sich und saß bewegungslos mit leerem Blick da, als erreiche ihn just in dieser Sekunde das ganze Ausmaß des Geschehenen. Erna kam herein. Nach ein paar Minuten, in denen sie so lapidar wie möglich miteinander geplaudert hatten, begann die Befragung. Wie schon seit Jahren, stellte sie die Fragen. Er warf nur ab und an eine kurze Bemerkung ein oder flüsterte ihr etwas zu. Erst im Anschluss an das Gespräch analysierten sie das Gehörte und zogen ihre Schlüsse.

»Herr Steinmann, Sie haben mit Herrn Kümmert zusammengelebt?«

»Fast genau sieben Jahre.«

»Und Ihre Beziehung zu ihm?«

»Wir sind ein Paar, schon seit gut zehn Jahren. Als ich umziehen musste, weil meine Wohnung verkauft wurde, sind wir zusammengezogen.«

»Die Adresse?«

»Wallaustraße, in der Nähe vom Tanzraum.«

»Und was hat Ihr Freund beruflich gemacht?«

»Sozialarbeiter«, sagte er knapp.

»Welcher Bereich?«

»Betreuung, vor allem von Problemjugendlichen, aber auch von Erwachsenen. Drogen, Alkohol, zerrüttete Familien, das geht bis zur Kindesmisshandlung.«

»Da besteht leider ganz schön Bedarf.«

»Ja, der Reiner hat nicht nur einmal dagesessen und geheult und gesagt, dass er das nicht mehr erträgt.«

»Aber er hat immer wieder Kraft gefunden?«

»Er war nicht gefährdet, wenn Sie das meinen. Schlimm war eigentlich nur, dass er sich manchmal zu tief hat reinziehen lassen. Aber das ist natürlich leicht gesagt.«

»Ist Ihnen in letzter Zeit etwas aufgefallen? Hat er sich vielleicht ungewöhnlich verhalten?«

Er überlegte kurz, denn diese Frage hatte er sich so wohl noch nicht gestellt. Ein entschlossenes Nein folgte.

»Er war so wie immer, engagiert und interessiert. Reiner hatte die besondere Begabung, es seinem Gegenüber angenehm zu machen. Es fiel einem nicht schwer, in seinem Beisein die eigenen Probleme anzusprechen.«

Bekker mochte die Wärme und die Dringlichkeit, mit der Horst Steinmann über seinen ermordeten Lebensgefährten sprach.

»Sie haben keine Idee, was letzte Nacht passiert sein könnte?«

Er trank einen Schluck Wasser und sah die beiden lange an. Tränen schossen in seine Augen.

»Das ist so was von wahnsinnig. Den Reiner zu erstechen, auszuziehen und auf ein Dach zu setzen. Das, also ich weiß wirklich nicht, was ich sagen soll.«

»Hatte er denn Feinde?«

»Feinde? Nein, der Reiner hatte keine Feinde. Das war jemand, den jeder mochte, der eine unglaublich gewinnende Art hatte. Eher das Gegenteil, die Leute waren gerne in seiner Nähe.«

»Das ist aber auch nicht unproblematisch, oder?«

Eine lange Pause folgte, bis Horst Steinmann antwortete.

»So hab ich das noch nie gesehen, aber solange nichts passiert, kommt man nicht auf so einen Gedanken.«

»Sie brauchen sich doch dafür nicht zu entschuldigen. Wir versuchen nur herauszufiltern, ob es ein Muster gibt, warum der Täter ihren Lebensgefährten als Opfer ausgewählt hat.«

Bekker machte Erna ein Zeichen und hielt ihr einen Zettel hin, auf den er Informationen über Steinmann gekritzelt hatte.

»Wie sind Sie denn zum Heim für Bedürftige gekommen?«

»Ich hab Sozialwissenschaft studiert und danach lange ein Kinderdorf in der Westpfalz geleitet. Irgendwann war ich mit meinen Kräften am Ende und dann hat sich mehr oder minder zufällig die Leitung des HfB ergeben. Das ist zwar nicht einfach, aber bisher macht es mir Spaß und man begegnet unterschiedlichsten Leuten, hört unglaubliche Geschichten und kann was tun. Außerdem habe ich hier regelmäßigere Arbeitszeiten.«

»Wo geboren?«

»In Mainz.«

»Wo studiert?«

»Hier, in Mainz.«

»Sie sind wie alt?«

»52.«

»Und wie alt war Herr Kümmert?«

»49, und er ist ebenfalls aus Mainz.«

»Wann haben Sie ihn das letzte Mal gesehen?«

»Gestern Mittag, er ist los und wollte sich einen Film im

Programmkino ansehen. Den letzten Kaurismäkki, Der Mann ohne Vergangenheit. Kennen Sie den?«

Erna verneinte, Bekker hatte ihn gesehen, wollte aber mit dieser Bemerkung nicht ins Gespräch eingreifen. Steinmann erzählte weiter.

»Danach wollte er noch was trinken gehen, ich habe keine Ahnung, mit wem. Sonst hätten wir das Schwein, richtig?«

»Kann man so nicht sagen«, gab Erna zu bedenken.

Bekker teilte ihre Meinung, vermutete aber, dass Kümmert seinen Mörder gekannt hatte und es zumindest eine lose Bekanntschaft zwischen ihnen gegeben hatte. Plötzlich wurde ihm klar, dass sie auf der Stelle das Verhör unterbrechen mussten. Was, wenn der Mörder in Kümmerts Wohnung auftauchte, um mögliche Spuren zu verwischen. Es war kein Schlüssel bei dem Toten gefunden worden. Er sprang auf.

»Wir müssen los. Auf der Stelle!«

»Wohin denn?«, fragte ihn seine Kollegin verblüfft.

»Na, zu seiner Wohnung.« Dabei deutete er auf Horst Steinmann.

Als sie wenig später in Richtung Neustadt rasten, hatte sich der Kommissar bereits damit abgefunden, dass sie zu spät kommen würden. Der Täter war, wenn überhaupt, vermutlich schon am Morgen, nachdem Steinmann die Wohnung verlassen hatte, dort aufgetaucht. Erna Dunst hielt vor demGebäude. Das Apartment lag im vierten Stock.

»Schack, ihr nehmt den Aufzug, ich die Treppe«, sagte sie im Vorbeilaufen und war schon auf dem Weg nach oben.

Als sie vor der Tür standen, zückte sie ihre Waffe. Ihr Kollege hatte wieder einmal keine dabei. Aus der Wohnung drang kein Laut. Bekker ließ sich den Schlüssel geben und öffnete vorsichtig die Tür. Der Flur sah sauber und gepflegt aus, ein ansehnliches antikes Schränkchen und ein eiserner Kleiderständer vermittelten zurückhaltende Eleganz. Steinmann deutete auf eine Tür im hinteren Teil der Wohnung, die zum Innenhof hinausging. Kümmerts Zimmer. Hier herrschte heilloses Durcheinander, zweifellos war es durchsucht worden. Dem Kommissar fiel ein leerer Briefumschlag auf, der unter dem Arbeitstisch lag.

Er mühte sich auf den Boden, nicht ohne dabei übertrieben zu stöhnen.

»Für Reiner Kümmert. Persönlich!«, las er vor. »In Druckbuchstaben geschrieben.«

»Ihr Freund hat Ihnen nichts von einem Brief erzählt?«, wollte Erna von Steinmann wissen.

»Nein.«

»Wir sind zu spät gekommen«, stellte Bekker enttäuscht fest.

»Also, ein Brief«, sinnierte Steinmann, der kraftlos und verzweifelt wirkte.

»Mit ein bisschen Glück gibt es Fingerabdrücke«, bemerkte Erna.

In diesem Moment war ein entferntes Klicken zu hören, das einen Augenblick lang nicht recht einzuordnen war.

»Die Wohnungstür!«, rief der Kommissar.

Seine Kollegin war schon im Flur und stürmte den Gang hinunter. Bekkers linkes Knie schmerzte, wodurch er zunächst nur hinkend, dann in langsamem Trab, die Verfolgung aufnehmen konnte. Natürlich war es für ihn völlig aussichtslos, den Eindringling zu fassen, weshalb er den Aufzug nahm. Im Erdgeschoss stand Erna schwer atmend in der Lobby.

»Und? Hast du irgendwas gesehen?«

Sie schüttelte den Kopf und winkte ab, was so viel hieß wie, sei einfach mal still!

»Ich bin wirklich ein dämlicher Hund«, sagte er vor sich hin,

»warum bin ich nicht in jeden Raum gegangen, sondern Steinmann in Kümmerts Zimmer gefolgt?«

»Stimmt, er hat uns gleich nach hinten gelotst.«

Bekker sah sie an und kniff die Augen zusammen.

»Nein, das war keine Absicht. Der Mann ist am Ende, so weit hat er nicht gedacht.«

»Schack, du bist in der Wohnung, suchst einen Brief, den du Kümmert geschrieben hast und bemerkst, dass jemand in die Wohnung kommt. Es gelingt dir, dich rechtzeitig zu verstecken und du verschwindest erst, als sich die eine gute Gelegenheit bietet. Was lässt sich daraus schließen?«

»Dass der Täter gute Nerven hat, zu pokern liebt und dabei ruhig und konzentriert bleibt. Er ist davon ausgegangen, dass er schnell genug ist, um zu fliehen. Ein Hinweis auf seine gute physische Verfassung, würde ich annehmen.«

»Oder er weiß, mit wem er es zu tun hat«, fügte die Kommissarin hinzu. Steinmann kam die Treppe herunter, stand schweigend da und schien auf eine positive Nachricht zu hoffen.

»Tut mir leid, aber er ist uns durch die Lappen gegangen. Das macht die Angelegenheit nicht gerade einfacher«, brachte es Erna auf den Punkt.

Sie nahmen den Aufzug nach oben und setzten sich in das gemeinsame Wohnzimmer der beiden.

»Wir waren ein Paar, aber jeder hatte seinen eigenen Bereich und führte auch noch ein Leben außerhalb der Beziehung. Deshalb weiß ich leider nichts zu dem Brief oder dem Schreiber zu sagen.«

»Hat Reiner Kümmert in der letzten Zeit vielleicht etwas Ungewöhnliches erwähnt, das ihm widerfahren ist?«, wollte Erna wissen.

»Nichts, was mich daran denken lassen könnte, dass so eine Tat das Ergebnis ist.«

»Stellen Sie uns bitte eine Liste mit Personen aus seinem Umfeld zusammen, auch aus dem Arbeitsbereich. Er hat ja Menschen psychologisch betreut. Es würde mich nicht wundern, wenn der Täter aus dieser Ecke käme«, schloss sie ihre Überlegung.

»Mach ich. Aber ich weiß nicht, wie schnell ich das hinbekomme.«

»Kein Problem, Herr Steinmann. Wir fangen mit den bis dahin vorhandenen Informationen an, uns zu positionieren.«

Positionieren, dachte Bekker. Erna hatte sich gemausert, sie brachte ihre Gedanken klar zum Ausdruck, redete nicht lange herum und war, viel mehr als er selbst, zielorientiert. Sie blendete alles aus, was nicht zum Fall gehörte. Er hingegen sammelte und redete, meist war ein großer Teil seiner Überlegungen unbrauchbar. Und doch, stellte er mit einer gewissen Genugtuung fest, gelang es ihm immer wieder auf beinahe unvorhersehbare Art, auch schwierigste Fälle zu entwirren. Warum nur war er nicht in der Lage, sich besser darzustellen? Ein ums andere Mal benahm er sich ungeschickt und eckte auf jede nur erdenkliche Art an.

»Schack, wir müssen los, der Walter hat mir eben eine Nachricht geschickt, dass er gleich bei uns im Büro ist. Übrigens, ich würde Ihnen empfehlen, so schnell wie möglich das Schloss austauschen zu lassen.«

Sie verabschiedeten sich von Steinmann. Im Auto war Bekker wieder aus seinen Gedanken aufgetaucht und ansprechbar.

»Mach dir doch nicht so viele Sorgen, Schack. Geht es denn schon wieder um die Beförderung?«

»Nicht nur, allerdings muss ich immer mehr erkennen, dass ich eine total verdrehte Wahrnehmung habe.«

»Und das fällt dir erst jetzt auf?«, fragte sie einigermaßen überrascht nach.

Erna hatte die Augen auf die Straße gerichtet, aber sie war sich sicher, dass Bekker wie ein Schuljunge vor sich hin grinste. Der Kommissar fühlte sich ertappt und brach in Gelächter aus.

»Wenn dich jemand in einem solchen Moment beobachtet, denkt er entweder, dass du ihn verarschen willst oder du sie nicht alle beisammen hast.«

»Aber da liegt doch eine merkwürdige Komik drin?«

Seine Kollegin schwieg. Erst als sie in die Garage der Polizei einbogen, sagte sie: »Das ist eine merkwürdige Melancholie bei dir und dazu kommt diese gewisse Selbstherrlichkeit. Wer dich nicht liebt, und zwar so wie du bist, der hält dich für arrogant, selbstgerecht und ungehobelt.«

Ernas Worte brachten seine ganze Misere auf den Punkt. Als sie wieder in ihrem Büro saßen und Walter Kur die Tür hereinkam, hatte Bekker die deutlichen Worte seiner Kollegin schon weit weggeschoben.

»Die Sache ist die«, der Mediziner legte mehrere Bilder auf Ernas Schreibtisch aus und wartete einen Moment.

»Das«, er deutete auf den roten Fleck des Leintuchs, »ist Blut. Aber kein Menschen-, sondern Hundeblut. Genauer gesagt, jenes Hundes, den wir am Winterhafen gefunden haben.«

»Scheußlich«, sagte Erna mit Nachdruck.

»Der Tote wurde tatsächlich mit dem Dolch aus dem Haus getötet. Allerdings gibt es keine Fingerabdrücke oder sonstige Hinweise. Erst sediert, dann erstochen. Und wie wir ja schon am Tatort vermutet hatten, ist er mit einem Seil zum Kamin gezogen worden. Der Mörder ist demnach in guter körperlicher Verfassung.«

Kur stand auf und griff seinen Mantel, der über der Lehne hing.

»Das wars schon?«, fragte Bekker etwas überrascht.

»Der Tod ist wohl gegen Mitternacht eingetreten. Mehr liegt noch nicht vor. Ich lass euch die Bilder da, die restlichen Ergebnisse hat der Büben. Ich gehe zwei Wochen Skifahren im Hochschwarzwald.«

»Wie kommts? Du bist doch sonst immer in den Alpen«, stellte Erna fest.

»Ja, aber die Lisa wollte mal woandershin. Es ist deutlich näher und bis auf die Kuckucksuhren ist das doch eigentlich eine ganz schöne Gegend.«

»Der Büben? Wir haben den Ernstfall und müssen uns mit diesem Wiesbadener Fallobst rumärgern.«

»Zuverlässig und gewissenhaft«, korrigierte ihn der Gerichtsmediziner.

Bekker wollte weiter stänkern, erinnerte sich aber an Ernas Worte.

»Dann einen schönen Urlaub.«

Kur sah ihn erstaunt an.

»Jaja, guck nicht so blöd, ich versuch mich zu ändern.«

»Schack, einen Tipp, lass es! Das passt nicht zu dir.«

»Wart ab, ich fress jetzt jeden Morgen Kreide, du wirst dich noch wundern.«

»Schack und der Wolf«, sagte Kur sichtlich vergnügt und verließ das Büro, kam aber nochmal zurück und verabschiedete sich von Erna.

»Um wie viel Uhr kommt eigentlich der Pfirsisch?«, wollte Bekker von ihr wissen.

»Du hast noch Zeit, um dich ein bisschen in die Reihe zu schaffen.«

11

Als Bekker nach dem Frischmachen und einer ausgiebigen Plauderei mit dem Kollegen Dingmann wieder das Büro betrat, war Erna bereits in ein Gespräch mit Cornelia von Pfirsig vertieft. Er schloss die Tür, schob einen Stuhl heran und setzte sich zu ihnen. Erna stellte den Kommissar vor, worauf die Kriminalpsychologin einwarf: »Ich hab schon viel von Ihnen gehört, Herr Bekker. Hoch talentiert, launisch und zu sehr Gemütsmensch, um sich im Haifischbecken durchzusetzen.«

»Und das haben Sie auf einen Blick erkannt? Beachtlich!«, stellte dieser mit süffisantem Unterton fest.

Er betrachtete die üppige, aber doch schlanke Frau vor ihm. Kastanienfarbenes Haar, die sind sicher gefärbt, sagte er sich, einen eng sitzenden Hosenanzug in dunkelgrün, hochhackige Schuhe und eine Bluse, die eine Spur zu viel verriet.

»Zu enge Klamotten, gefärbte Haare und einen Adelstitel, so kommt man an Stellen, die eigentlich anderen Leuten zustehen.«

Bekker stockte kurz, hatte er das eben tatsächlich gesagt? Er hatte. Kriminalpsychologin Cornelia von Pfirsig sah ihn an und schmunzelte.

»Das mag stimmen, aber ich fühle mich in meiner Haut ausgesprochen wohl und kann ganz gut mit mir leben. Und wer zuletzt lacht, lacht am besten.«

Er wurde hellhörig, hatte Erna ihr etwas über ihn erzählt? War seine Nichtbeachtung bei den Beförderungen in den letzten Jahren etwa Thema bei seinen Kollegen? Er würde die Bemerkung einfach ignorieren. Es gab diesen Mord aufzuklären und Ernas Urteil vertrauend, konnte ihnen die Kriminalpsychologin helfen.

»Hast du Frau Pfirsig schon Niesbergs Bilder gezeigt?« Er würde den Adelstitel nicht verwenden.

»Dazu kam ich noch nicht.«

Die Hauptkommissarin entnahm dem vor ihr liegenden Umschlag die Fotografien und gab sie ihrer Kollegin.

»Wie eben schon gesagt, das Ganze ist am Rheinufer passiert, genauer, am Victor-Hugo-Ufer. Auf der Inselspitze haben wir die beiden Tiere gefunden und beim Haus der Rheinschiffer saß dieser Mann, Reiner Kümmert, halbnackt und mit Herzstich getötet auf dem Dach. Seine Identität, wie auch die seines Mitbewohners und Freundes konnten wir bereits ermitteln.«

»Freundes?«

»Ja, er hatte einen Freund«, bekräftigte Erna.

Bekker mochte den Tonfall von Cornelia von Pfirsig nicht.

»Wundert Sie das?«, fragte er scheinbar beiläufig.

»Was denn?«

»Na, dass der Tote schwul war.«

Die Psychologin antwortete eine Weile nichts und fasste sich aufreizend unbekümmert ins Dekolleté. Es irritierte und reizte ihn. »Sie legt es drauf an, aber so Spielchen macht sie nicht mit mir«, murmelte er vor sich hin. Von Pfirsig war noch immer mit den Bildern beschäftigt, sie schien geschockt und bat um ein Glas Wasser.

Erna fragte sie nach dem angekündigten Täterprofil.

»Nun, es steht für mich außer Frage, dass es sich um eine psychisch kranke Person handelt. Die Art der Grausamkeit weist für mich zudem auf einen Mann hin. Es sieht so aus, als sollte das Blut über den Brustkorb laufen.«

»Und es erinnert an das blutige Rinnsal bei dem Hund. Mal ganz abgesehen davon, sind denn Frauen nicht auch grausam?«, hakte Bekker nach.

Erna kam Cornelia von Pfirsig zuvor.

»Klar können wir brutal sein, Schack, aber anders. Jemanden per Herzstich zu töten und mit entblößtem Oberkörper an einem unmöglichen Ort zur Schau zu stellen, das passt mehr zu euch.«

Die Psychologin wartete ab, ob die Hauptkommissarin noch etwas hinzufügen würde, dann ergriff sie wieder das Wort.

»Die Taten haben etwas Unvollständiges, als würde der Mörder die Umstände klarlegen wollen, die ihn antreiben.«

Bekker hörte interessiert zu, die Überlegung gefiel ihm, aber etwas stimmte nicht. Unvollständig? Schon, aber wollte sich der Täter wirklich erklären? Steckte nicht etwas noch Abgründigeres dahinter? Ernas Handy klingelte, sie entfernte sich ein paar Schritte von ihnen. Er hatte den Eindruck, als habe Cornelia von Pfirsig nicht alles gesagt.

»Unvollständig?«, wiederholte er.

»Ja, ich bin fest davon überzeugt, dass der Täter Kontakt mit uns aufnehmen will.«

Sie sah ihn mit einem Ausdruck an, der darauf schließen ließ, dass sie völlig überzeugt von dem schien, was sie sagte. Bekker war das nicht.

»Warum in aller Welt sollte der Täter mit uns in Kontakt treten wollen? Sprechen seine Taten nicht für sich?«

»Sehen Sie, diese Handlungen sind nicht in sich abgeschlossen, der Vogel auf dem Leintuch oder der Hund, dessen Blut in den Rhein läuft. Ich glaube keine Sekunde daran, dass da nicht eine tiefere Absicht dahintersteckt. Und Ähnliches trifft auch für den Mann auf dem Dach zu. Das sind keine gewöhnlichen Tötungen.«

Sie stockte einen Moment, was Bekker dazu nutzte, »Inszenierungen« einzuwerfen. Der Kommissar war angetan von seiner Bemerkung.

»Warum fragen Sie mich überhaupt, wenn Sie die Antwort kennen?«

Für einen Moment war er sprachlos.

»Na ja, es war mehr eine Vermutung.«

»Ich werde den Eindruck nicht los, dass Sie mich nicht mögen, Herr Bekker. Sie geben vor, flappsige Bemerkungen zu machen, aber im Grunde meinen Sie das alles ziemlich ernst. Eigentlich haben Sie mir schon vorhin deutlich zu erkennen gegeben, was Sie von mir halten.«

Mit einer solchen Offenheit hatte er nicht gerechnet.

»Tja, ich hätte vielleicht besser mal ... den Mund gehalten?«

Cornelia von Pfirsig sah ihn verblüfft an und lachte auf, der Kommissar konnte nicht anders als mitzulachen. Etwas zog ihn an, waren es ihre Augen, ihre Fröhlichkeit? Er hatte ganz und gar nicht mehr das Gefühl, dass eine Zusammenarbeit nur Ärger und Stress bedeutete. Sie war gewitzt und hatte eine schnelle Auffassungs- und gute Beobachtungsgabe. Außerdem sagte sie frei heraus, was sie dachte. Das mochte er besonders. Allerdings war er mit ihrer Deutung bezüglich des getöteten Hundes nicht einverstanden.

»Bei dem Hund würde ich keine symbolische Handlung vermuten. Ich denke, dass der Täter ihn ganz konkret dazu benutzt hat, seine Hemmschwelle hinsichtlich des Tötens abzubauen und um genügend Blut für die Inszenierung der Taube auf dem Leintuch zu haben. Und ich denke, dass er nicht einfach irgendeinen Vogel, sondern bewusst eine Turteltaube getötet hat.«

Nur für einen sehr kurzen Moment hatte die Psychologin ihre Überraschung nicht verbergen können, die Bekker jedoch registriert hatte. Sie schien seine Bemerkung zu rekapitulieren.

»Mit dem Hund könnten Sie recht haben. Und die Tatsache, dass die beiden Tiere und der Mann allesamt mit einem Dolch getötet wurden, legt eine Art ritualisierte Überwindung nahe.«

»Das soll doch heißen, dass der Täter immer auf die gleiche

Weise vorgeht, um sich an das Töten zu gewöhnen? Er ist also kein Profi.«

Sie nickte. Er stellte mit Genugtuung fest, dass das gemeinsame Analysieren Früchte trug. Seine anfängliche Skepsis der Psychologin gegenüber war so gut wie verflogen.

»Hätten Sie Lust, morgen Abend bei mir vorbeizukommen? Ich bin mit meinem Sohn umgezogen und wir feiern die Einweihung.«

Er musste nicht lange überlegen.

»Warum nicht. Wo und wann?«

»Um sieben, in der Kapuzinerstraße, vis-à-vis der Ignazkirche.«

»Schönes Eckchen! Da sind wir ja praktisch Nachbarn.«

»Tatsächlich?«

»Ich wohne am Graben.«

Erna hatte ihr Gespräch beendet und kam zurück zu den beiden.

»Wer war es denn?«, wollte er wissen.

»Dr. Meiner. Er hat mir seine volle Unterstützung zugesagt, sollte ich etwas außerhalb meiner Verfügungsgewalt benötigen. Er hätte auch sagen können, Frau Dunst, vergessen Sie bloß nicht, dass ich der ganzen Sache vorstehe.«

»Wenn es denn gut geht«, fügte Bekker hinzu.

»Frau Dunst«, bemerkte Cornelia von Pfirsig, »kommen Sie morgen Abend auch zu meiner Feier?«

Schack hatte zugesagt?, wunderte sich Erna. Dabei wollte er doch nichts mit ihr zu tun haben.

»Mein Kollege wird demnach auch da sein?«

»Angekündigt hat er sich.«

»Ich komme gerne.«

War das seine Taktik, um mit der Kriminalpsychologin besser klarzukommen? Das war, zumindest bislang, nie seine Art gewesen. »So, so. Schacks Pfirsich«, sagte sie leise vor sich hin und konnte ein diebisches Lächeln nicht unterdrücken. Sie verließ das gemeinsame Büro, um noch einmal mit Steinmann zu telefonieren. Erna wollte erreichen, dass der Leiter des HfB ein Gespräch mit Cornelia von Pfirsig führte. Als Grund hierfür würde sie vorgeben, dass man sich wegen seiner schwierigen Situation um ihn sorge. Auf diese Weise würden sie Aufschluss über seinen mentalen Zustand erhalten. Sie ging zum Aufenthaltsraum, der wie erwartet leer war, und wählte die Nummer des Heims für Bedürftige.

»Heim für Bedürftige, Steinmann am Apparat.«

»Dunst, Kripo Mainz.«

»Hallo Frau Kommissarin«, er machte eine kurze Pause, »sind Sie denn schon ein Stück vorangekommen?«

»Wie man es nimmt, wir haben ein paar Ansatzpunkte«, gab Erna vor.

»Wie kann ich behilflich sein?«

»Wir machen uns Sorgen um Ihre psychische Verfassung, Sie verstehen hoffentlich.«

Er beeilte sich zuzustimmen und so brauchte es entgegen ihrer Erwartung nicht viel Überredungskunst, ihn von dem Gespräch mit der Psychologin zu überzeugen.

»Ich gebe Frau von Pfirsig Ihre Telefonnummer, dann kann sie mit Ihnen einen Termin vereinbaren.«

»Das ist nett. Vielen Dank für das Angebot.«

Erna ging zurück ins Büro und berichtete von ihrem Telefonat.

»Danach wissen wir ein wenig mehr über ihn«, bemerkte Cornelia von Pfirsig.

»Und wir sollten nach diesem Ferdinand suchen, der sonst jeden Morgen im HfB auftaucht.« Bekker wartete einen Moment und als keine Reaktion folgte, fügte er hinzu: »Ich habe kein gutes Gefühl. Es könnte durchaus sein, dass auch er ermordet wurde. Vielleicht hat er ja was mitbekommen. Ich mag nichts heraufbeschwören und es ist auch nur ein Bauchgefühl.«

Erna versuchte diese düstere Ahnung zu verwischen.

»Jetzt lass uns doch erst mal nur von Kümmert ausgehen. Positiv denken, Schack!«

Bekker nickte und hob leicht die Schultern. Natürlich dachte er positiv, aber seinem Instinkt nach deutete vieles auf den Stadtstreicher als zweites Opfer hin.

»Frei wie ein Vogel – vogelfrei«, sagte er vor sich hin.

»Wo hast du denn das wieder her?«, wollte seine Kollegin von ihm wissen.

»Das ist mir gestern Abend in den Sinn gekommen und geht mir einfach nicht mehr aus dem Kopf.«

Cornelia von Pfirsig griff ihre Tasche und kündigte an, ihnen Bescheid zu geben, sobald sie einen Termin mit Steinman ausgemacht hatte.

»Bis morgen Abend um sieben, ich würde mich wirklich sehr freuen, wenn Sie beide kämen.«

Bekker beeilte sich zu versichern, dass sie bestimmt vorbeikommen würden.

Dann verließ die Psychologin das Büro.

»Ich war noch gar nicht so sicher«, stichelte Erna.

»Es ist nicht so, wie du denkst!«

»Was denke ich denn?«

»Na, mit der Pfirsig, ich wollte nur meine Überlegungen mit ihr abgleichen.«

»Du brauchst dich nicht zu verteidigen, Schack. Heutzutage darf man Bekanntschaften mit adeligen Psychologinnen haben. Selbst wenn sie, wie hast du dich gleich ausgedrückt?«

»Es reicht, Ernie, es ist angekommen.«

»Zu enge Klamotten, gefärbte Haare und was war das noch? Ach so, der Adelstitel. Nicht schlecht, Schack, den Fettnapf hast du genau getroffen.«

»Ich hab mich in ihr getäuscht, sie ist wirklich ein interessanter Typ.«

Das Telefon klingelte. Erna hob ab, es war schon wieder Dr. Meiner, der vergessen hatte, die Uhrzeit für die morgige Pressekonferenz mitzuteilen.

»Zehn Uhr, geht in Ordnung. Nein, wir haben leider noch keinen Verdächtigen.«

Bekkers scheinbar gelangweilter Gesichtsausdruck trog, er war ganz Ohr und froh darüber, dass die PK aus ermittlungstechnischen Günden, wie es offiziell hieß, erst am nächsten Morgen stattfinden würde. Meiners schrille Stimme war auch von ihm aus noch gut zu hören.

»Ja. Kommissar Bekker und Kriminalpsychologin Frau von Pfirsig«, klärte sie ihren Chef auf.

»Die Cornelia ... von Pfirsig?«, fragte Meiner erstaunt.

Erna Dunst stutzte einen Moment, Meiner duzte die Psychologin offenkundig; zu lange hatte die Pause zwischen Vor- und Nachnamen gedauert.

»Und kommen der Oberkommissar und die Psychologin miteinander aus? Wenn ich mich recht entsinne, gab es da doch mal ziemlichen Ärger wegen eines Gutachtens? War das nicht vor etwa zwei Jahren gewesen? Richtig?«

Meiner musste das nachgelesen haben. Was bezweckte er mit dieser Bemerkung? Und warum nannte er Schack seit geraumer Zeit Oberkommissar? Dass die beiden nicht miteinander konnten, war über die Jahre niemandem verborgen geblieben. Und dass Bekker jedes Mal bei den Beförderungen übergangen wurde, hing unzweifelhaft mit dieser Animosität zusammen. Erna stellte sich unwissend.

»Das kann nichts Ernstes gewesen sein, ich kann mich nicht daran erinnern.«

»Informieren Sie mich, wenn es Neuigkeiten gibt.«

»Aber klar doch, Dr. Meiner.«

»Dann viel Erfolg.«

Erna wartete noch einen Moment, bis die Leitung tot war, dann sah sie ihren Kollegen an und schüttelte den Kopf.

»Was ist?«

»Morgen früh um zehn Uhr ist die Pressekonferenz wegen unseres Falles.«

»Habs gehört. Aber deshalb hast du nicht den Kopf geschüttelt, oder?«

»Schack, bist du etwa wieder mit dem Meiner aneinandergeraten?«

Bekker streckte sich, griff zu einem Bleistift, der vor ihm auf der Schreibtischplatte lag, und begann ein Galgenmännchen auf ein Blatt Papier zu kritzeln.

»Also?«

»Wir haben uns vor ein paar Tagen auf dem Flur hier gesehen und er hat mir zu verstehen gegeben, dass meine Ernennung zum Hauptkommissar allein sein Verdienst sei. Ich habe ihn gefragt, woher er diese Weisheit nehme. Sie ecken überall an, hat er gesagt, ich wäre wegen meines Verhaltens eigentlich nicht tragbar für sein Haus. Dann lassen Sie mich doch versetzen, hab ich geantwortet, aber gehen Sie mir nicht auf die ...«

»Das hast du hoffentlich nicht gesagt!«

»Nerven. Klar doch, und dann hab ich ihm noch zu verstehen gegeben, dass er mich jahrelang übergangen hat, und zwar seit der Geschichte mit den abgeschlagenen Händen.«

»Oh, Schack Bekker. Du weißt es ganz genau und tust es trotzdem.«

Er winkte ab.

»Seid ihr etwa laut geworden?«

»Nicht so laut, dass Leute zusammengelaufen wären.«

»Na, das ist doch mal was, du bist und bleibst unverbesserlich. Konntest du diesem Mann nicht einmal seinen Triumph gönnen und dich bei ihm bedanken. Das hätte dich nichts gekostet.«

»Da irrst du gewaltig. Ich hätte mich zum Idioten vor diesem Spanferkel gemacht. Nein, das konnte ich einfach nicht. Dann soll er mich versetzen oder die Beförderung in letzter Sekunde kippen. Im Endeffekt ...«

»Sprichs nicht aus, manchmal hilfts.«

Sprichs nicht aus, manchmal hilfts, sprichs nicht aus, wiederholte er in Gedanken. Natürlich hatte Erna recht, aber er konnte sich einfach nicht zurückhalten. Wenn ihm jemand, den er nicht ernst nahm, auch noch dummes Zeug erzählte, war es um ihn geschehen. Dinge auf sich beruhen zu lassen, zählte nicht zu seinen Stärken. Und morgen früh würde er mit Meiner in der Pressekonferenz sitzen, er durfte nicht daran denken.

Der grundlegende Unterschied zwischen ihnen bestand darin, dass der Kommissar nicht nachtragend war, er vergaß das Geschehene meist sehr schnell, aber bei Meiner war das anders. Er schien regelrecht Buch zu führen und grub bei jeder passenden Gelegenheit bestimmte Episoden wieder aus. Als Bekker schließlich auf die Uhr über der Tür sah, war es kurz nach sechs. »Ich mach mich auf den Weg, Ernie.«

»Ist gut, ich bereite noch die Unterlagen für die Konferenz vor, nicht dass es da zu Unstimmigkeiten kommt. Wir treffen uns eine Stunde vorher im Sitzungssaal. Und bring gute Laune mit, Schack. Es hilft doch eh nichts.«

»Ich werde mal das Schränkchen durchkramen, vielleicht finde ich ja mein Dauerlächeln.«

Bekker schlenderte gemächlich durch die Altstadt und öffnete schließlich, ohne darüber nachzudenken, die Tür zum Weinhaus Spiegel. Dort würde er seine Ruhe haben. Es war angenehm schummrig, er setzte sich an den kleinen runden Tisch in der Nähe des Eingangs.

»Rieslingschorle und Spundekäs, bitte«, bestellte er und zog ein Blatt Papier heraus, um sich ein paar Notizen zu machen. Gab es bereits den vermeintlichen zweiten Toten? Und wenn ja, hatte ihn der Mörder ähnlich zur Schau gestellt? Insgeheim wartete er jeden Moment darauf, dass man ihn zum Fundort rief. So schlimm der Gedanke auch war, aber eine zweite Leiche bedeutete auch weitere Hinweise. In jedem Fall war das wohl die Handschrift des Mörders auf dem Briefumschlag. Abwarten, ob die Analyse des Papiers etwas ergab. Oder die Suche nach DNA-Spuren. Es musste eine Beziehung zwischen Kümmert und dem Täter gegeben haben, wie auch immer diese ausgesehen hatte. Bekker notierte seine Gedanken. Er versuchte systematisch zu sein, indem er sie nummerierte. Aber alles fand sich so, wie es ihm einfiel, in seinen Notizen wieder. Das Resultat war ein wildes Gekritzel. Wenn Erna einen dieser Zettel in die Hand bekam, winkte sie nur ab und forderte ihn auf zu erzählen, was er sich überlegt hatte. Sie war es dann, die eine systematische Aufstellung seiner Überlegungen erstellte. Und wenn Bekker der peniblen Darstellung wegen zu maulen anfing, ließ seine Kollegin freundlich den Satz fallen: »Siehst du, Schack, das ist der Grund, warum ich Hauptkommissarin bin.«

Er nahm ihr solche Bemerkungen nicht übel, wissend, dass es einiges an Geduld erforderte, ihn zu ertragen. Die Rieslingschorle hatte er bereits über die Hälfte geleert, als der Spundekäs kam. Bekker schob ihn ein Stück zur Seite, um etwas unter Punkt 5 zu notieren: Zwischen dem Buch und dem Dolch aus dem Haus der Rheinschiffer muss es einen Zusammenhang geben. Er lehnte sich zufrieden zurück, betrachtete die zur Neige gehende Schorle und bestellte eine weitere. Kümmert musste etwas über seinen Mörder gewusst haben. Er hatte vor allem Problemjugendliche betreut. Kein Jugendlicher, aber jemand aus dem direkten Umfeld oder einer der mittlerweile erwachsen gewordenen Jungs, dachte der Kommissar. Morgen nach der Konferenz würden sie Kümmerts Arbeitsstelle aufsuchen und sich umhören. Hier musste es einen Ansatzpunkt geben. Punkt 6 seiner Liste. Müdigkeit übermannte ihn, schwer und bleiern, er zahlte und machte sich auf den Heimweg.

12

Bekker schloss die Holztür am Graben auf und ging ins Haus. Er mochte seine Wohnung, den Balkon, von dem aus man die ganze Altstadt überblicken konnte. Doch sie lag im fünften Stock und der fehlende Fahrstuhl machte ihm zu schaffen. Schon mehrfach hatte er darüber nachgedacht, sich eine neue Bleibe zu suchen, aber weiter waren seine Überlegungen nie gediehen. Er konnte zu Fuß zur Arbeit gehen, den Bäcker hatte er ganz in der Nähe und überhaupt gab es eigentlich alles, was er für den täglichen Bedarf brauchte. Mühsam schleppte er sich die Stufen nach oben. Er bekam schlecht Luft und musste bereits zwischen dem ersten und dem zweiten Stock eine Pause einlegen. Er war gerade im dritten Stock, als er begann, Spekulationen anzustellen. Wenn seine Theorie stimmte und Kümmert den Mörder gekannt hatte, mussten sie nur herausfinden, was der Sozialarbeiter so Außergewöhnliches gewusst hatte. Bekker blieb in der vierten Etage stehen, lehnte sich auf das schwere Holzgeländer und schloss die Augen. Was um alles in der Welt trieb einen Menschen zu solch einer Tat? Jemanden mit einem Herzstich zu töten und halbnackt auf ein Dach zu setzen, das war entwürdigend. Ging es einfach darum, den Toten in dieser Weise bloßzustellen? Bekker sah diese rote Linie vor sich, die über den Oberkörper bis in den Schoß von Reiner Kümmert gereicht hatte. Sie hatte wie ein Mal gewirkt, wie eine Narbe auf dem Körper. Aber dieses Bild erinnerte ihn noch an etwas Anderes. Er versuchte auszublenden, dass es sich um einen Toten handelte, versuchte sich nur auf diese Linie zu konzentrieren. Natürlich, eine Träne, ein weinendes Herz! Drückte sich in diesem merkwürdigen Bild etwa der krankhafte Zwang des Täters und seine Trauer aus? Der Kommissar nahm die letzten Stufen in Angriff.

Als er wenig später auf dem Balkon stand und Rauch inhalierte, blickte er versonnen über die Dächer der Altstadt. Er liebte den Moment, wenn man dem Gejagten näher kam und kurz davor war, seine Fährte aufzunehmen: Nichts befriedigte ihn mehr. Das Gefühl, den Täter zu fassen, war kein Vergleich dazu. Der bevorstehende Zweikampf beflügelte Bekker, es war, als würde ihn ein Rausch erfassen. Es begann wieder zu schneien und das einsetzende Glockengeläut von St. Ignaz gab der Szenerie einen beinahe unwirklichen Anstrich.

Hatte der Täter das Gespräch gesucht und sich Reiner Kümmert anvertraut, der dafür mit seinem Leben bezahlen musste? »Unvollständig«, sagte der Kommissar und fasste in den sich auf dem Dach bildenden Schneeflaum. Er ging hinein und schaltete das Radio ein. Er war nicht weit von der Wahrheit entfernt, aber noch fehlte der rechte Zugang. Etwas an dem Täter passte nicht in das gängige Profil, etwas war speziell und untypisch. Aber was? Er legte sich auf die Couch und warf die Decke über seine Beine. Sollte doch der Schnee dieses ganze Chaos unter sich begraben.

13

Acht Uhr morgens. Bekker hatte unerträgliche Rückenschmerzen, kam nur mit größter Mühe von der Couch hoch und schleppte sich ins Bad. Er wusch sich so gut es ging am Waschbecken – an die obligatorische Dusche war nicht zu denken. Dann betrachtete der Kommissar mit prüfendem Blick sein Gesicht und entschied, auf die Rasur zu verzichten. Nachdem er sich bis in den Wohnungsflur gequält hatte, lehnte er abgekämpft an der Wand und rief ein Taxi. Als er endlich im Eingang der Polizeiwache stand, wählte er Ernas Nummer.

»Schack? Guten Morgen.«

»Morgen. Ich hab mir heute Nacht auf meinem Sch … sofa das Kreuz verrenkt und bin deshalb mit dem Taxi gekommen. Wie siehts denn aus? Ich steh hier unten.«

»Wir müssen noch ein paar Sachen abklären. Ich habe etwas für die Schmerzen, komm bitte hoch.«

Als er endlich im Büro saß und Erna die Beschwerden schilderte, sagte sie nur knapp »Hexenschuss« und »ziemlich schmerzhaft«, worauf Bekker nichts antwortete. Sie ging an ihren Schreibtisch und zog ein ABC-Pflaster heraus.

»Das lindert.«

»Ich kann mir das unmöglich draufmachen, da komm ich nicht dran«, maulte er.

»Habe ich mir schon gedacht, aber dafür hast du ja mich. Hose runter.«

Erna beobachtete Bekker, der zu zögern schien. Was ging durch seinen Kopf?

»Jetzt mach schon, das wird dir gut tun.«

»Bestimmt?«

Sie sah ihn an und lächelte schelmisch.

»Es brennt wie Feuer.«

Der Kommissar öffnete den Gürtel, drehte sich um und zog die Hose ein Stück herunter.

»Schack, auch die Unterhose. Wo genau ist der Schmerz denn am stärksten?«

Er tippte mit der Hand auf seinen verlängerten Rücken. Die Tür öffnete sich, ohne dass geklopft worden wäre.

»Erna, mein Schatz, ich bin ... oh, was ist denn hier, ich hätte wohl ...«

Bekker drehte sich um und sah direkt in Bübens Gesicht.

»Sie hätten mal besser angeklopft«, sagte er witzelnd, zuckte aber im gleichen Moment zusammen, als Erna das kalte Pflaster aufklebte. Kurs Stellvertreter blickte mehrere Male verständnislos zwischen den beiden hin und her. Der Kommissar strich sein Hemd über der Unterhose glatt, zog langsam die Hose hoch und dankte seiner Kollegin. Büben sah Erna hilfesuchend an.

»Stell dich nicht so an, Maximilian. Du hättest wirklich klopfen sollen.«

»Maximilian?«, wiederholte Bekker ungläubig.

Der Mann war einfach eine Karikatur seiner selbst. Was fand sie nur an diesem Langweiler? Er hatte seiner Kollegin versprochen, die Hänseleien zu unterlassen, was ihm bis auf kleinere Ausnahmen auch gelang. Ein großes Zugeständnis, wie er immer wieder feststellen musste.

»Kommen Sie denn zur PK?«, wollte Bekker wissen.

»Ich hatte es nicht vor und üblich ist es ja auch nicht unbedingt. Wenn man etwas über die medizinischen Zusammenhänge verlauten ließe, würde das wohl den Ermittlungen eher schaden.«

Verlauten ließe, so ein elender Schwätzer, dachte Bekker. Wenn du versuchst nett zu sein, wird er vorlaut, wenn du ihm eine aufs Dach gibst, petzt er und die Erna ist angefressen.

Büben fuhr fort: »Ich habe heute Morgen bereits mit Dr. Meiner konferiert und ihn über die bislang vorliegenden gerichtsmedizinischen Ergebnisse informiert.«

Was für ein Arschkriecher, dachte Bekker. Obwohl Büben keine Rolle in seinem Leben spielte, wollte es ihm nicht gelingen, Leute wie ihn einfach auszublenden. Das Telefon auf seinem Schreibtisch klingelte.

»Bekker. Mord.«

»Bekker, Kriminalpolizei Mainz«, antwortete mit genervtem Unterton der Leiter der Kommissariate, Dr. Meiner. »Wie oft noch muss ich Ihnen das sagen, Herr Bekker? Sie bringen mich noch um meinen letzten Funken Verstand mit Ihrem querulatorischen Habitus.« Die Stimme seines Chefs überschlug sich fast. »Ihr ständiges, vollkommen unsinniges Rebellieren. Es reicht, und zwar endgültig.«

Bekker wollte erst den Hörer weghalten, aber Büben war noch im Raum. Wenn er das vor diesem Nusstörtchen tun würde, brauchte die Information wahrscheinlich keine zehn Minuten, um zu Meiner zu gelangen.

»Herr Bekker? Sind Sie noch dran?«

»Wo soll ich denn hin sein? Was genau benötigen Sie denn von uns?«, beeilte er sich zu fragen.

»Ach so, ja richtig. Also, ich ... geben Sie mir die Hauptkommissarin Dunst.«

Er war froh, das Telefon weiterreichen zu können und verließ den Raum, um, wie er vorgab, auf die Toilette zu gehen. Vor dem Aufzug hielt er inne und atmete tief ein. Dingmann kam ihm entgegen.

»Na, Schack, gibts was Neues über den gefrosteten Zaunkönig?«

»Du weißt doch, bevor ich nichts Konkretes habe, halte ich die Klappe.«

»Ach komm, wenn du so redest, dann habt ihr bestimmt eine Spur.«

»In jedem Fall ist der Kerl psychisch krank.«

»Dann arbeitet ihr mit der Pfirsig zusammen?«

»Ähm, ja«, antwortete er und versuchte seinem Kollegen durch entschlossenes Nicken deutlich zu machen, dass er keine Vorbehalte gegen die Kooperation habe.

»Hattest du nicht mal dieses Theater ...«

»Lass es, Dingeling, das ist ein alter Hut. Neue Zeiten, neue Chancen.«

Dieser sah ihn ein wenig erstaunt an. »Wirst du etwa alt, Schack?«

»Nur besonnen und bescheuert.«

Sein Kollege strahlte vergnügt.

»Dann machs mal gut.«

»Du auch.«

Bekker ging weiter zum Gemeinschaftsraum, wo er sich auf einen Stuhl fallen ließ und mit einem schnellen Blick auf die Uhr über der Eingangstür sah. Fünf vor halb zehn. Ein paar Minuten Ruhe, nur ein paar Minuten, sagte er sich und schloss die Augen. Wieder waren seine Gedanken bei dem unbekannten Gegner, für den er aber nach und nach ein Gefühl zu entwickeln begann. Was trieb ihn an? Es war nicht die Lust zu töten, auch wenn man es im ersten Moment durchaus hätte vermuten können. Das von Cornelia von Pfirsig erwähnte Überwinden der Tötungshemmung stützte diese Überlegung. Die Turteltaube, die ein Liebes- und Glückssymbol darstellte und in einer Lache Blut lag, war von entscheidender Wichtigkeit. Dazu passte das blutige Rinnsal, das aus Kümmerts Herz über den Oberkörper gelaufen war. Obgleich er die unterschiedlichen Bilder und deren mögliche Bedeutungen noch nicht recht zusammensetzen konnte, formte sich erstmals eine

Ahnung, was den Täter angetrieben hatte: Liebesverlust. Aber das allein reichte Bekker nicht als Begründung für diese Inszenierungen. Was steckte dahinter?

Sie mussten Kümmerts Unterlagen durchgehen, seine privaten Notizen. Bekker glaubte erneut den inneren Zwang seines Gegenspielers zu spüren, wie schon am Winterhafen. Einmal war es ihm in seiner bisherigen Laufbahn passiert, dass er so etwas wie Verständnis für einen Mord aufgebracht hatte. Einer jungen Frau wurde ihr Baby entführt, misshandelt und verstümmelt. Wie sich herausstellte, war ihr Mann der Täter gewesen. Die Frau hatte ihn mit dem Abendessen betäubt, ans Bett gefesselt und grausam hingerichtet. Natürlich konnte er die Tat nicht gutheißen, aber der Anblick des Babys hatte ihn so getroffen, dass er die Rache der Mutter hatte nachvollziehen können. Die Tür ging auf und Erna streckte den Kopf ins Zimmer.

»In zwanzig Minuten fängt die PK an, ich habe soweit alles vorbereitet. Hat denn deine Grübelei irgendwas gebracht?«

Er nickte und stand auf. Sie nahmen den Wagen und fuhren ins Präsidium in der Neustadt, wo die Pressekonferenz stattfinden würde.

14

Dr. Meiner saß bereits auf dem Podium, neben ihm nahm gerade der leitende Oberstaatsanwalt Georg Schilling Platz. Erna und Bekker begrüßten die beiden und belegten die weiteren Stühle. Eine ansehnliche Gruppe von Journalisten war anwesend, die von der Allgemeinen Zeitung und der Rhein-Zeitung, der Rundschau und der FAZ konnte der Kommissar direkt zuordnen. Dazu noch ein paar ihm unbekannte Gesichter.

Dr. Meiner lehnte sich nach vorne zum Mikrofon und eröffnete die Pressekonferenz. Er selbst gab einen kurzen Überblick, berichtete von dem Toten, seiner Herkunft, den möglichen Implikationen und gab an Erna Dunst ab. Eigentlich war das mal mein Auftritt gewesen, dachte Bekker. Die offenkundige Geringschätzung seiner Arbeit war es, die ihn wütend machte. Am liebsten wäre er aufgestanden und kommentarlos gegangen. Die Presse war interessiert, wollte Einzelheiten. Einer der Reporter fragte nach dem Zusammenhang zwischen Kümmert, den toten Tieren und dem Leintuch. Für einen kurzen Moment herrschte betretenes Schweigen. Erna sah Schack an, der nickte und übernahm.

»Guten Morgen. Die toten Tiere wurden zwar an der Landspitze am Winterhafen gefunden, wie auch das Leintuch. Aber wir gehen im Augenblick nicht davon aus, dass diese Tierkadaver in direktem Zusammenhang mit dem Ermordeten stehen.«

Der Beantwortung weiterer Fragen nach der Tötungsweise oder dem genauen Fundort der Tiere wich Bekker gekonnt aus. Sie hatten informiert, ohne zu viel preisgegeben zu haben. Nur Dr. Meiner war sichtlich verärgert, dass Informationen an die Presse gelangt waren.

»Wie kann so etwas passieren, Frau Hauptkommissarin?«

»Da wird mal wieder einer von uns einem Journalisten einen Gefallen getan haben.«

»Das kann ich mir kaum vorstellen. Ich habe eine ganz andere Vermutung.«

»Ach so? Und was für eine?«

»Jemand versucht meine Arbeit in ein schlechtes Licht zu rücken.«

»So tragisch war es doch nicht. Wir haben die Sache gekonnt ins Leere laufen lassen«, bemühte sich Bekker etwas Konstruktives beizutragen.

»Sehen Sie, das genau ist Ihr Problem, Sie erkennen einfach nicht, was ein solches Durchsickern von Informationen bedeutet. Ihnen ist unser ganzer Apparat völlig fremd. Ich will gar nicht bestreiten, dass Sie durchaus Fähigkeiten besitzen, aber es gehört eben mehr dazu ...«

Wozu, dachte Bekker, sag es schon, wozu? Er wollte sich umdrehen und weggehen, aber jemand hielt ihn am Arm. Es war Erna. Bekker entschied, nichts mehr zu sagen, notfalls würde er einen Hustenanfall vortäuschen, vielleicht sollte er das einfach immer tun.

»Finden Sie heraus, wer das getan hat. Ich will die Person unter vier Augen sprechen.« Damit beendete der Leiter der Kommissariate das Gespräch und verließ den Sitzungssaal. Bekker sah ihm nach, sein Oberkörper schaukelte hin und her wie eine Jolle auf hoher See. Er drehte sich zu Erna um.

»Wenn das sein einziges Problem wäre ...«

Sie verließen das Präsidium um Viertel vor zwei.

»Kümmert hat doch im Therapiezentrum Frauenlobstraße gearbeitet? Lass mich kurz anrufen und sehen, ob sie da sind. Wenn es passt, statten wir denen jetzt einen Besuch ab, was meinst du? Überhaupt könnten wir heute ein bisschen früher Schluss machen. Immerhin ist am Abend die Feier. Du willst bestimmt in Form sein.«

Sie schaute ihn an, wie eine wissende kleine Schwester.

»Was willst du denn damit sagen?«, konnte sich der Kommissar nicht zurückhalten.

»Och, eigentlich nichts.«

»Ich gebe zu, dass ich mich vielleicht in ihr getäuscht habe. Sie ist um einiges netter als ich angenommen habe. Obwohl das nichts daran ändert, dass sie schon ein paar Mal den Schwanz eingezogen hat, als es eng wurde.«

»Den Schwanz eingezogen, als es eng wurde?«, stieß seine Kollegin amüsiert aus.

Bekker zögerte kurz.

»Sie hat nen Rückzieher gemacht, einen Rückzieher!«

Soll sie denken, was sie will, was liegt mir dran. Nur weil man sich ein bisschen angeregter unterhält, dachte er.

»Komm Schack, wir müssen los. Der Leiter des Zentrums ist nur noch eine Stunde im Haus und wartet auf uns.«

»Wie heißt er denn?«

»Thorsten Nüssel.«

»Den Nüssel? Den kenne ich doch, der hat früher im Hollagässchen gewohnt und ist nur in den Kneipen rumgefallen. Nicht im Traum hätte ich gedacht, dass der mal so eine Einrichtung leitet. Aber gut.«

Als sie wenig später in sein Büro traten, fanden sie den massigen Nüssel einen Döner essend am Schreibtisch. Er wischte sich mit einer ausladenden Bewegung an einer weißen Serviette die Finger ab und begrüßte erst einmal die Kommissarin, dann Bekker.

»Na, Schack, wie gehts der Helene?«

»Kann ich dir nicht so genau sagen, wir leben getrennt.«

»Oh, das hatte ich gar nicht mitbekommen.«

Bekker ging nicht darauf ein und kam direkt auf ihr Anliegen zu sprechen.

»Einer deiner Mitarbeiter, der Reiner Kümmert. Du weißt doch sicher Bescheid?«

Nüssel rekelte sich in seinem Stuhl hin und her. Dann schob er die Alufolie beiseite, auf der das Fladenbrot wie ein zum Sezieren vorbereiteter Körper lag und schaute die beiden abwechselnd an. »Ich weiß gar nicht, wo ich anfangen soll. Der Reiner war ein besonderer Mensch«, der feist wirkende Nüssel hielt inne, »aber ich hab das kommen sehen.«

»Was haben Sie kommen sehen?«, wollte Erna wissen, die spürte, dass Bekker mit seinem Bekannten nicht warm werden würde. Wahrscheinlich war er auch mit ihm schon einmal aneinandergeraten. Es gab keinen Kaffee im Büro und so bat sie ihren Kollegen, welchen zu besorgen. Der Kommissar begriff ihre Strategie und stand auf. Er würde Erna Zeit lassen, um Nüssel zu bearbeiten.

»Willst du auch einen, Thorsten?«

»Warum nicht, mit Milch und Zucker.«

»Dann bis gleich.«

Erna holte ein kleines Notizheft aus ihrer Jacke und legte es geöffnet vor sich auf den Tisch.

»Seit wann sind Sie denn hier schon angestellt?«

»Seit Juni 1999.«

»Und als Leiter?«

»Erst seit ziemlich genau einem Jahr.«

»Was exakt sind die Aufgaben des Hauses?«

»Wir kümmern uns primär um psychisch Kranke und suchtgefährdete Menschen. Vornehmlich Jüngere, aber unsere Türen stehen natürlich jedem offen. Wir helfen, wo wir können.«

»Haben Sie zur Zeit schwere Fälle?«

»Einen Moment, Frau Hauptkommissarin.«

Erna wunderte sich, dass der schwerfällig wirkende Nüssel so eloquent und präzise auf die Fragen antwortete. Er wuchtete sich aus dem Stuhl hoch und griff einen Ordner, der hinter ihm in der Regalwand stand.

»Ja«, Nüssel schien regelrecht in den Ordner hineinzukriechen, »hier hab ich ihn, es gibt einen, wie soll ich sagen, ungewöhnlichen Fall. Lieberstock, Roland. Alkoholprobleme, manisch-depressive Anzeichen. Die Hauptschwierigkeit für uns ist jedoch, dass er von einem auf den anderen Moment die Kontrolle verlieren kann. Ich erinnere mich, dass er mal die halbe Einrichtung des Gemeinschaftszimmers zerlegt hat. Wir mussten ihn zu dritt bändigen.«

»Wer ist denn sein Betreuer?«

Nüssels fleischiger Zeigefinger glitt auf dem Blatt entlang, dann sah er nickend auf. Erna wusste bereits, dass jetzt Kümmerts Name fallen würde.

»Ist Roland Lieberstock zufällig hier?«

Ihr Gegenüber kontrollierte die Akte und verneinte.

»Er kommt eigentlich immer morgens vorbei. Wir haben, ganz davon abgesehen, auch nicht das Personal, um mehr anzubieten. Aber ich kann ja mal nachfragen, vielleicht haben wir Glück und er ist gerade im Haus.«

Der Dienststellenleiter griff zum Telefon. Erna schaute sich im Büro um, ein Plakat der Frankfurter Eintracht hing an der Tür. Was noch? Diverse Kakteen standen auf dem Fensterbrett, das schon seit Längerem nicht mehr gewischt worden war. Das Filmplakat von »Einer flog über das Kuckucksnest« hing an der gegenüberliegenden Wand.

»Er ist nicht da. Heute Morgen hat er kurz vorbeigeschaut, war aber nicht gut drauf.«

»Nicht gut drauf?« Erna überlegte kurz. »Wo wohnt er denn?«

Nüssels Hand wanderte auf dem Aktenblatt wieder ein Stück nach oben.

»Er wohnt in der Sömmeringstraße.«

Seine Wohnung lag in der Parallelstraße von Kümmert und Steinmann, registrierte die Kommissarin.

»Und er kommt wann am Morgen?«

»So gegen neun und bleibt meist zwei Stunden.«

Erna notierte die Informationen; möglicherweise hatten sie den Täter bereits gefunden. Jetzt wollte sie erst einmal mehr über Kümmert erfahren.

»Herr Nüssel, der Reiner Kümmert. Was können Sie mir über ihn sagen?«

»Es hilft ja nichts, wenn ich Ihnen da was vormache. Wir mochten uns nicht. Wissen Sie, er war immer schick angezogen und fürchterlich aufs Äußere bedacht. Also, wenn ich es in ein Wort zu fassen hätte, würde ich ihn affektiert nennen.«

Er verzog den Mund, dann lächelte er Erna Dunst freundlich an.

»Allerdings war fachlich nichts, aber auch gar nichts an ihm auszusetzen. Er hat einen enormen Aufwand betrieben, hat zusätzlich in seiner Freizeit Hilfe angeboten. Wirklich topp, nur für mich, als Typ, einfach unerträglich. Es bleibt die Tatsache, dass das für uns als Einrichtung ein kaum zu beziffernder Verlust ist.«

Er zog eine Mappe aus einem der vor ihm liegenden Stapel heraus und schob ihn der Kommissarin hin.

»Hier dürften alle Informationen drin sein, nach denen Sie mich am Telefon gefragt haben. Sollte was fehlen, einfach melden, Sie bekommen es sofort nachgereicht.«

»Eine Frage noch. Hat denn Herr Kümmert eine Andeutung gemacht, dass er in Gefahr war?«

Nüssel schüttelte den Kopf und verneinte.

»War Roland Lieberstock die letzte Zeit besonders angespannt gewesen oder hat er sich in irgendeiner Weise auffällig verhalten?«

Wieder schüttelte der Leiter des Therapiezentrums den Kopf, schien ein wenig zu zögern und verneinte schließlich. Erna irritierte sein gänzlich unaufgeregtes Verhalten, immerhin war sein Kollege grausam getötet worden. Sie verspürte den Drang, ihn deutlich härter anzugehen, hielt sich aber zurück. Die Kommissarin stand auf und streckte ihm die Hand hin; der schwergewichtige Leiter drückte sie kaum.

»Sollten wir noch Informationen benötigen, melde ich mich bei Ihnen. Vielen Dank erst einmal.«

Nüssel sah besorgt aus, aber Erna wurde das Gefühl nicht los, dass ihm der mittlerweile kalte Döner mehr Kummer bereitete als Kümmerts Tod oder der potentiell gefährliche Roland Lieberstock. Sie klemmte sich die Mappe unter den Arm und verließ den Raum. Draußen auf dem Gehsteig rief sie Bekker an.

»Schack, wir haben eine Spur. Wo bist du denn?«

»In dem kleinen Café an der Ecke zur Boppstraße.«

»Ich hol dich, alter Mann. Wo ist denn eigentlich der Kaffee geblieben?«

»Ich wäre schon noch gekommen, irgendwann.«

Bekker hörte noch Ernas Kichern, dann war die Leitung unterbrochen.

15

Er trank seinen Espresso aus, verspeiste genüsslich den letzten Rest seiner Mohnschnecke und zahlte. Als er auf die Straße trat, hielt Erna neben ihm.

»Hast du was herausbekommen?«, fragte er beim Einsteigen.

»Dieser Nüssel hat mir Kümmerts Unterlagen gegeben, da dürften wir alles Interessante finden. Er hat von einem jungen Mann erzählt, Roland Lieberstock. Neigung zu manisch-depressivem Verhalten, aber auch aufbrausend und gewalttätig. Rate mal, wer sein Betreuer war?«

»Na, Reiner Kümmert, wenn du das so betonst. Und du meinst, dass er unser Mann sein könnte?«

Erna kannte Schack und wusste ohne nachfragen zu müssen, dass er Zweifel anzumelden hatte.

»Sags gleich, was stört dich?«

»Ich will nicht sagen, dass er es nicht gewesen sein kann, aber die von dir genannten Charaktereigenschaften passen nicht so ganz zu dem Bild, das ich mir von unserem Täter gemacht habe. Aber lass uns erst mal mit ihm zu sprechen. Wo wohnt er denn?«

»In der Sömmeringstraße.«

»Da sind wir ja ganz in der Nähe.«

Sie hielten nur wenige Minuten später auf der gegenüberliegenden Straßenseite von Lieberstocks Wohnung. Bekker lehnte sich nach vorne und warf einen Blick auf die umliegenden Häuser. Erna nahm die Mappe zur Hand und blätterte.

»Er wohnt im Erdgeschoss.«

Bekker holte Luft und stieß die Autotür auf.

»Wer weiß, was uns erwartet«, sagte er hörbar angespannt. Sie überquerten die Straße und betraten das Haus, dessen Eingangstür offen stand. Zwei Wohnungen, beide ohne Namensschilder, lagen links und rechts vom Treppenaufgang. Sie klingelten gleichzeitig an beiden Türen – niemand schien zu Hause zu sein. Dann jedoch näherten sich Schritte an Bekkers Tür. Sie wurde einen Spalt weit geöffnet und ein älterer Mann lugte ins Treppenhaus.

»Ja?«

»Herr?«

»Ist mein Namensschild etwa schon wieder ab? Das kann doch nicht wahr sein. So etwas gab es früher nicht. Das war bestimmt«, er hielt inne, »was wollen Sie denn von mir?«

Erna klingelte ein zweites Mal an der anderen Tür.

»Können wir einen Augenblick reinkommen?«

Bekker hielt ihm seinen Ausweis hin und wartete. Auch ein dritter Versuch seiner Kollegin brachte keinen Erfolg. In der Zwischenzeit hatte der Mann die Kette des Vorhängeschlosses entfernt. Stickige Luft schlug ihnen entgegen.

Raimund Sandner hatte eine Halbglatze, trug ein Holzfällerhemd und Jeans. Bekker schätzte sein Alter auf etwa siebzig. Eine Lesebrille hing vor seiner Brust. Die Wohnung war mit schweren Teppichen ausgelegt; Möbel aus Eichenholzimitat sowie eine enorme Menge an Tierfotografien gaben dem Heim einen höchst ungewöhnlichen Charakter. Es roch nach gebratenem Speck. Als sie am Wohnzimmertisch saßen und der Gastgeber Tee ausschenkte, den er, wie er mehrfach beteuerte, gerade erst aufgebrüht hatte, ergriff Erna das Wort.

»Herr Sandner, wie gut kennen Sie Ihren Nachbarn?«

»Den Herrn Lieberstock? Nicht gut. Ist kein besonders angenehmer Zeitgenosse, leicht reizbar und …« Es schien, als wollte er den angedeuteten Eindruck revidieren, und so schloss er etwas verspätet und überhastet an: »Man sieht ihn nur sehr selten. Getan hat er mir nie irgendwas.«

Erna Dunst entschied in die Offensive zu gehen.

»Das klingt aber so, als hätten Sie regelrecht Bedenken, ihm über den Weg zu laufen.«

»Ach nein, das wäre übertrieben. Wie soll man das am besten beschreiben? Er zeichnet sich nicht durch Gelassenheit aus.«

»Ist er aggressiv?«

»Nicht direkt, nur hat er manchmal diesen Ausdruck in den Augen, wissen Sie?«

»Seit wann wohnen Sie hier?«

Der Mann setzte sich gerade hin und trank einen Schluck Tee.

»Schon 32 Jahre.« Der stolze Unterton war nicht zu überhören.

»Und der Herr Lieberstock?«

»Seit eineinhalb Jahren, er müsste im Juni letzten Jahres eingezogen sein.«

»Irgendwelche Auffälligkeiten?«

»Wie meinen Sie das?«

»Na, kommen beispielsweise häufig Gäste, gibt er Partys oder ist er besonders laut?«

Sandner nickte mehrfach, aufmerksam zuhörend, griff seine Brille und schob sie auf die Stirn.

»Keine Partys, und Gäste sind mir eigentlich nie aufgefallen. Manchmal kommen ein paar junge Leute zu Besuch, meistens am späten Nachmittag, und bleiben dann recht lange.«

Er stockte.

»Nicht, dass Sie denken, ich würde den ganzen Tag am Fenster oder am Spion lauern. Ich gehe meist um fünf einkaufen, da bin ich ihnen ein paar Mal begegnet.«

Bekker kramte aus seiner Jacke ein Foto von Reiner Kümmert heraus und streckte es ihm hin.

»Nein, der gehört nicht dazu, kommt aber auch regelmäßig, bleibt aber nie lange.«

Natürlich sitzt er den ganzen Tag in seiner Wohnung wie ein Matrose im Mastkorb und späht in die Welt hinaus, dachte er.

»Und sonst bemerkt man ihn kaum?«

»Ja, aber manchmal schreit er rum, das höre ich bis in meine Wohnung. Ist schon ein komisches Gefühl.«

»Sie fotografieren viel?«

»Früher, heute nicht mehr. Wissen Sie, meine Frau ist vor neun Jahren gestorben, eigentlich warte ich nur darauf, dass ich zu ihr kann.«

Sandner will sterben und Kümmert wird gewaltsam aus dem Leben gerissen. Das Leben ist manchmal wirklich zum Kotzen, dachte der Kommissar und betrachtete die Tierfotografien. Die Aufnahmen waren an den unterschiedlichsten Orten gemacht worden, im Wald, im Stall, auf der Wiese, aber auch Kühe auf der Landstraße oder eine Katze auf dem

Dach eines Kiosks. Vor allem die Tierkadaver verblüfften Bekker.

»Was haben Sie eigentlich beruflich gemacht?«, wollte Erna noch von Sandner wissen.

»Ich war Jäger.«

»Dann haben Sie Ihren ehemaligen Beruf gewissermaßen zum Hobby gemacht.«

»Ist kaum zu übersehen, nicht wahr?«

Wenig später brachen sie auf. Am Auto angelangt blickte Bekker zurück zu Sandners Gardinen geschütztem Wohnzimmer und meinte, dessen Umrisse zu erkennen. Etwas ließ ihn nicht los an diesem Mann, dessen Welt sich offenkundig nur noch auf einen kleinen Radius um seine vier Wände herum beschränkte.

Erna startete den Wagen und forderte Bekker auf, einzusteigen. Der Eindringling in Steinmanns und Kümmerts Wohnung war wie vom Erdboden verschluckt gewesen, nachdem sie ihn verfolgt hatten. Vielleicht deshalb, weil er nur ein paar Meter von der Wohnung entfernt wohnte? Es war durchaus möglich, dass Lieberstock der Mörder war, auch wenn Bekker sich intuitiv dagegen sträubte. Aber was zählte schon der Bauch, sollte es handfeste Beweise geben. Erna unterbrach seine Gedanken.

»Schack, es ist schon halb sechs, ich fahr dich zum Graben, dann kannst du dich für die Feier frischmachen.«

»Kommt denn der Maximilian auch?«

Einmal hatte er ihn sogar ins Stadion einladen wollen, aber der Gerichtsmediziner hatte die Bedeutung des Friedensangebots nicht verstanden. Für das »Bübchen« galt seitdem der Leitsatz: Lassn gehe, lassn dabbe, der Herrgott werdn schnabbe.

»Ja, der Max hat vor mitzukommen«, sagte Erna.

»Ernie, verrate mir bitte eine Sache ...«

Bevor es jedoch zur Diskussion kommen konnte, unterbrach sie ihn.

»Schack! Wir hatten doch eine Abmachung.«

»Richtig, die Abmachung.«

Man muss ihn einfach mögen, sagte sich die Kommissarin und fuhr los. Sie ließ ihn am Graben aussteigen und hielt kurz darauf am Pulvertum, um ihren Lebensgefährten Maximilian Büben am Gerichtsmedizinischen Institut abzuholen. Bekkers beißende Bemerkungen, die mittlerweile merklich seltener geworden waren, trafen sie. Gut, Maximilian kam aus Wiesbaden, was für den Erz-Mainzer Bekker ohnehin am Rande einer Beleidigung war, und er hatte zugegebenermaßen recht wenig Humor. Eine Tatsache, die ihren Kollegen in seiner vorurteilsbehafteten Meinung noch bestärkte. Aber Maximilians umsorgende Art tat Erna gut. Er hatte ihr einen Heiratsantrag gemacht, aber auf einen Termin ließ sie sich bislang nicht ein.

Bekker war eigentlich nur dann schwierig, wenn man mit seinem Humor nicht umgehen konnte, befand sie. Und genau das war schon bei der ersten Begegnung zwischen Max und ihm deutlich geworden. Jetzt mussten sie wegen Kurs Urlaub wieder miteinander arbeiten – bei dem Gedanken stöhnte Erna auf. Maximilian Büben öffnete die Beifahrertür und bemerkte sofort ihre schlechte Laune. Nachfragen führten meist zu hitzigen Diskussionen zwischen ihnen. Er grüßte und bekam nur ein kurzes Hallo zur Antwort.

»Wie war dein Tag?«

»Wir kommen ganz gut voran mit dem Mordfall am Rheinufer. Vielleicht haben wir morgen schon etwas Konkretes. Kommst du jetzt eigentlich mit zur Einweihungsfeier? Ich habe dich angekündigt.«

Erna sah ihm an, dass er zwar keine Lust hatte, aber mitgehen würde. Hatte er eigentlich überhaupt jemals zu irgendetwas eine eigene Meinung? Sie versuchte ihren aufkommenden Ärger zu unterdrücken.

»Wenn du nicht willst, bleib lieber zu Hause.«

»Ich will schon. Es sind ja einige wichtige Leute da.«

Er hat immer nur einen Antrieb, dachte die Kommissarin, seine berufliche Karriere. Wahrscheinlich passe ich auch in dieses Raster. Sie wurde immer ärgerlicher.

»Das ist doch hoffentlich nicht der einzige Grund?«

Ernas Stimme, jetzt noch eine Bemerkung, wusste Büben und kniff die Augen zusammen.

»Soll ich dich gleich hier rauslassen? Dann kannst du dich untersuchen lassen.«

»Nein, wieso? Untersuchen lassen? Ist irgendwas?«

Erna Dunst schüttelte energisch den Kopf, ohne zu antworten. Maximilian Büben saß zusammengesunken, mit geschlossenen Augen neben ihr. Dieses idiotische Getue war definitiv zu viel. Was für einen Irren hatte sie sich da an Land gezogen? Wahrscheinlich hatte Schack doch recht, wenn er über ihn sagte: »Lauf so schnell du kannst. Der hängt sich an dich wie Madammenkacke. Und wer sagt dir, dass er nicht nur auf eine günstigere Partie wartet, die seine Aufstiegschancen erhöht.«

Sie hatte Schack für verrückt erklärt. Maximilian doch nicht, der ist glücklich, dass er mich hat, hatte sie gesagt. Sie warf Büben einen kurzen, prüfenden Blick zu.

»Was ist denn jetzt wieder los? Ich habe doch gar nichts gesagt«, verteidigte sich dieser mit weinerlichem Unterton in der Stimme.

»Komm, das hat doch alles keinen Sinn.« Sie bremste ab und fuhr auf den Gehweg.

»Was soll das?«

»Raus!«

»Spinnst du?«

»Steig aus, steig einfach aus!«

Der Gerichtsmediziner sah sie entgeistert an.

»Das lass ich mir nicht gefallen.«

»Das entscheidest du aber nicht.« Erna griff über ihn hinweg und stieß die Tür auf, die jedoch wegen der Wucht des Schwungs gleich wieder zufiel.

»Du brauchst einen Arzt«, versuchte er zu kontern.

»Na, da geht es uns ja ähnlich.«

Bübens Augen waren zu engen Schlitzen zusammengezogen, er atmete schnell ein und aus, als würde er zu einem Wutgeheul ansetzen, aber es kam nicht. Er öffnete die Wagentür so elanlos, wie er das immer tat, und stieg aus.

Erna sah ihn nicht an, sondern fuhr mit quietschenden Reifen davon. Dem Drang, Schack anzurufen, widerstand sie. Die Kommissarin begann die Marseillaise zu pfeifen.

16

Bekker lag in der Badewanne und sein Blick wanderte umher. Einen weiß lackierten Holzstuhl benötigte er noch, dann waren die Umbauarbeiten in seinem Bad endlich abgeschlossen. Er hatte die Wände neu angelegt, ein größeres Waschbecken, ein neues Klo, auch die Kacheln waren gewechselt worden, von sandfarben zu weiß, glänzend weiß. Er ließ noch einmal heißes Wasser einlaufen. Ein Meersalz-Beruhigungsbad. Für einen Moment waren Kümmert, Steinmann, Lieberstock und auch der Pfirsisch weit weg. Er schloss die Augen und rutschte tiefer in die Wanne. Nur noch der Kopf ragte aus seinem Wasserbett heraus. Sein Handy lärmte, der Kommissar streckte die Hand aus dem Wasser und griff es.

»Ja.«

»Papa, ich bins, Klara. Wie gehts dir?«

»Gut. Du, ich denke immer wieder an deine Einladung am ersten Weihnachtsfeiertag. Es war wirklich schön.«

»Ja, es hat alles gepasst. Mal was Neues, wenn so ein Tag ganz ohne Spannungen abläuft.«

»Stell dir vor, ich bin heute Abend bei einer Kollegin eingeladen.«

»Du alleine?«, fragte sie ein wenig verwundert.

»Nein, es ist ein Einweihungsfest, gleich hier in der Kapuzinerstraße.«

»Und sie gefällt dir.«

Bekker zögerte kurz.

»Du hättest den Termin sonst nicht erwähnt«, klärte ihn seine Tochter auf. »Hmm, sie ist zwar interessant, aber nicht mein Typ.«

»Na, da bin ich mal gespannt. Es ist ja schon ein bisschen her, dass du dich auf jemanden eingelassen hast. Und mit der Erna ...«

»Nein, das haut nicht hin«, unterbrach er sie, »wahrscheinlich ist der Altersunterschied zu groß.«

»Was ist denn das für ein Geglucker? Sitzt du etwa in der Badewanne?«

Bekker machte Wellen. Klara musste lachen.

»Übrigens wollten wir doch mal einen Tagesausflug ins Thermalbad nach Bad Kreuznach machen.«

»Das muss leider warten. Du hast doch bestimmt von dem Toten am Winterhafen gehört?«

»Der erstochene Mann, der halbnackt auf einem Dach saß?«

»Ich will dich nicht mit Einzelheiten langweilen, aber in einem Punkt bin ich mir sicher, die Sache ist noch nicht ausgestanden. Der Kerl wird wieder töten. Da hat sich etwas befreit, das in ihm wütet. Wie ich immer sage, lass ...«

»... die Türe zu, wenn du das, was sich dahinter verbirgt, nicht beherrschen kannst. Die Büchse der Pandora.«

»Die Büchse der Pandora, ganz genau. Das hab ich wohl schon ein paar Mal in meinem Leben gesagt?«

»Mehr als ein paar Mal.«

»Was macht denn Anne?«, versuchte Bekker das Thema zu wechseln.

»Sie schläft gerade. Hat eben Milch von mir bekommen. Zeig dich doch mal von deiner besten Seite heute Abend.«

»Hab ich so eine denn überhaupt?«

»Och, ich finde schon. Machs gut, Papa, bis morgen.«

Bekker ließ noch einmal heißes Wasser einlaufen, er war stolz auf seine Tochter und auch ein bisschen auf sich selbst. Seit er sich Klara gegenüber geöffnet hatte, war ihr Verhältnis besser denn je. Selbst wenn es wieder einmal zu Streitereien mit Helene kommen würde, wäre es so bedeutend leichter zu ertragen. Er hielt die Luft an, schloss die Augen und ließ sich unter die Wasseroberfläche sinken.

17

Bekker hatte für sein Empfinden eine Unmenge Zeit im Bad verbracht, sich rasiert und sein neues Eau de Toilette aufgelegt, das ihm Klara zu Weihnachten geschenkt hatte. Er wählte eine schwarzblaue Anzughose aus, dazu ein dunkelgraues Hemd und einen hellgrauen Pullover mit V-Ausschnitt. Seine Daunenjacke ließ er im Schrank, stattdessen griff er den schwarzen Wintermantel. Zufrieden besah er sich im Spiegel. Die Küchenuhr zeigte sieben vor sieben. Noch einmal kontrollierte er sein Aussehen im Glasfenster des Geschirrschranks und verließ die Wohnung, er würde pünktlich sein. Bekker gefiel es, auf die Minute genau einzutreffen, wahrscheinlich schon deswegen, weil es niemand von ihm erwartete. Zu früh war nicht wirklich besser als zu spät zu sein; aber auf die Minute exakt, das wirkte. Die Wolken hingen tief und es roch nach Schnee. Bester Laune lief er in Richtung St. Ignaz und blieb kurz darauf vor dem Hauseingang der Psychologin stehen. Die Tür war nur angelehnt, er trat ein. Der Flur samt Holztreppe schien neu renoviert, auch roch es leicht nach Farbe. Links hinter dem Aufgang befand sich eine Stahltür, die wohl in den Keller führte. Der Kommissar erreichte den ersten Stock, Musik und Stimmengemurmel drangen nach draußen. Nur eine Wohnung pro Etage, stellte er erstaunt fest, sie musste ziemlich groß sein. Auf dem Türschild standen die Namen Cornelia und Jan von Pfirsig. Was hatte ihm Erna über den Mann erzählt? Er war schon in den ersten Ehejahren mit einer jüngeren Frau durchgebrannt und hatte sich nie mehr um seine Familie gekümmert. Jan war damals nicht älter als fünf oder sechs Jahre alt gewesen. Bekker klingelte. Gleich darauf ging die Tür auf und die Gastgeberin selbst begrüßte ihn freudig. Sie trug ein rotes, eng anliegendes Kleid. Er stellte nicht ohne Genugtuung fest, dass sie mehrfach an ihm auf und ab sah.

»Hier ist noch Platz für den Mantel.« Cornelia von Pfirsig deutete auf die Garderobe rechts neben dem Eingang. Er beeilte sich abzulegen und folgte ihr in die Wohnküche. Dort standen bereits Dr. Meiner samt Gattin und bedienten sich am Buffet.

»Was möchten Sie trinken?«

Er entschied sich für eine Rieslingschorle. Die Tatsache, dass er dabei noch zwei Schritte in den Raum machte, führte ihn in die unmittelbare Nähe von Frau Meiner. Ausgeschlossen jetzt einfach abzudrehen und wegzugehen. Etwas roch nicht gut, befand er und allem Anschein nach schien es die Frau seines Chefs zu sein. Leicht muffig, als ob die Kleider feucht geworden und nicht richtig getrocknet worden waren. Dr. Meiner drehte sich in den Raum und entdeckte Bekker. Er kam auf ihn zu und mit ihm seine Frau. Am liebsten hätte er die Arme nach vorne gestreckt und »Bitte, bemühen Sie sich nicht« oder »Bin gleich wieder da, ich muss dringend für kleine Kommissare« oder sonst irgendeinen Unsinn gesagt. Es war nicht mehr zu verhindern. Ohne auch nur den Anschein erwecken zu wollen, dass Meiner das Thema während der Feier zufällig anschnitt, wollte er wissen, ob es neue Erkenntnisse im Mordfall gäbe.

»Nein, noch keinen Durchbruch, wenn Sie das meinen. Mit ein bisschen Fortune sind wir Morgen ein gutes Stück weiter.«

»Na, dann hoffe ich das mal. Das wäre ja auch für Sie«, er sah ihn vielsagend an, »insgesamt sehr zuträglich.«

Insgesamt sehr zuträglich, Bekker ließ sich die Formulierung durch den Kopf gehen. So ein Dummschwätzer. Als würde er nur ordentliche Arbeit abliefern, wenn Aussicht auf einen persönlichen Vorteil bestehe. Er würde nicht reagieren, keinen bissigen Kommentar abgeben, nicht dieses Mal. Seine Beförderung lief nur über diesen untersetzten Menschen mit seinem Toupet, den leicht zugekniffenen Augen und dem schwankenden Gang. Meiner wirkte, als würde er jederzeit etwas aushecken. Er zwang sich, nicht weiter darüber nachzudenken.

»Die Sache muss schnell zu Ende gebracht werden«, hörte er sich sagen. »Ich werde das Gefühl nicht los, dass wir sonst eine ganze Serie von Morden erleben werden.«

Frau Meiner drängte sich neben ihren Mann, Bekker achtete darauf, nicht zurückzuweichen und zu lächeln.

»Warum nehmen Sie das an, Herr Kommissar? Das wäre ja fürchterlich. Also, ich fühle mich nicht mehr sicher, wenn ich alleine im Dunkeln unterwegs bin.«

Wann ist die denn schon mal alleine unterwegs?, ging es ihm durch den Kopf. So, wie ihre Kleider riechen, muss man die Passanten vor ihr schützen.

»Da kann ich Sie beruhigen, der Täter hat sich nicht willkürlich irgendein Opfer ausgesucht. Es steckt Methode dahinter, der Mord war durchdacht, nichts geschah zufällig. Die Frage ist, ob uns diese Tat besondere Hinweise liefert.«

Der Kommissar wartete einen Moment, um die Spannung zu steigern, aber ein Blick in die faden Gesichter sagte ihm, dass er damit keinen Erfolg haben würde.

»Ich vermute, dass der Tote etwas über ihn gewusst hat, das nicht herauskommen durfte. Und wenn noch ein Mitwisser existiert, ist es mehr als wahrscheinlich, dass es einen zweiten Mord gibt oder vielleicht schon gegeben hat.«

Dr. Meiner und seine Frau starrten ihn an, der Leiter der Kriminaldirektion schüttelte leicht den Kopf, sein Mund wurde schmal und seine Stimme nahm einen unterschwellig gereizten Ton an.

»Das nehmen Sie an? Und warum stehen wir dann hier herum?« Er schrie zwar nicht, aber der Ärger in seiner Stimme war unüberhörbar.

»Wenn Sie mir einen Vorschlag machen, was getan werden kann, bin ich sofort dabei. Im Moment können wir nur warten. Er hat einen gewissen Vorsprung, aber der wird sich von Tag zu Tag verringern.«

»Letztlich gibt es für Ihre Überlegungen doch keine Gewissheit«, gab die Frau seines Chefs zu bedenken.

»Nein, aber wann hat man schon mal Gewissheit?«

Bekker spürte, dass das Gespräch so schnell wie möglich beendet werden musste. Den imaginären Eisberg hatte er bereits ausgemacht und er raste ungebremst darauf zu.

»Machen Sie es sich nicht ein wenig zu einfach mit Ihren

recht freizügigen Annahmen?«, bohrte Frau Meiner weiter. Er musste unbedingt ablenken.

»Das ist eine perfide Tat, und gerade weil sie so präzise vorbereitet wurde, verrät der Täter auch einiges über sich. Wir müssen seine Denkweise verstehen und ihm so näher kommen. Da ist uns Frau Pfirsig natürlich eine große Hilfe.«

»Frau von Pfirsig ist eine ausgezeichnete Kriminalpsychologin. Sie wird der alles entscheidende Faktor in diesem Fall sein, davon bin ich überzeugt«, warf Dr. Meiner mit Nachdruck ein, nicht ohne dabei ihren Titel deutlich zu betonen.

Bekker hatte genug, er würde nicht mehr weiter den höflichen Idioten spielen, vielleicht würde er überhaupt nicht mehr mitspielen. Befehle empfangen und ausführen, tatkräftig und überaus interessiert wirken, reichte das nicht auch? Wahrscheinlich würde ihm das eher zur Beförderung verhelfen. Der Kommissar entschuldigte sich, ging zum Kühlschrank, schnappte sich Riesling und Wasser und machte sich eine weitere Schorle. Dann verließ er den Raum und ging in das der Küche schräg gegenüberliegende Wohnzimmer. Schon von Weitem sah er, dass sich das karminrote Kleid der Psychologin aus einer Gruppe löste und auf ihn zukam. Er nahm einen großen Schluck, atmete tief ein und ging ein paar Schritte in ihre Richtung.

»Und? Haben Sie sich schon ein wenig umgeschaut? Gefällt Ihnen mein neues Domizil?«

»Ich habe leider noch nicht viel gesehen, Meiner samt Frau hatten mich bis eben in Gewahrsam genommen, sozusagen.«

Sie grinste vielsagend.

»Dann darf ich ... dir den Rest der Wohnung zeigen?«

»Ja, klar doch.«

Sie duzt mich, bemerkte er und folgte ihr. Cornelia wollte ihm gerade ihr Zimmer zeigen, als die gegenüberliegende Tür mit Schwung aufging und ein junger Mann heraustrat.

»Jan? Tauchst du auch mal auf?«

Jan von Pfirsig sah ihn interessiert an, dann seine Mutter und wieder den Kommissar. Bekker schätzte ihn auf Anfang, Mitte zwanzig, er wirkte elanvoll und spritzig. Der Ausdruck im Gesicht des Jungen verriet ihm, dass er schon einiges erlebt hatte. Die für sein Alter tiefgefurchten, aber durchaus anziehenden Gesichtszüge, die leicht hängenden Augenlider; Bekker meinte eine sanfte Traurigkeit in Jans Ausdruck zu erkennen, die ihn faszinierte.

»Schack Bekker«, ergriff er die Initiative, »ich arbeite mit Ihrer Mutter zusammen.«

»Jan Pfirsig, Sie können mich gerne duzen, und das ‚von' habe ich schon vor Jahren abgelegt. Und was genau machen Sie?«

»Ich bin Kriminalkommissar und arbeite aktuell an einem Fall mit deiner Mutter. Ich weiß nicht, ob du die Geschichte am Winterhafen mitbekommen hast?«

Cornelia von Pfirsig mischte sich ein.

»Er kennt die Zusammenhänge, also das, was auch die Öffentlichkeit mitbekommt.«

»Na komm, du kannst schon sagen, dass wir ab und zu über deine Fälle sprechen. Immerhin studiere ich Psychologie und will mich dann auf Kriminalpsychologie spezialisieren.«

»Allzu genau muss man es nicht nehmen mit der Geheimhalterei. Deine Mutter hat da sicherlich ein gutes Gespür, wie weit sie gehen kann.«

»Genau. Ich geh mal in die Küche und hole mir was zu essen. Schön, dass Sie hier sind.«

»Ganz meinerseits.«

Cornelia sah ihrem Filius nach und seufzte fast unmerklich, es klang liebevoll. Sie war bereit, ihrem Sohn die Tore zum Himmel zu öffnen und wünschte ihm alles Glück der Welt dabei. Wie oft hatte Bekker so empfunden, als er mit Helene um die Kinder gestritten hatte, die für ihn jahrelang unerreichbar gewesen waren. Klara war es schließlich gelungen, dass es zu einer Art Burgfrieden zwischen ihm und seiner Frau gekommen war. Keine Kämpfe mehr um die Liebe der Kinder. Er hatte schon zu viel durchlitten und ging deshalb nicht davon aus, dass die letzte Schlacht geschlagen war, vielleicht nie geschlagen sein würde. Es war ein Waffenstillstand, den er genoss.

»Gedankengang abgeschlossen?«, fragte ihn seine Gastgeberin schmunzelnd und öffnete die Tür zu ihrem kombinierten Arbeits- und Wohnzimmer.

Er war verblüfft. Klares, elegantes Design, weißlackierte Möbel, Blumen in hohen Glasvasen, der Arbeitstisch unter einem großen Fenster, das in den Innenhof zeigte.

»Toll«, war das Einzige, was er herausbekam.

»Toll?«

»Ich meine geschmackvoll und stilsicher.«

»Schmeichler. Übrigens, hinter dieser Tür ist mein Allerheiligstes«, ließ sie mit viel sagendem Unterton fallen. Instinktiv machte er einen Schritt zurück und betrachtete eines der Bilder an der Wand. Er staunte, denn es handelte sich um eine Fotografie von Niesberg, Bekker kannte das Motiv. Der Werner gibt doch kaum mal ein Bild raus, dachte er und fühlte sich ein wenig in seiner Privilegiertheit beschnitten.

»Das ist doch von Werner Niesberg?«

Kurzzeitig war sie überrascht, dass Bekker ihrer recht eindeutigen Avance keine Beachtung schenkte und nickte dann.

»Ich habe auch was von ihm in meiner Wohnung hängen«, fügte er hinzu.

»Hat er mir erzählt, das Foto von seinem Sohn, der ihm den Mittelfinger zeigt und eine Spielzeugpistole in der anderen Hand hält. Ich mag das Motiv.«

Er hatte den Eindruck, dass sie mit einem Mal einen traurigen Zug um ihre Augen hatte. Womöglich wegen ihrer eigenen Situation? Ihr Mann hatte sie und Jan verlassen, als der Junge noch klein gewesen war. Er würde es wagen und nachfragen.

»Jans Vater?«

Er atmete ein und hielt die Luft in den Lungen, ihre Antwort ließ auf sich warten; mit einer scheinbar unmerklichen Kopfbewegung entzog sie sich seinem Blick. Es dauerte eine ganze Weile, bis sie reagierte.

»Du hast echt Nerven, Schack«, sagte sie in ernstem Ton, ging auf ihn zu und küsste den Kommissar, der eine schallende Ohrfeige erwartet hatte, auf die Stirn.

»Komm, lass uns zurück zu den anderen gehen.« Dabei nahm sie seine Hand und zog ihn zur Tür.

»Ich habe übrigens noch ein Bild von Werner im Schlafzimmer, ein sehr Spezielles.«

»Ein sehr Spezielles. Im Schlafzimmer«, wiederholte er in seiner Not. Dennoch war ihm nicht entgangen, dass sie der Frage über ihren Mann so elegant ausgewichen war, wie das die Ausstattung ihres Arbeitszimmers nahelegte. Sie lotste ihn ins Wohnzimmer und ging kurz in die Küche, um nach dem Essen zu sehen.

18

Bekker stand einen Moment verloren da und fühlte plötzlich eine Hand auf seiner rechten Schulter. Es war Jan Pfirsig, der mit einem undefinierbar aussehenden Cocktail in der Hand neben ihm stand. »Was trinkst du denn?«

»Einen Klappstuhl, um auszuspannen. Ich mache im Moment neben dem Studium noch ein Praktikum.«

»Da hast du dir aber was aufgeladen.«

»Ich freue mich schon auf die Kriminalpsychologie. Das hat mich schon immer gereizt, obwohl mir Muttern davon abgeraten hat.«

»In der Ablehnung liegt eben ein ganz eigener Reiz«, sagte Bekker bestimmt und sah sich im Wohnraum um, ohne jedoch genau zu wissen, was er eigentlich betrachtete, »und es ist letztlich die Überwindung der Ablehnung, die einen voranbringt.«

»Sie haben sich damit beschäftigt?«

»Notgedrungen.«

»Familienprobleme?«

Der Kommissar nickte. »Frau und Kinder.«

»Da kann ich nicht mitreden. Im Augenblick habe ich keine feste Beziehung und auch keine Kinder. Noch nicht.«

Bekker mochte den Jungen, er hatte Interessen, Ziele und tat etwas dafür. Außerdem schien er einen eigenen Kopf zu haben. Er hätte gerne etwas über seinen Vater erfahren, wusste aber nicht, wie er es anstellen sollte.

»Sie bearbeiten doch den Fall von dem Toten auf dem Dach?«, fragte ihn Jan auf einmal.

»Ja«, antwortete Bekker einsilbig, beinahe zu einsilbig, wie er selbst fand.

»Hat er wirklich halbnackt auf dem Dach gesessen?«

Einen Moment hielt der Kommissar mit jeglicher Reaktion inne, der Junge war forsch und direkt, aber nicht aufdringlich. Natürlich war es nicht erlaubt über laufende Ermittlungen zu sprechen, aber da Cornelia wohl schon ein paar Details mit ihm besprochen hatte sowie die Tatsache, dass er sich der Kriminalpsychologie verschreiben würde, rechtfertigte für Bekker, dass er zumindest oberflächlich mit ihm darüber sprechen konnte. Und häufiger als man gemeinhin annahm, erhielt man entscheidende Anstöße bei Gesprächen, die entweder nichts mit der eigentlichen Sache zu tun hatten oder vielleicht gar nicht hätten geführt werden dürfen.

»Ja, ein Mann mit nacktem Oberkörper, der mit einem Stich ins Herz getötet wurde und auf einem Dach am Winterhafen sitzt.«

»Mit Herzstich? Wer macht denn so etwas?«

»Tja, wenn ich das wüsste.«

Jan sah Bekker mit besorgtem Blick an. »Glauben Sie, dass noch mehr passiert?«

Der Kommissar verzog leicht den Mund.

»Es deutet einiges darauf hin.«

»Ein Serienkiller?«

Diese Formulierung ließ ihn aufhorchen. Bis zu diesem Moment hatte er lediglich den Gedanken zugelassen, dass es noch weitere Morde geben könnte. Der Ausdruck Serienkiller konfrontierte Bekker vollends mit dem Ausmaß dessen, was auf sie zukommen konnte.

»Ist alles klar?«, wollte Jan von ihm wissen.

»Ja«, log er.

»Ich glaube, Sie sagen mir nicht die Wahrheit, wenn ich so ehrlich sein darf.«

»Wenn du das so frei heraussagst, dann kann ich dir nur erwidern, dass deine Beobachtung stimmt.«

«Und was macht die Sache so dramatisch?«

Er durfte das Gespräch nicht weiter vertiefen und schlug ihm vor, dass sie sich noch etwas zu trinken holen könnten. Auf dem Flur begegneten sie Cornelia, die freudig überrascht war, Bekker mit ihrem Sohn zu sehen. Jan bot an, sich um die Getränke zu kümmern.

»Interessanter Typ, dein Sohn.«

»Sehr eigen und wissbegierig. Mit dem Studium kommt er gut zurande.«

»Was eine Mutter natürlich außerordentlich freut.«

Sie lächelte ihn aufreizend an. Plötzlich standen Erna Dunst und der spröde Maximilian Büben neben ihnen.

»Schön, dass Sie auch kommen konnten«, empfing Cornelia von Pfirsig die beiden. Jan kam hinzu, reichte seiner Mutter den Rotwein und dem Kommissar die Rieslingschorle und bot an, Sekt für die Neuankömmlinge zu holen. Erna und die Psychologin unterhielten sich gleich angeregt, was bedeutete, dass Bekker mit Büben vorliebnehmen musste.

»Und? Was sagen Sie zu diesem Mord?«

Der Gerichtsmediziner war im Gegensatz zu sonst regelrecht aufgeräumt.

»Nun, das ist alles ziemlich merkwürdig. Vor allem, weil diese Inszenierung keinen Sinn macht. Der Mann schien keine Feinde gehabt zu haben, das stimmt doch?«

Bekker bejahte.

»Warum betreibt jemand einen solchen Aufwand und riskiert dabei, entdeckt zu werden?«

»Es muss eine spezielle Verbindung zwischen Täter und Opfer gegeben haben, würde ich vermuten«, bemerkte der Kommissar.

»Ich bin kein Spezialist, aber ja, das leuchtet mir ein. Gehe ich recht in der Annahme, dass Sie der Lösung schon recht nahe sind?«

Gehe ich recht in der Annahme, Bekker versuchte die Bemerkung zu übergehen. Unmerklich glitt sein Blick von Büben zu dem roten, eng anliegenden Kleid von Cornelia, dort verharrte er einen Moment, dann versuchte er sich wieder auf den hageren, schmallippigen Mann, dessen Schultern trotz seines aufrechten Gangs hingen, zu konzentrieren.

»Haben Sie denn schon die Untersuchung wegen des möglichen Narkotikums durchgeführt?«

»Morgen dürfte das Ergebnis vorliegen, ich denke schon, dass etwas verabreicht worden ist.«

»Nichts anderes erwarte ich.«

Er leerte sein Schoppenglas um mehr als die Hälfte. Cornelias Sohn kam zurück und drückte Büben einen Sekt in die Hand. Bekker stellte die beiden einander vor.

»Jan Pfirsig, das ist Maximilian Büben, Stellvertreter von Dr. Kur, aus der Gerichtsmedizin.«

Jans Blick verriet dem Kommissar sogleich, dass dieser den blutleer und steif wirkenden Mediziner nicht mochte.

»Das bedeutet, noch müssen Sie Ihrem Chef zuarbeiten?«

»Nein, so würde ich das nicht sagen, es ist mehr eine Kooperation«, wehrte sich Büben.

»Aber Sie sind schon so etwas wie die helfende Hand?«

Bekker beobachtete, wie sich das aufgesetzte Lächeln Bübens zu einer leichten Grimasse verzog und musste sich zusammenreißen, um nicht loszuprusten.

»Ja, aber ich habe auch meinen eigenen Bereich.«

»Sie haben diese besondere Art«, Jans Betonung ließ keinen Zweifel an der Ironie seiner Aussage zu, »weshalb Ihrem Aufstieg samt glänzender Karriere nichts entgegenstehen wird.«

Büben, der schon vorher irritiert gewirkt hatte, begann die Fassung zu verlieren.

»Also, ich sehe keinen Grund, dass Sie sich in einer solchen Weise mir gegenüber benehmen.«

Seine Stimme überschlug sich leicht, was die Aufmerksamkeit der beiden Frauen auf ihn lenkte. Erna versuchte Büben zu umarmen, der sich jedoch losmachte.

»Was ist denn so Schlimmes passiert?«

»Nichts, es ist gar nichts.«

Cornelias Sohn hob entschuldigend die Hand und murmelte: »Sorry, war nicht so gemeint.«

Allerdings meinte Bekker etwas Schelmisches in seinem Ausdruck zu entdecken. Jans Schlagfertigkeit, seine genaue Beobachtungsgabe und sein anarchisches Verhalten gefielen ihm. Der hat was los, befand er und musste an die Fotografie von Niesbergs Sohn in seinem Wohnzimmer denken. Den Mittelfinger zeigen und mit einer Spielzeugwaffe auf die Kamera zielen. Das passte auch zu Jan.

Bekker entschuldigte sich und ging in den Flur. Cornelias Andeutung über das sehr spezielle Foto in ihrem Schlafzimmer ging ihm nicht aus dem Kopf. Er zwängte sich an einer Gruppe vorbei, in der er Meiner und den leitenden Staatsanwalt Schilling ausmachte, grüßte kurz und betrat das Arbeitszimmer der Kriminalpsychologin, an das sich linkerhand das Schlafzimmer anschloss. Er drückte die Klinke herunter und gab dem Türblatt einen leichten Stoß. Es roch gut, nach frischer Wäsche und einem leicht süßlichen Parfum, sehr weiblich, sehr erotisch, wie Bekker fand. Noch einen Augenblick, dann betrat er das Schlafzimmer, schloss die Tür hinter sich und stand im Dunkeln. Er tastete vorsichtig die Wand ab, bis er den Lichtschalter fand. Ein weißes Himmelbett mit rosa Bettzeug, ein bordeauxfarbenes Sofa und ein Kosmetiktisch fielen ihm ins Auge. Es war ihm unangenehm, die Privatsphäre seiner Gastgeberin missachtet zu haben, aber das Gefühl hielt nicht lange an, denn die überdimensionale Fotografie über dem Bett verschlug ihm die Sprache. Er ertappte sich dabei, wie sein Blick an den Beinen von Cornelia von Pfirsig entlangglitt. Der Werner hat dieses Foto gemacht? »Ach, du heilige Scheiße«, sprach er vor sich hin. Ihm war warm, er spürte, wie ihn die Begierde erfasste. Bekker drehte leicht den Kopf und versuchte nachzuvollziehen, wie Niesberg den Körper so in Szene ... er schüttelte den Kopf. Was war dieses Bild erotisch! Er wandte sich ab und schaltete das Licht wieder aus, stand da und lauschte den

Geräuschen. Er stellte sich vor, wie die Tür aufging und sie im Dunkeln auf ihn zukam, sich an ihn herandrängte. Weiter kam er nicht, denn die Tür des Arbeitszimmers ging auf und jemand rief seinen Namen. Erna, unverkennbar, das war ihre tiefe Stimme. Bekker machte einen schnellen Schritt zur Tür zu und stand im nächsten Moment im Arbeitsraum. Sie sah ihn ungläubig an.

»Was geht hier vor, Schack?«

Bekker erläuterte in kurzen Worten seine Suche nach Niesbergs Fotografie.

»Ich wollte einfach mehr wissen, ich weiß, ich weiß ...«

»Wo ist denn das Bild?«

Er deutete zum Schlafzimmer.

»Sie verdreht dir den Kopf, also genauer gesagt, verdrehst du dir den Kopf.«

»Du klingst wie meine Mutter früher.«

»Wir kennen dich eben beide.«

Erna war schon auf dem Weg ins Schlafzimmer. Bekker stand in der Tür und beobachtete seine Kollegin, die erst ein wenig verdutzt wirkte, dann aber immer interessierter zu sein schien.

»Und das hat der Werner gemacht? Sie hat einen unglaublich guten Körper für ihr Alter. Kein Wunder, dass du dich nicht mehr einbekommst.«

»Na hör mal.«

»Komm, schau dich mal an!«

Bekker, der für gewöhnlich um keine Antwort verlegen war, sah sie an und biss sich auf die Oberlippe.

»Jetzt aber nichts wie raus hier«, bemerkte sie, »und wenn du morgen früh hier aufwachst, kannst du dich ja nochmal umschauen.«

»Also, das ...«

»Bellt der getroffene Hund?«

»Ich sag doch gar nichts.«

Auf dem Flur kam ihnen Werner Niesberg entgegen, der schon seiner Kleidung wegen nicht recht in den Rahmen dieser Veranstaltung passen wollte: Karohemd, ausgewaschene Jeans, ein etwas speckiges Jacket, das seine besten Tage bereits gesehen hatte. Und doch war er auf eine beneidenswerte Weise ihrer Gastgeberin nahegekommen, wie Bekker fand.

»Ei, wie lang seid ihr denn schon da?«, wollte der Fotograf wissen.

»Eine ganze Weile«, gab ihm Erna breit grinsend zur Antwort.

Bekker wusste genau, dass es nicht lange dauern würde, bis sie ihn auf die Fotografie ansprechen würde.

»Wie kommts?«

»Wie kommt was?«

Niesberg nahm einen Schluck aus seiner Bierflasche.

»Euer Stelldichein, fotografisch gesprochen.«

Er brauchte einen Moment, um zu verstehen.

»Ach so«, konterte er in seiner gewohnt lockeren, aber liebevollen Art, »welche Bilder hast du denn gesehen?«

»Bilder? Na, das im Schlafzimmer, das mit ihr in der außergewöhnlichen Pose.«

Er lächelte und schwieg, nachzufragen war zwecklos. Sie gingen in die Küche und setzten sich zu Büben, Cornelia und Jan, der sich jedoch nicht am Gespräch beteiligte, sondern mit seinem Handy beschäftigt war.

Der Gerichtsmediziner und die Kriminalpsychologin unterhielten sich angeregt. Als Niesberg seinem Freund zuflüsterte, dass Cornelia den gleichen Fotodruck habe wie er, musste das die Gastgeberin mitbekommen haben, denn sie unterbrach ihr Gespräch, legte den Arm um Bekker und sah ihn an.

»Findest du nicht auch, dass der Werner ein Wahnsinns-Fotograf ist?«

»Ja, besonders das Bild mit seinem Ältesten begeistert mich.«

Jan schaltete sich ein.

»Das Foto in deinem Ankleidezimmer?«

Cornelia nickte.

»Ich finde es affig, ehrlich gesagt. Das ist doch albern, den Mittelfinger in die Kamera halten und eine Spielzeugpistole ziehen.«

»Es wäre auch merkwürdig, wenn dir das Bild viel sagen würde. Es hat was Nostalgisches.«

»Mag sein, mir gibt das nichts. Also, ich lege mich hin«, bemerkte er und verließ die Küche. In der Zwischenzeit hatte sich Erna an den Tisch gesellt und unterhielt sich mit ihrem Lebensgefährten. Bekker rückte seinen Stuhl näher zu Cornelia und streichelte wie selbstverständlich ihre Hand, die erotische Fotografie aus dem Schlafzimmer ging ihm nicht aus Kopf. Beinahe hätte er gefragt, aus welchem Jahr diese stammte, erkannte aber gerade noch den Fauxpas und schwieg. Als Erna und Büben schließlich aufbrachen, empfand der Kommissar eine gewisse Schadenfreude, war doch eine handfeste Diskussion zwischen den beiden entbrannt. Er war einfach nicht der richtige Mann für sie. Auch Niesberg hatte schon einige Male sein Unverständnis zum Ausdruck gebracht, aber Erna war hartnäckig. Irgendetwas musste dieser nichtssagende Froschkönig doch haben. Die Frage, ob es womöglich etwas mit seinen »Fähigkeiten« zu tun habe, hatte sie herzhaft lachend mit »Du armer Spinner« beantwortet. Als Niesberg ein paar Biere später seine Tasche packte und die Wohnung verließ, saßen nur noch Bekker und Cornelia am Tisch.

»Wir müssen gleich morgen den jungen Mann aus der Sömmeringstraße befragen. Sollten wir ihn dann noch auf der Polizeiwache verhören, wäre es gut, wenn du dann dabei sein könntest.«

»Aber ihr habt doch bestimmt eure Abläufe? Störe ich da nicht?«

»Erna hält es auch für das Beste.«

»Gebt mir Bescheid, falls es zum Verhör kommen sollte. Ich helfe gerne«, hauchte sie ihm entgegen. Mittlerweile saß sie auf Bekkers Schoß.

»Sollten wir nicht noch mal einen Blick auf das spezielle Bild werfen?«

19

Die Sonne schien ins Zimmer. Bekker wachte auf und atmete tief ein, er roch Cornelias Körper neben sich, lauschte und hörte ihr entspanntes Luftholen. Vorsichtig, ohne ein Geräusch zu verursachen, drehte er sich um und betrachtete das Bild über ihnen. Die langen Beine, ihr Hintern, das Négligé. Niesberg hatte nicht zufällig in früheren Jahren diesen Preis für Aktfotografie gewonnen. Noch vorgestern hätte er sich unter keinen Umständen mit ihr unterhalten wollen – und jetzt lag er hier, ganz dicht neben ihr. Auf dem Foto sah man fast zu viel und doch sah man nichts. Niesberg deutete an, zeichnete nach, aber ließ den Betrachter im Unklaren. Bekker wanderte mit den Augen über das Bild, es erregte ihn – langsam beugte er sich zu ihr hin und roch ihre Haut. Er hatte geglaubt, seinen Freund zu kennen; nie hätte er angenommen, dass dieser heute noch erotische Aufnahmen machte. Gut, er war damit in früheren Jahren als freiberuflicher Fotograf recht erfolgreich gewesen. Aber eine Kollegin, und heute? Was man auch hätte einwenden wollen, das Bild war ein Meisterwerk. Cornelia streckte sich wohlig und stieß einen leisen wollüstigen Seufzer aus, was Bekker zufrieden registrierte. Er strich über ihren Rücken und umfasste ihre Brüste, rückte näher und begann ihren Nacken zu küssen. Dann summte sein Handy. Er versuchte es zu ignorieren, aber vergeblich. Der Kommissar rollte zum Bettrand und griff nach seiner Hose, die linksherum auf dem Boden lag. »Ja doch, in Gottes Namen«, murmelte er vor sich hin und befreite das Telefon aus der Hosentasche.

»Ja? Ähm, Bekker. Bekker. Mord.«

»Schack? Morgen, Tiger. Erna hier. Bist du schon auf den Beinen?«

»Ob ich schon auf den Beinen bin? Willst du es genau wissen?«, flüsterte er.

»Wie schnell könntest du kommen?«

»Ist es schlimm?«, wollte er wissen und streckte sich hörbar.

»Wie man es nimmt. Du hast schon Schöneres gesehen. Wir sind hier im Buchantiquariat, das in der Fischtorstraße.«

»Ahh, beim Herrn Messmann. Ist ihm was passiert?« Bekker gähnte.

»Nein. Aber der Anblick ist ziemlich skurril.«

»In einer guten Viertelstunde.«

Er wollte gerade das Handy weglegen, als er spürte, wie Cornelias Hand seinen Oberkörper sanft nach hinten in die Kissen drückte und mit der anderen Hand zwischen seine Beine griff.

Als der Kommissar an der nachgebauten Grundmauer des Ostchors der Liebfrauenkirche vorbeikam und er die Absperrung vor dem Laden des Antiquars sah, wurde ihm klar, dass die von ihm befürchtete Katastrophe immer realere Züge annahm. Erna stand mit Niesberg vor der Tür. Der Kommissar ließ den Blick durch die Straße schweifen, die winterlich-kahlen Platanen, das Kopfsteinpflaster, in Sichtweite die Rheinstraße. Noch hatte ihn keiner seiner Kollegen entdeckt, obwohl er schon auf der Höhe der Apotheke war. Der Antiquar Messmann trat zu ihm auf die Straße, er war – wie zumeist – schwarz gekleidet mit auffällig kurz geschnittenen Haaren. Die beiden kannten sich, der Kommissar war Kunde in dem kleinen, stilvoll eingerichteten Lädchen.

»Hallo, Herr Messmann, wie geht es Ihnen?«

Der Antiquar, ein durchaus humorvoller, aber misanthropischer Mensch, schaute ihn kurz an. Kopfschüttelnd stellte er fest: »Das Leben ist einfach schrecklich. Grauenhaft! Wer kommt überhaupt auf so eine schaurige Idee?«

Bekker wollte nachhaken, hielt aber inne, um sein Gegenüber nicht zu unterbrechen.

»Einen halbnackten Toten in ein Antiquariat zu setzen? Schrecklich. Ich frage mich die ganze Zeit, worauf die Tat abzielen könnte und finde keine Antwort. Und ab übermorgen werden dann wieder Bücher verkauft, ganz so, als ob nichts geschehen wäre. Am besten sollte ich Postkarten mit dem Toten anbieten. Der Tote vor dem Dom, der Tote mit einer Bibel im Arm. Keine Ahnung, so etwas tut doch kein gesunder Mensch.«

Eines stand fest: Es musste irgendeine Verbindung zwischen dem Mörder und dem Buchhändler geben. Womöglich war sich dieser der Tatsache nicht einmal bewusst. Der Täter schien einen gewissen intellektuellen Hintergrund zu haben, aber das vermutete der Kommissar ohnehin.

»Was genau war denn heute Morgen los?«, fragte er ihn.

»Ich kam gegen halb neun an, schloss die Tür auf und machte das Licht an. Da sah ich diesen Mann in meinem Lehnstuhl sitzen. Ich war so irritiert, dass ich »Guten Morgen« gesagt und ihn gebeten habe, etwas anzuziehen. Das Merkwürdigste war, dass er mit einem Buch in der Hand dasaß.«

»Womit?«

»Einem Buch, der Tote hielt es in der Hand, als würde er lesen.«

»Scheiße«, entfuhr es Bekker. Die Tat war nicht brutal im klassischen Sinn, eher bloßstellend und pathologisch. Ausziehen könnte bloßstellen bedeuten.

»Mich hat es schockiert.«

»Keine Frage«, stimmte Bekker zu, »wir müssen erst einmal die Identität des Toten herausfinden.«

»Also, mir ist nichts aufgefallen, aber ich hatte auch ziemliches Herzrasen, ehrlich gesagt.«

»Kein Wunder, Herr Messmann, kein Wunder.«

Sie erreichten den Doppeleingang, den sich das Buchantiquariat mit einer Bäckerei teilte. Erna sah angewidert aus.

»So schlimm?«, ließ Bekker fallen.

Sie lächelte schwach.

»Schau es dir einfach an.«

Der Kommissar betrat die recht kleine, aber wohl geordnete Bücherkammer. Rechts vom Eingang befand sich der Schreib- und Arbeitstisch, links davon ein antiker Holztisch, auf dem ausgewählte Bücher zur Ansicht und zum Stöbern lagen. Auf dem mit rotem Samt bezogenen antiken Lehnstuhl – der Kommissar hatte mehr als einmal darauf gesessen – saß der halbnackte Mann. Ende vierzig, vielleicht auch etwas älter, vermutete Bekker. Die Beine waren übereinandergeschlagen und er hielt ein Buch in der Hand. Der Dolch lag auf dem Boden neben ihm, es war unschwer zu erkennen, dass er dem glich, der bei Kümmerts Ermordung verwendet worden war.

»Das ist doch absurd«, sagte er vor sich hin. Sieht ähnlich aus wie diese Lese- und Denkposen, die man von alten Gemälden oder Plastiken her kennt. Vielleicht bedeutet das aber auch alles gar nichts. Bekker entschied abzuwarten. Der Antiquar stand jetzt neben ihm, beugte sich ein Stück herunter und las den Titel des Buchs vor: »‚Don Juan kommt aus dem Krieg'. Ödön von Horváth.«

»Kennen Sie den Text?«, wollte Bekker wissen.

»Das ist eine Bearbeitung des Don Juan-Stoffs. Davon gibt es viele. Horváth hat ihn in einen modernen Bezug gestellt, hier ist es die Nachkriegszeit. Don Juan ist ja eine Figur aus dem 17. Jahrhundert, ein Edelmann aus Sevilla, der mehr oder minder ohne klare Motivation Frau um Frau erobert hat. El Burlador, der Verführer, lautet sein Beiname im Original.«

Der Fall wurde immer undurchsichtiger und sehr bald schon würde der öffentliche Druck wachsen. Das Buch war dem Toten regelrecht in die Hand gesteckt worden. Was diese Zurschaustellung auch immer bedeutete, neben der Grausamkeit hatte diese Inszenierung auch krankhafte Züge. War es womöglich ein Hilfeschrei? Bekker wollte wissen, ob es sich um ein Buch aus seinem Laden handelte. Messmann ging zur Regalwand und wanderte mit dem Zeigefinger durch die Bücherreihen.

»Mein Buch, kein Zweifel.«

»Haben Sie vielleicht noch ein Exemplar?«

»Ich habe hier die gesammelten Dramen von Horváth. Vielleicht hat der Mörder ja eine besondere Beziehung zum Autor.«

»Ein guter Einwand. Was kostet das Buch?«

»Nehmen Sie es mit, ein Geschenk des Hauses. Horváth verkaufe ich leider ohnehin viel zu selten. Wissen Sie übrigens, wie er zu Tode gekommen ist?«

»Nein, das ist für gewöhnlich nicht das, was ich mit einem Autor verbinde«, sagte Bekker und lächelte verschmitzt.

»Er ist vor den Nazis nach Paris geflohen und hat an einem stürmischen Tag einen Spaziergang auf den Champs-Élysées gemacht.«

»Und?«

»Erschlagen, von einem herunterfallenden Ast. Gibt es demnach so etwas wie Schicksal?«, fragte ihn der Antiquar.

»Schicksal? Keine Ahnung, ich vermeide solche Gedanken. Eine Sache steht fest, du musst jeden Tag aufstehen und leben. Und wenn du das Spielchen vorher abbrichst, dann darfst du nochmal von vorne anfangen. Da bin ich mir sicher.«

Als die Mitarbeiter der Spurensicherung den Raum betraten, gingen die beiden nach draußen.

»Wir sehen uns sicherlich noch, Herr Messmann.«

Es begann zu schneien. Der Kommissar zündete sich eine Zigarette an. Erna kam zu ihm.

»Und?«

»Ich habe keinen blassen Schimmer. Gibt es Einbruchsspuren?«

»Ja, der Täter ist durch den Hof gekommen und hat die Hintertür aufgebrochen. Vorne war alles vergittert. Ich habe keine Hoffnung, dass es Fingerabdrücke gibt.«

»Abwarten. Hat vielleicht jemand von den Nachbarn etwas gesehen?«, bemerkte Bekker und kratzte sich an seinem unrasierten Kinn.

»Bislang nicht.«

Die Flocken verdichteten sich zunehmend, sie gingen zurück in den kleinen Vorraum zwischen den beiden Läden.

»Und für wann hat sich der Büben angekündigt?«

»Dürfte gleich da sein. Das lief ziemlich bescheiden gestern Abend«, deutete Erna an. Auf keinen Fall würde er etwas sagen, wodurch sie sich gezwungen sehen würde, den König der Frösche zu verteidigen.

»So was kommt halt vor.«

»Ich, ach, das ist alles zum Verrücktwerden. Wir verstehen uns zeitweise wirklich gut«, sie hob abwehrend die Hände, »aber dann komme ich mit seiner steifen Art einfach nicht zurecht. Und dabei hat er wirklich ein gutes Herz. Er ist aufmerksam und höflich, und ... gepflegt.«

War das eine Anspielung auf sein Äußeres? Seine Kollegin verstand sofort.

»Nein, du bist nicht gemeint. Auf deine alten Tage wirst du noch eitel.«

»Ich und eitel, da kannst du lange warten.«

»Sei dir ja nicht so sicher, Schack.«

»Was könnte uns denn einen Anhaltspunkt liefern?«

»Das Buch, aber da geht es dir ja sicherlich ähnlich wie mir«, bemerkte Erna.

»'Don Juan kommt aus dem Krieg'. Ich werde überprüfen, ob in dem Nietzsche-Band auch etwas über diesen Verführer drinsteht.«

»Der Mörder konnte doch unmöglich davon ausgehen, dass dieses spezielle Buch im Laden stehen würde. War er vorher hier gewesen und hat nachgeschaut? Will sagen, hat er den Text bewusst ausgewählt oder war das Zufall?«

»Ich vermute, dass Don Juan im Titel vorkommen sollte«, warf Bekker ein.

»Don Juan? Wir brauchen dringend deine Freundin. Jemand tötet und identifiziert sich offensichtlich mit dieser Figur. Wozu sonst diese Inszenierung?«

»Meine Freundin?«

»Lass uns erst mal zu diesem Lieberstock fahren«, sagte Erna.

20

Sie stiegen in den Wagen, den die Kommissarin auf dem Liebfrauenplatz abgestellt hatte, und machten sich auf den Weg.

Bekker kam ihr auf eine seltsame Art schweigsam vor. War Cornelia der Grund dafür?, fragte sie sich. Nein, ihr langjähriger Kollege war völlig mit dem Fall beschäftigt, seine ganze Aufmerksamkeit war auf diese Morde gerichtet. Es ging so weit, dass er mitunter die normalen Umgangsformen nicht mehr beachtete. Egal, Schack war Schack. Natürlich passte er in keines der gewöhnlichen Raster – meist erntete er von Kollegen Kopfschütteln, allerdings bezog sich dies so gut wie nie auf seine kriminalistischen Fähigkeiten. Sie würde ihm nicht vergessen, dass er ihr während der ersten Jahre Kniffe und Tricks beigebracht hatte, die erfahrene Kollegen normalerweise nicht so einfach preisgaben.

Erna parkte den Wagen. Kurz darauf standen sie in der Sömmeringstraße vor dem Haus. Bekker ging um das Gebäude herum und suchte sich einen Ort, von wo aus er den abgelegenen Teil der Fenster und den Hinterausgang im Blick hatte. Erna klingelte; nur einen Moment später ging bereits der Summer und die Eingangstür sprang auf. Die Wohnung Lieberstocks blieb jedoch verschlossen. Sie klingelte erneut und dachte schon daran zu rufen, aber das erübrigte sich. Ein junger Mann mit halblangen, rotstichigen Haaren, Jeans und Rollkragenpullover stand vor ihr. Die Kommissarin wies sich aus und informierte ihn, dass sie ein paar Fragen an ihn habe. Das ernste, hartkantige Gesicht Lieberstocks schien jede seiner Möglichkeiten abzuschätzen, der schnelle Blick an ihr vorbei in den Hausflur entging der Kommissarin nicht. Just in diesem Augenblick tauchte Bekker hinter ihr auf.

Roland Lieberstock bat sie herein. Die Wohnung war in chaotischem Zustand und es roch stark nach selbstgedrehten Zigaretten. Die Tür zum Schlafraum stand offen. Im Vorbeigehen sah Bekker eine einzelne Matratze, Bücher, die aufgetürmt auf dem Boden verteilt waren, einen Aschenbecher und eine kleine

Bettlampe, die brannte. Die Küche lag auf der gegenüberliegenden Seite, hier stapelten sich Teller und Tassen sowie zwei gefüllte Müllbeutel, die zum Abtransport bereitstanden. Das Wohnzimmer hingegen überraschte ihn, es war aufgeräumt und sauber. Sofa, Esstisch und eine recht moderne Musikanlage fielen dem Kommissar zuerst auf. Es lief irgendeine Oper, die ihm bekannt vorkam. Das passt doch alles nicht zusammen, dachte er. Sein Laptop stand geöffnet auf einem kleinen Schränkchen, ein Bildbearbeitungsprogramm lief, aber es war kein Bild geladen.

»Kaffee?«, fragte Lieberstock, nachdem er den beiden Polizisten einen Platz auf dem Sofa angeboten hatte. Obwohl es immer ein deutlich besseres Klima schuf, wenn man in einer solchen Situation etwas trank, lehnte Bekker ab.

»Oder was anderes? Tee? Apfelsaft?«

»Nein, nein, vielen Dank.«

Erna hingegen entschied sich für den Kaffee.

»Ohne Milch, mit Zucker, bitte.«

Lieberstock verließ das Zimmer und kam kurz darauf mit zwei Tassen zurück. »Worum gehts denn?«, wollte er wissen, noch bevor er sich wieder gesetzt hatte. Erna nahm einen Schluck und stellte die erste Frage.

»Sie kennen Reiner Kümmert?«

»Den Reiner? Klar, er hat mir geholfen, wenn ich ... also, wenn es mir mal nicht so gut ging.«

»Sie wissen demnach, was mit Herrn Kümmert passiert ist?«

Er nickte und stierte auf den Boden.

»Können Sie sich vorstellen, wer das getan haben könnte?«

»Ich hab keine Ahnung. Überhaupt, dem Reiner so was anzutun, wissen Sie, das war ein Klasse-Typ. Konnte zuhören, hatte immer einen richtig guten Rat, ach Scheiße. Das ist doch eine Riesensauerei!«

Kümmerts Tod schien ihn mitzunehmen.

»Wann haben Sie ihn denn das letzte Mal gesehen?«

»Wir hatten einen Tag vor dieser Sache da ... auf dem Dach, am Mittag hier eine Verabredung. Er ist zu mir gekommen, weil ich ihm ein paar Sachen zeigen wollte, die ich am Rechner bearbeitet habe, Fotos und so.«

Der Junge hielt das Wohnzimmer wahrscheinlich deshalb so sauber, weil Kümmert hierherkam, folgerte Bekker.

»Sonst gehen Sie aber in die Einrichtung?«

»Logisch, aber meistens kam er während der Woche auch noch mal vorbei. Er wohnt ja hier ganz in der Nähe.«

»In der Wallaustraße«, stellte Bekker fest.

»Ja, fast genau auf der Höhe von meinem Haus, nur ein paar Stockwerke weiter oben.«

Weiß, wo Kümmert wohnt, notierte er sich.

»Waren Sie schon einmal dort?«, fragte Erna weiter.

»Nein, der Reiner Kümmert hat mit seinem Freund zusammengelebt und da gab es ein eisernes Gesetz, keiner von uns, also Leute, die er betreut hat, in der Bude.«

Bekker hatte den Eindruck, dass das in Lieberstocks Fall nicht stimmte, ließ es sich aber nicht anmerken.

»Kann man nachvollziehen, oder?«, setzte Erna nach.

»Ja, schon.«

Warum wollte Lieberstock nicht zugeben, dass er Kümmert zuhause besucht hatte? Bekker war überzeugt davon, dass der Junge nichts zu verbergen hatte, und doch wollte er es nicht zugeben. Wenig später verabschiedeten sie sich und verließen ihn.

»Hast du Hunger, Ernie?«

»Nein, aber du, wenn du schon so fragst. Worauf hast du denn Lust?«

»Auf ein Frikadellenbrötchen von der Metzgerei Beim Peter. Willst du auch was?«

Erna schüttelte den Kopf und ließ den Wagen an. Das Geschäft lag nur ein paar Straßen entfernt. Bekker berichtete von einer Besonderheit.

»Wenn du zwölfmal für mindestens zehn Euro einkaufst, kriegst du einen Ring Fleischwurst gratis.«

»Aber wann kommst du schon mal hierher?«

»Och, ab und zu. So in einem dreiviertel Jahr hab ich die abgestempelten Kassenbons meistens zusammen. Und das ist immer ein Riesenspaß für mich, wenn es soweit ist.«

Seine Kollegin atmete kurz durch, so ganz normal war er nun wirklich nicht. Neben dem Sammeln von Pfandflaschen war dies eine weitere Eigenheit ihres Kollegen, die ihr bislang verborgen geblieben war.

»Bin gleich wieder da. Und du willst wirklich nichts?«, fragte er beim Aussteigen.

Ihr Handy klingelte.

»Hauptkommissarin Dunst.«

»Ich bin es, Schatz.«

Erna spürte, wie sie sich gegen die liebkosenden Worte sträubte, die regelrecht an ihr abperlten. Wenn man sich immer wieder für seinen Partner entschuldigen musste, konnte das auf Dauer nicht funktionieren.

»Hallo Maximilian.«

Der scharfe Ton signalisierte dem Gerichtsmediziner deutlich ihren Ärger.

»Ist alles in Ordnung?«

Erna antwortete nicht, er würde ohnehin gleich wieder von sich sprechen, so, wie er das meistens tat.

»Ich habe bereits die Ergebnisse der Autopsie vorliegen. Wenn du vorbeikommen willst. Wir könnten doch heute Abend ...«

»In einer halben Stunde«, unterbrach sie ihn und fügte hinzu, dass sie jetzt nicht sprechen könne und legte auf. Sie musste diese Beziehung beenden. Bekker kam zurück, stellte seine Metzgerstüte in den Fußraum und biss in sein Brötchen.

»Der Maximilian hat eben angerufen, die ersten Ergebnisse liegen vor. Fahren wir hin?«, wollte sie wissen.

Bekker stutze; eigentlich galt zwischen ihnen die Abmachung, dass er sie nicht begleitete, wenn Büben in einen Fall involviert war. Bis zu einem gewissen Grad konnte er Kurs Taktik, sich einen unscheinbaren, arbeitswilligen Langweiler als Assistenten zu halten, verstehen. Erna wollte, dass er mitging? Bedeutete es womöglich, dass das Martyrium beendet war?

»Dann nichts wie hin«, nuschelte er mit halb vollem Mund.

»Sehr appetitlich, Schack. Und eine Augenweide obendrein.«

Mehr als Bekkers schmatzendes Lachen bekam sie nicht als Antwort. Erst als sie auf der Gaugasse nach der ersten Rechtskurve beschleunigte und vom zweiten in den dritten Gang schaltete, meldete sich ihr Kollege wieder zu Wort:

»Und du bestehst nicht mehr auf Artenschutz?«

»Mach was du willst, du hast mir zuliebe schon viel zu lange Süßholz geraspelt.«

Sie stellte den Wagen am Pulverturm ab. Beim Betreten der Gerichtsmedizin kam ihnen Büben bereits entgegen, stockte allerdings, als er Erna zusammen mit Bekker sah, dem sofort die Verblüffung in dessen Gesicht auffiel. Sie gingen in sein Büro, eigentlich in Kurs Büro, was der Kommissar mit einer süffisanten Bemerkung kommentierte.

»Sie brauchen sich gar nicht so, so, so aufzuspielen. Das ist alles mit dem Chef abgeklärt.«

»Ja, der Walter hatte schon immer ein gutes Herz.«

Erna kam direkt zur Sache.

»Was kannst du uns zur Leiche im Antiquariat sagen, Maximilian?«

Büben nahm seine Unterlagen zur Hand, blätterte erst, las dann einen Moment und hob an. Bekker kam ihm zuvor.

»Tun Sie uns und sich einen Gefallen. Nur das Wesentliche und bitte prägnant. So, wie Sie es vom Chef gelernt haben.«

Büben trieb es die Zornesröte ins Gesicht, er holte in kurzen Zügen mehrfach Luft und kämpfte sichtlich damit, die Fassung zu bewahren. Erna wusste nicht recht, ob sie Genugtuung oder Mitleid empfand. Der Gerichtsmediziner wollte sich aber keine Blöße geben und versuchte, die Bemerkung Bekkers zu übergehen.

»Der Mann wurde sediert, wie auch schon der Tote auf dem Dach. Und zwar mit Flunitrazepam, ein Mittel, das unter die Kategorie K.o.-Tropfen fällt. Getötet wurde er durch einen Stich ins Herz. Auch hier die Parallele zum ersten Fall. Ich denke, man kann getrost von einer beginnenden Serie sprechen.«

Bekker ergänzte: »Seine Kleider hat die Spurensicherung fein säuberlich zusammengelegt im Hinterhof des Hauses gefunden. Allerdings keinen Ausweis.«

»Ich untersuche die Sachen gerade, vielleicht finden sich irgendwelche Rückstände, durch die man weiterkommen kann.«

Der Kommissar erinnerte sich an die Zeitungen aus dem Haus der Rheinschiffer, die ebenfalls exakt gefaltet worden waren. Der Mann sollte also mit nacktem Oberkörper gefunden werden.

»Was ist mit dem Todeszeitpunkt?«, wollte Bekker wissen.

»Gegen drei Uhr morgens«, antwortete der Gerichtsmediziner knapp.

Erna fragte Büben, was er außerdem über den Toten sagen könne.

»Männlich, ich vermute um die fünfzig Jahre alt, in guter

körperlicher Verfassung. Allerdings hatte er ein künstliches Hüftgelenk.«

»Ein künstliches Hüftgelenk? Dann sollte man die Identität doch recht schnell feststellen können?«

»Ich kümmere mich darum und gebe zeitnah Bescheid.«

»Zeitnah? Zeitnah ist gut. Danke, Doktorsche«, warf Bekker ein. Büben winkte resigniert ab. Nicht auszudenken, wenn der Terror mit dem Kommissar jetzt wieder anfing. Er musste mit Dr. Meiner reden, mit dem er ein gutes Verhältnis hatte. Gemeinsame Gegner verbinden, dachte er und wandte sich den Kleidern des Opfers zu.

21

Sie fuhren den Eisgrubweg hinunter, erreichten kurz darauf die Polizeiwache Altstadt und parkten in der Garage. Bekker musste auf die Toilette und Erna wollte mit Cornelia telefonieren, um die Termine abzugleichen. Als er die Halle erreichte, hielt gerade der Aufzug. Ohne zu überlegen, ging er hinein und fuhr mit. Um kein Gespräch mit den Kollegen führen zu müssen, tat er so, als würde er eine SMS schreiben. Etwas ganz anderes beschäftigte ihn. Konnte man voraussagen, wohin der Aufzug als nächstes fahren würde? Und wenn ja, wie exakt? Für eine einzelne Fahrt war dies sicherlich äußerst schwierig, aber wenn man Aufzeichnungen über einen Wochentag, am besten immer den gleichen über ein ganzes Jahr hinweg machte, würde man dann nicht recht präzise Aussagen treffen können? Ein solcher Feldversuch konnte wirklich nur einem Beamten einfallen, dachte er und lachte auf. Die erstaunten Blicke seiner Kollegen ignorierte er. Einen Fall aufzuklären, ist wie Aufzug fahren mit offenen Augen. Genau in diesem Moment hielten sie wieder im ersten Stock.

»Und für wann können wir den Gesprächstermin mit Steinmann ausmachen?«, kam Erna nun zum Thema, nachdem sie mit der Psychologin zuvor noch über das Fest geplaudert hatte, ohne jedoch Bekkers Namen zu erwähnen. Aber das war auch nicht nötig, wenn man Frau genug war, um die jeweiligen Anspielungen zu verstehen.

»Gut würde es mir jetzt gleich um vier oder morgen früh um halb zehn passen.«

Bekker öffnete die Tür und kam ins Zimmer, Erna war noch am Telefonieren.

»Nein, wir haben noch keinen Hinweis auf die Identität des zweiten Opfers, gehen aber davon aus, dass wir spätestens bis morgen wissen, um wen es sich handelt. Also, ich kläre das mit Steinmann und sage Bescheid. Vielen Dank nochmal. Ja, natürlich, das mache ich.«

Sie drehte sich vielsagend lächelnd zu ihm um.

»Liebe Grüße von Cornelia.«

»Ich hab übrigens den Werner auf die Aktbilder angesprochen. Er hat sich nicht weiter dazu äußern wollen, aber es wurde schnell deutlich, dass sich die beiden gut kennen«, bemerkte Bekker.

»Das Foto über ihrem Bett ist ziemlich sexy, muss ich sagen. Man schaut hin und erst mal wieder weg und muss dann doch wieder hinsehen.«

»Ich frag mich, ob die beiden mal was miteinander gehabt haben? Das würde die Sache für mich um einiges schwieriger machen.«

»Schack, jetzt entspann dich mal. Was hat denn das mit dir zu tun?«

»Das versteht ihr Frauen nicht.«

»So, so. Ich denke mal, dass wir mehr verstehen, als euch lieb sein kann. Und irgendwie ist das auch gut so.«

»Wie meinst du das?«

»Wenn ihr glaubt unbeobachtet eure Kreise zu ziehen, haben wir schon durchgerechnet, was die möglichen Konsequenzen und Lösungen sind.«

Der Kommissar runzelte die Stirn und blickte aus dem Fenster.

»Und du willst mir sagen, dass das die Normalität ist?«

»Ja, schon.«

»Und warum dann der ganze Unsinn?«

»Ihr geht jagen und wir passen auf, dass ihr auch schön zurückfindet.«

»Finde ich gar nicht komisch. Können wir das Thema beenden?«

Erna nahm auf die ursprüngliche Frage Bezug.

»Ich denke übrigens nicht, dass der Werner mal was mit Cornelia gehabt hat. Wenn es dich beruhigt.«

Der Kommissar schaute auf.

»Jetzt nicht mehr. Warum musst du auch so auf die Kacke hauen.«

Das Telefon klingelte und unterbrach Bekkers einsetzende Schimpftirade.

»Bekker. Mord.«

»Dr. Büben. Ich möchte Hauptkommissarin Dunst sprechen.«

»Privat oder beruflich?«

»Es geht um die Kleidung des Toten.«

»Das können Sie auch mir sagen.«

Der Gerichtsmediziner schwieg ein paar Sekunden.

»Ich habe keinerlei Rückstände besonderer Art an den Kleidern finden können.«

»Wann können Sie uns die Kleider rüberschicken?«

»Sobald ich Zeit habe.« Damit legte er auf.

»Er lernt, vielleicht bekommen wir ihn ja doch noch hin«, sagte Bekker amüsiert.

»Unterschätze den Maximilian nicht. Der ist nicht ohne und nachtragend ist er auch.«

»Das hindert uns nicht daran, den Fall zu lösen.«

»Aber du weißt auch, dass er einen guten Draht zu Meiner hat.«

»Kein Wunder, warum die Dingen so laufen, wie sie laufen. Sollten wir den Fall lösen, kann er mich nicht außen vor lassen. Weißt du was, Ernie, wenn es nicht sein soll, muss ich halt damit leben. Ist ja irgendwie auch eine Auszeichnung.«

»Ja, irgendwie schon.«

Nachdem Erna mit Steinmann telefoniert und dieser dem Termin um vier Uhr zugestimmt hatte, sagte sie Cornelia Bescheid und machte sich anschließend daran, noch einmal die Fotografien durchzusehen. Besonderes Augenmerk legten sie auf den Mann, der in einiger Entfernung ihre Arbeit am Winterhafen beobachtet hatte. Wie Niesberg gesagt hatte, gab es keine Möglichkeit, die betreffende Person besser erkennbar zu machen. Lediglich seine Größe war recht gut abzuschätzen, denn er stand neben einem Baum.

»Das messen wir einfach aus, Schack. Oder, was meinst du?«

»Genau, damit können wir seine Größe recht präzise bestimmen. Vielleicht bis auf zwei bis drei Zentimeter. Er dürfte wohl um die 1,80 sein. Und wir kennen einen Teil seiner Kleidung.«

»Wir haben noch nicht die leiseste Ahnung, wer der zweite Tote ist. Keine Vermisstenanzeige in den letzten Stunden. Aber mit ein bisschen Glück bekommt das der Maximilian recht schnell heraus, so ein künstliches Hüftgelenk hat ja eine Seriennummer. Übrigens ist dieser Stadtstreicher Ferdinand wieder aufgetaucht, er war zu Besuch bei seiner Schwester in Alzey.«

Es klopfte an der Tür und die Kriminalpsychologin betrat das Büro. Es war mittlerweile Viertel vor vier.

»Cornelia, schön, dass du es einrichten konntest«, begrüßte sie Erna.

Die beiden duzten sich, den Kommissar irritierte diese neu gewonnene Vertrautheit. Wer weiß, was sie sich alles erzählten? Von Pfirsig schlug vor, das Gespräch alleine zu führen, das schaffe mehr Vertrauen.

»Um herauszubekommen, ob Steinmann die Wahrheit sagt, halte ich das für die beste Lösung.«

»Geh ruhig so vor, wie du es für richtig hältst. Du bist die Expertin«, bekräftigte Erna.

Das Telefon klingelte. Sie wurden informiert, dass Steinmann eingetroffen war.

»Ich hole ihn. Was würdest du vom Besprechungsraum halten, Erna? Ist vielleicht ein bisschen persönlicher.«

»Gute Idee, Schack.«

Das Zimmer lag gleich neben dem Gemeinschaftsraum. Bekker vermied den Aufzug und ging zu Fuß. Steinmann sah fürchterlich aus, er hatte Ringe unter den Augen, war unrasiert und roch nach Zigaretten und Alkohol. »Kein besonders guter Moment?«, bemerkte der Kommissar, als er dem ehemaligen Lebensgefährten von Reiner Kümmert die Hand gab.

»Ja«, sagte dieser knapp.

Seine Stimme klang, als habe er sich eine schwere Erkältung eingefangen oder die ganze Nacht gefeiert und gesungen. Aber nichts dergleichen schien auf ihn zuzutreffen.

»Vielleicht tut Ihnen ja das Gespräch mit der Psychologin gut.«

»Bestimmt, und wenn ich auf irgendeine Weise etwas beitragen kann, um das Schwein zu fassen ...«

»Ich bringe Sie ins Besprechungszimmer. Frau Dr. von Pfirsig dürfte schon da sein.«

Bekker hatte zumindest anfänglich die Möglichkeit in Betracht gezogen, dass er etwas mit dem Tod seines Lebensgefährten zu tun haben könnte. Das erschien ihm jedoch mittlerweile aberwitzig. Cornelia würde ihn sicherlich nach seinem Alibi für gestern Abend fragen. Als er Steinmann an der Tür des Gemeinschaftsraums abgeliefert hatte, kam die Psychologin noch einmal heraus und küsste ihn.

»Wann sehen wir uns, Liebling?«

Liebling? War das die einseitige Übereinkunft, dass sich aus dieser Nacht bereits eine feste Beziehung ergeben hatte? Er zögerte und suchte nach Worten, während sie schon entschieden zu haben schien.

»Was hältst du von halb acht bei uns zum Abendessen?«

»Zum Abendessen, um halb acht?« Bekker meinte sich verhört zu haben.

»Ja? Ich würde mich riesig freuen und Jan auch. Ich glaube, er mag dich.«

Nicht, dass er jetzt vielleicht einen Termin oder eine Verabredung vergaß? Ach was, er nahm an. Die Psychologin umarmte ihn, was den Kommissar entspannte und freudig stimmte. Die Tür schloss sich und er stand noch einen Moment verloren auf dem Gang. Etwas verdutzt und irritiert, aber mit einer gewissen Vorfreude ging er zurück zum Büro. Er öffnete die Tür und blieb stehen, Erna telefonierte und schien sichtlich erregt.

»Wenn du deinen Kram nicht heute noch abholst, stell ich ihn dir vor die Tür. Wer hier der Psychopath ist? Sieh mal in den Spiegel, vielleicht fällt es dir dann auf.«

Bekker war ob des barschen Tons seiner Kollegin überrascht, wartete etwas länger als nötig ab und setzte sich dann an seinen

Schreibtisch. Seine Kollegin ging nicht auf das Gespräch mit Büben ein.

»Ich habe nochmal nachgedacht, es muss ein Wiederholungstäter sein, unsere Vermutung war korrekt«, stellte Bekker fest.

»Du hattest von Anfang an den richtigen Riecher, Schack. Aber uns fehlt eine konkrete Spur.«

»Die Dolche. Ich denke, dass ich bei Leo vorbeischaue, der hat neben der Goldschmiederei auch immer mit antiken Gegenständen gehandelt.«

»Gute Idee. Siehst du ihn denn noch ab und zu?«

»Nach der schweren Gesichtsverletzung, die er an Fastnacht vor ein paar Jahren erlitten hatte, war er ein anderer geworden. Keine jungen Dinger mehr und diese zwanghafte Jagd nach Jugendlichkeit hat er so gut wie abgelegt. Wir treffen uns einmal die Woche auf einen Schoppen oder wir gehen gemeinsam essen. Manchmal muss einem der mögliche Verlust eines nahestehenden Menschen erst sehr deutlich vor Augen geführt werden, bis man begreift, dass nur das Hier und Jetzt zählt. Und eine Freundschaft aus der Kindheit ist sowieso durch nichts aufzuwiegen.«

»Wahres hast du verkündet, mein rundlicher Philosoph.«

»Veräppel mich nicht. Ich geh gleich mal zu ihm.«

Erna sah auf ihre Uhr, es war kurz vor fünf.

»Pack dem Maxi seine Sachen. Nicht, dass er irgendwas vergisst oder nicht findet. Du weißt schon, wie wir Männer sind.«

»Schack, halt dich raus. Woher weißt du eigentlich? Ach so. Komm, lass uns gehen.«

Nachdem Bekker den Dolch aus der Asservatenkammer geholt hatte, machte er sich zu Leo Amrin auf, der sicherlich schon zu Hause war. Ein Anruf bestätigte dies. Er war einverstanden, sich den Dolch anzusehen. Es würde ein kurzer Besuch werden, denn beide hatten noch etwas vor. Bekker überquerte den Bischofsplatz und den Leichhof, es war spiegelglatt auf den Pflastersteinen. In dieser Stadt schien man einfach nicht in der Lage zu sein, den seifigen Untergrund in irgendeiner Form begehbar zu machen.

»Für allen Scheiß schmeißen wir Geld raus, aber dass man sich bei so einem Dreckswetter die Haxen bricht, interessiert kein Schwein«, sagte er laut fluchend vor sich her und echauffierte sich weiter. »Gibts denn überhaupt irgendeine Stadt in dem Land, in der du nicht jeden Winter aufs Neue deine Knochen riskierst? Wahrscheinlich muss sich erst jemand wie der Meiner krankenhausreif verletzen, damit was passiert.«

Bekker hatte bereits die Rheinstraße erreicht und murrte immer noch vor sich her.

»Kein Geld und leere Kassen, da könnste doch verrückt werden, wenn du so was hörst. Das sind doch alles Bogenpisser.«

Eine ältere Dame, die neben ihm an der Ampel stand, sah ihn erstaunt an.

»Geht es Ihnen nicht gut, junger Mann?«

»Was? Mir? Doch, doch, ich, es ist nur zur Zeit alles ein bisschen viel.«

Sie war einfach und geschmackvoll gekleidet, eine faltige ältere Frau, die jedoch wache, funkelnde Augen hatte. Der Kommissar bemerkte, dass sie ihren Rollator mit Weihnachtsschmuck ausstaffiert hatte, was ihm imponierte.

»Darf ich Ihnen einen Rat geben?«, fragte sie ihn freundlich.

Bekker nickte.

»Erst einmal: mehr Gelassenheit. Und wenn Ihnen wirklich etwas gegen den Strich geht, dann schimpfen Sie nicht nur.«

Er hatte das Aber schon auf der Zunge. Nein, du bedankst dich jetzt und kommst wieder runter. Als die Ampel umsprang und der Kommissar beim Losgehen ausrutschte, hinfiel und sich die Hose ruinierte, ahnte er, dass alles anders kommen würde, als er es sich in seinen kühnsten Träumen ausgemalt hatte.

22

»Komm hoch, Schack. Ich bin im Wohnzimmer im ersten Stock«, hörte er Anrim in die Sprechanlage krächzen.

»Du hörst dich ja prima an«, sagte der Kommissar und stieß die Tür auf.

Der Goldschmied bewohnte das Haus Nummer 42 in der Uferstraße. Sein Wohlstand war sprichwörtlich. Bekker liebte seine Dachterrasse; von dort aus reichte der Blick weit über den Rhein hinweg ins Rhein-Main-Gebiet und in den Rheingau.

»Ich geh mal kurz ins Bad«, sagte er, nicht ohne noch schnell den Dolch und ein paar Handschuhe auf den Biedermeiertisch gelegt zu haben, an dem sein Jugendfreund saß und Zeitung las.

»Du weißt ja, wo alles ist«, sagte Anrim, legte die Zeitung zur Seite und betrachtete die Stichwaffe. Sich die Handschuhe anziehend, beugte er sich über den Dolch und inspizierte ihn. Dann entnahm er die Mordwaffe behutsam der Plastiktüte. Diese Art der Verzierung kam ihm bekannt vor. Der Goldschmied ging zum Bord, das sich links an der Wand befand, und zog einen der Kunstbände heraus: die Handwerkskunst im Siglo de Oro. Bekker kam aus dem Bad zurück.

»Spanien, die Hochphase, 17. Jahrhundert. Aber er ist nicht älter als siebzig, achtzig Jahre. Also beileibe kein Original.«

Älteren Datums, aber kein Original registrierte der Kommissar. Ob diese Information von Nutzen sein würde, vermochte er noch nicht einzuschätzen.

»Sieh dir das mal an. Diese Verzierung hier ist charakteristisch für das Siglo de Oro.«

Anrim deutete auf den Griff des Dolches.

»Und an der Verarbeitung kannst du sehen, hier zum Beispiel«, er deutete auf eine für Bekkers Augen perfekt aussehende Ecke, »dass es aus dem letzten Jahrhundert stammt. Zu gerade, zu neu, industriell hergestellt. Hilft dir das weiter?«

»Wenn du noch mehr herausbekämst, wäre das natürlich von großem Nutzen.«

Der Goldschmied nickte ein paar Mal kurz hintereinander.

»Kannst du ihn mir hier lassen? Ich habe eine Vermutung, aber dazu muss ich recherchieren. Und für dich, Schackeloe, würde ich doch so ziemlich alles tun.«

Bekker kannte diesen durchdringenden Blick, so hatte ihn sein Freund schon in frühester Jugend angesehen, wenn er neugierig war, etwas herausfinden wollte. Alt und faltig werden wir alle, aber die wachen Augen und der Humor bleiben einem erhalten, sinnierte er.

»O.k., Leo. Ich lass dir den Dolch bis morgen Mittag. Was hast du denn für eine Idee?«

»Lass dich überraschen, Schack.«

Es war bereits zehn vor sieben, als Bekker wieder auf dem Gehweg stand und gut gelaunt den Heimweg antrat. Er wollte wenigstens noch schnell duschen und seine Mails checken, bevor er sich zu Cornelia aufmachte. Er überquerte die Ampel an der Fachhochschule und schlenderte die Holzstraße entlang. Seine Stimmung überraschte, befremdete ihn fast, normalerweise war er während der Aufklärung eines Mordes bis aufs Äußerste angespannt. Die sich anbahnenden Schwierigkeiten konnten gar nicht ernst genug genommen werden. Was waren die Anhaltspunkte? Die beiden Dolche. Steinmann? Mit ihm hatte Cornelia gesprochen, der Bericht würde sicherlich schon morgen früh auf seinem Schreibtisch liegen. Außerdem sah er sie jetzt beim Abendessen. Lieberstock? Der junge Mann war im gängigen Sinne nicht normal, aber die Morde traute Bekker ihm nicht zu. Nein, sagte er zu sich, nein. Allerdings konnte er für beide Tatzeiten kein Alibi vorweisen. Und der alte Mann, der neben ihm wohnte? Wie hieß er doch gleich? Sandner, Raimund Sandner. In seiner Wohnung wimmelte es nur so von Tier- und Kadaverfotos. Dem Kommissar kamen die toten Tiere am Rheinufer in den Sinn. Sandner war vielleicht ein wenig schräg, aber diese Morde hatte er nicht begangen. Zumindest schien es ihm ausgeschlossen. Der Kommissar blieb vor seiner Eingangstür stehen und schaute in den fahlen, wolkenverhangenen Himmel; bislang hatten sie keine konkrete Spur, niemanden, den sie verdächtigten. Das gab es eigentlich nie. Was war mit den Büchern, die an den Tatorten gefunden worden waren? Er sollte den Antiquar zu diesem Nietzsche-Band befragen; er würde ihm sagen können, um was es sich dabei handelte. Und ob er vielleicht etwas mit Don Juan zu tun hatte.

Bekker schloss die Haustür auf und begann den langen Aufstieg in den sechsten Stock, er gefiel sich in seiner neuen Rolle. Nie hätte er angenommen, dass er Cornelia anziehend finden könnte. Jan war ihm gleich sympathisch gewesen, wie er den Büben abserviert hatte, erinnerte ihn an frühere Zeiten. Er hatte Lust bei den beiden zu Abend zu essen. Schnaufend blieb er im fünften Stock stehen. Die Tatsache, dass die Mordserie an Neujahr ihren Anfang genommen hatte, empfand der Kommissar als unheimlich. Gerade die Zeit zwischen Weihnachten und den ersten Tagen des neuen Jahres hatte doch etwas Besinnliches. Die Bücher, enthielten sie möglicherweise einen entscheidenden Hinweis?

23

Als Bekker frisch geduscht, rasiert, im beigefarbenen Cordanzug mit dunkelbraunem Schal und Mantel bekleidet auf die Straße trat, ging er noch schnell zum Blumenladen an der Ecke, kaufte einen Strauß Rosen und klingelte kurz darauf an Cornelias Tür. Jan öffnete.

»Hi, Frau Mutter kocht noch. Sie hat sich ganz schön ins Zeug gelegt.«

»Gutes Zeichen?«

»Hmm, ein gutes, ein sehr gutes Zeichen. Das ist sonst gar nicht ihre Art. Auf keinen Fall so schnell.«

Bekker hielt ihm die Blumen hin.

»Für dich.«

Sie brachen in Gelächter aus. Der Kommissar ließ seinen Mantel an der Garderobe, ging in die Küche und umarmte Cornelia.

»Hallo Schack, gehts dir gut?«

»Ja, so weit schon.«

»Es gibt Gulasch und Klöße. Vorher ein Winzersüppchen und danach etwas Süßes.«

Sie nahm ihr Rotweinglas von der Arbeitsplatte neben dem Herd und nippte daran.

»Magst du auch einen Schluck?«

»Ja, gern.«

Noch immer konnte Bekker nicht recht fassen, dass Niesberg Aktfotos von ihr geschossen hatte. Mittlerweile amüsierte er sich beinahe über seine unterschwellige Eifersüchtelei.

»Sollen wir in der Küche oder im Wohnzimmer essen?«

»Lieber in der Küche.«

Er deckte den Tisch. Teller, Gläser, Besteck, alles fühlte sich weit weg, aber doch vertraut an. Jan kam zur Tür herein und fragte Bekker, ob er helfen könne. Cornelia war erstaunt, dass sich ihr Sohn so schnell auf den Kommissar einließ. In jedem Fall beschwingte sie das Gefühl. Während des Essens kam das Gespräch beinahe unvermeidlich auf die Befragung von Steinmann.

»Schwierig, Schack. Er lässt seine Trauer nicht zu, verweigert sie regelrecht. Zu Beginn der Unterredung war er völlig klar und selbstsicher, aber nach und nach offenbarte er immer stärkere Gefühlsschwankungen. Es ging so weit, dass er schließlich die Kontrolle verlor und hemmungslos zu weinen anfing.«

Bekker hatte sein Besteck abgelegt und wartete, ob Cornelia fortfahren würde oder ob er gezielt würde fragen müssen.

»Wie beurteilst du seine Beziehung zu Kümmert?«, fragte er schließlich.

»Sie war nicht ausgewogen, er hat mehr in der Sache gesehen als sein Freund, der wohl ein Lebemann gewesen sein muss. Er hat nebenher ab und an noch andere Beziehungen gehabt. Steinmann hat sehr darunter gelitten, aber das war Kümmert egal.«

»Und wie siehst du ihn charakterlich?«

»Ein feiner Kerl, zuverlässig, sozial. Ihm hängt trotz allem eine gewisse Biederkeit an, finde ich. Und je mehr er versucht, sich davon zu befreien, desto stärker tritt sie zutage.«

»Hat Kümmert Steinmann benutzt?«

»Tja«, Cornelia von Pfirsig strich sich über die Schläfe und schwieg einen Moment, »das ist nicht leicht zu beantworten. Nicht direkt oder bewusst. Aber von außen betrachtet, könnte es schon diesen Eindruck erwecken.«

Er trank einen Schluck.

»Und traust du ihm eine solche Tat zu?«

Sie nahm sich wesentlich weniger Zeit, als er erwartete, und bejahte die Frage.

»Damit habe ich ehrlich gesagt nicht gerechnet«, setzte Bekker hinzu.

Er wandte sich an Jan, um ihn nach seiner Meinung zu fragen, immerhin studierte er Psychologie. Der deutete auf seine Brust, ein wenig ungläubig, ob der Kommissar tatsächlich seine Einschätzung hören wollte.

»Ich denke nein, das passt doch nicht.«

»Und warum nicht?«, hakte Bekker nach.

»Müsste nicht irgendwas Außergewöhnliches vorgefallen sein, dass jemand so ausrastet und zu einem solchen, wie sagt man das am besten, Bild greift?«

»Du meinst jemandem mit einem Dolchstich ins Herz zu töten und halbnackt auf ein Dach zu setzen?«

»Jemanden halbnackt auszustellen, egal wo. Der Mörder hat diesen Kümmert präsentiert wie eine Schaufensterpuppe.«

Für einen Augenblick herrschte betretenes Schweigen.

»Oder liege ich falsch?«

»Nein, überhaupt nicht«, beeilte sich Bekker hinzuzufügen, »aber die Frage ist, was kann vorgefallen sein, dass ein Mensch sich zu einer solchen Tat hinreißen lässt. Und dabei haben wir den zweiten, mindestens genauso pathologischen Mord, noch völlig außer Acht gelassen.«

Cornelia unterbrach die beiden.

»Wer hat Lust auf Nachtisch? Es gibt Vanilleeis mit heißen Himbeeren.«

Ob es an der wohltuenden Süßspeise oder dem anschließenden Espresso lag, vermochte der Kommissar nicht zu sagen. Tatsache war, dass die Morde nicht mehr zur Sprache kamen. Sie plauderten über alte Fälle, Kollegen und Jans Studium. Bekker war verwundert darüber, wie vertraut ihm Cornelia und ihr Sohn schon waren. Kurz vor dem Einschlafen, begann Cornelia Versatzstücke aus ihrer Vergangenheit zu erzählen.

»Mein Mann hat sich aus dem Staub gemacht, als Jan sieben war, genauer gesagt, an seinem siebtem Geburtstag. Kannst du dir das vorstellen? Als ob er noch ein Ausrufezeichen hat setzen müssen, am Geburtstag seines Sohnes.«

Bekker nahm ihre Hand und streichelte sie.

»Schack, ich hab das nie wirklich überwunden, diese Kränkung und all das. Aber es musste ja weitergehen. Jan hatte doch jedes Recht der Welt, eine schöne Kindheit zu haben. Heute weiß ich, dass er schon damals immer wieder mal eine Andere gehabt hat. Er war schon ein beeindruckender Typ, groß, lebensfroh und charmant. Jan hat einiges von seinem Vater. Das ist nicht immer einfach für mich.«

»Aber du liebst deinen Sohn, das spürt man. Und es scheint auf Gegenseitigkeit zu beruhen, sehr viel mehr kann man doch eigentlich kaum schaffen.«

»Danke, Schack«

Versuchten Kinder nicht auf irgendeine Weise die Wünsche und Versäumnisse der Eltern zu erfüllen?, fragte er sich. Jan schien einen guten Weg gewählt zu haben, er koppelte sein Studium mit einem Praktikum, dazu blieb er bei Cornelia wohnen, war der Mann im Haus. Man kann ihm wirklich nicht vorwerfen, ein Muttersöhnchen zu sein, dachte Bekker und erinnerte sich an die Abfuhr, die dieser Büben erteilt hatte. Cornlia drückte ihm einen Kuss auf die Lippen, Bekker legte seinen Arm um ihre Hüfte und zog sie zu sich.

24

Der Anruf kam gegen zehn Uhr, als Bekker und Erna gerade dabei waren die Vermisstenmeldungen durchzugehen.

»Bekker«, er zögerte kurz, »Mord.«

»Dr. Büben. Kommissar Bekker, es ist mir gelungen, die Identität der Leiche anhand des künstlichen Hüftgelenks zu ermitteln. Die darauf vermerkte Nummer hat es möglich gemacht.«

»Sehr gut. Und?«

»Alb, Andreas. 48 Jahre alt.«

»Wohnort?«

»In Mainz, Domstraße 24.«

»Im Domgässje? Dann muss er gute Verbin ...«

Er verschluckte den Rest.

»Wars das?«, schloss Bekker an.

Büben ließ sich Zeit, ganz so, als würde er noch etwas in seinen Papieren suchen. Wahrscheinlich wartete er nur darauf, dass der Kommissar seinen Gedanken fortführte.

»Ja.«

»Wenn Ihnen noch was einfallen sollte, Sie wissen ja, wo wir zu finden sind.«

Er legte auf ohne abzuwarten, ob der Gerichtsmediziner noch etwas hinzufügen wollte. Bekker war froh, dass er jede Diskussion vermieden hatte.

»Wir haben die Identität des zweiten Toten. Alb, Andreas, Domstraße 24«, sagte er und drehte sich zu Erna um, die bereits an ihrem Computer saß.

»Er ist 48, alleinstehend, Lehrer für Kunst und Religion am-Johannes-Gymnasium. Eine Sache habe ich vergessen, dir zu sagen. Die Anwohnerbefragung hat leider nichts ergeben.«

Bekker stand auf und zuckte mit den Achseln.

»Nichts wie hin. Den Schlüssel für die Wohnung bekommen wir schon, die ganze Straße gehört ja der Kirche. Den Hausmeister kenne ich, den gab es schon, als ich zum Kommunionunterricht ging.«

Erna sah ihn an und schüttelte den Kopf.

»Wahrscheinlich kennst du den Namen vom Pfarrer, vom Hausmeister und von der Putzfrau vom Bischof.«

»Die Frau Knoll, der Herr Löbel und der Pfarrer Lippmann.«

Erna Dunst seufzte und lachte im nächsten Moment.

»War das nicht auch so, dass Sherlock Holmes die Aschetypen von allen Zigarren kannte?«

»Und Zigaretten«, ergänzte er mit erhobenem Zeigefinger, »aber vor allem hat er so gut wie jede Straße Londons und die jeweilige Erdbeschaffenheit in den verschiedenen Stadtteilen gekannt. Irgendwie dann doch ein Regionalist.«

Bekker führte zwei Telefonate, dann gingen sie los. Als sie in die Domstraße, dem so genannten kalten Loch einbogen, steuerte Bekker zielstrebig das Heim des Hausmeisters an und klingelte.

»Der Erwin dürfte zu Hause sein, so hieß es zumindest eben.«

Kurz darauf öffnete ein untersetzter, breitschultriger Mann die schwere Holztür des zweistöckigen Hauses.

»Schack, du Labbeduddel. Um was gehts denn?«

»Du hast doch bestimmt mitbekommen, was da gestern Morgen im Antiquariat in der Fischtorstraße los war?«

Der alte Hausmeister nickte. Die Nachricht schien ihn nicht sonderlich beunruhigt zu haben.

»Der Tote heißt Andreas Alb und hat hier im Domgässje 24 gewohnt. Wir müssten uns mal die Wohnung ansehen.«

Langsam, behutsamen Schrittes kam er auf die beiden zu.

»Das ist übrigens meine Kollegin, die Erna Dunst, wir ermitteln gemeinsam«, beeilte sich Bekker hinzuzufügen.

»Très heureux, Madame«, sagte Löbel in seinem derb klingendem Mainz-Französisch, das der Breite seines Lächelns in nichts nachstand.

»Hallo Herr Löbel. Können wir?«

»Ich spiel grad Memory mit meinem Enkel. Wie wärs, wenn ihr alleine zum Alb geht? Ihr seid eh die Ordnungshüter, da kann mir doch nichts an den Kittel genagelt werden, oder Schack?«

Bekker streckte die Hand aus und nahm den Wohnungsschlüssel des Lehrers entgegen.

»Den behalten wir dann erst mal.«

Die Eingangstür ging auf und ein schmächtiger, braunhaariger Junge, er mochte vielleicht neun oder zehn Jahre alt sein, sah zu ihnen herüber.

»Opa, kommst du?«

Der alte Mann winkte ihm zu und versprach gleich da zu sein. Wie ihm, Löbel, der Ermordete vorgekommen sei, wollte Erna wissen.

»Ganz nett, umgänglich. Aber ein bisschen fad, typisch Lehrer eben.«

»Haben Sie zufällig mitbekommen, mit wem er sich getroffen hat?«

Erwin Löbel wandte sich dem Kommissar zu.

»Schack, ich spionier doch nicht den Leuten nach. Du kennst mich.«

»Erwin, die Kommissarin meint, ob du zufällig was aufgeschnappt hast. Ist dir vielleicht jemand aufgefallen, der ihn öfter besucht hat?«

»Es kamen ab und zu mal Leute vorbei, aber mir ist keiner besonders aufgefallen. Alles ganz normale Menschen, wie du und ich.«

»Jüngere oder Ältere, Frauen oder Männer?«

Löbel sah ihn mit großen Augen an, stieß seinen Hut ein Stück zurück und zog resigniert die Schultern nach oben.

»Das, also, keine Ahnung.«

»Wenn dir doch was einfällt, sag einfach Bescheid.«

»Alles klar, Schack. Seine Wohnung ist im ersten Stock.«

Die Häuser wirkten gepflegt, fast niedlich, und reihten sich eng aneinander bis zum Tor, das auf den Liebfrauenplatz hinausführte.

»Hier ist die 24«, unterbrach ihn Erna, blieb stehen und betrachtete die Fenster der Wohnung. Sterne und Lichterketten waren zu sehen. »Ungewöhnlich für einen alleinstehenden Mann, meinst du nicht auch?«

»Also ich hab keine, aber vielleicht bin ich ja die Ausnahme.«

»Nein, du bist in diesem speziellen Fall mal keine.«

Bevor sie das Haus betraten, studierte der Kommissar noch die Klingelschilder und schrieb sich die Namen auf. Im Hausflur öffnete er den Briefkasten Albs und entnahm ihm einen Brief. »Nur die Stromrechnung.«

Die Treppe des Hauses war schmal und roch frisch gebohnert. Der Geruch ließ bei Bekker Erinnerungen aus der Schulzeit wachwerden. Nach dem Unterricht war er meist zu seiner Großmutter gegangen, um dort zu Mittag zu essen. Sie wohnte in der Mailandsgasse im vierten Stock und jeden Montag roch das Holz intensiv nach Wachs. Hier hatte er auch seine erste Tote gesehen, Frau Göcke lag zwischen dem zweiten und dritten Stock quer auf den Stufen, es sah aus, als sei sie einfach nur in sich zusammengesackt. Er musste über sie steigen – an das Kribbeln konnte er sich noch genau erinnern, als er den Fuß über sie hinwegsetzte und den anderen nachzog; als würde sie jeden Moment nach seinem Bein schnappen. Er hatte aufgeschrien und war wie ein Irrwisch die Treppe nach oben gerannt. Seine Großmutter hatte ihn festhalten müssen. Wie alt war ich wohl gewesen?, fragte er sich. Nicht älter als neun oder zehn.

Albs Wohnung überraschte die beiden. Jeder besaß Möbel

des schwedischen Großanbieters, aber hier schien jede Kleinigkeit von Ikeas Gnaden zu sein.

»Das Schränkchen wollte ich mir auch holen«, sagte Erna, »sieht doch gut aus. Findest du nicht?«

»Ja, ja. Sieht gut aus. Aber abgesehen davon, heißt das irgendwas für uns?«

»Das heißt erst mal gar nichts, würde ich sagen.«

Erna durchsuchte einen Schubladenschrank im Wohnzimmer. Bekker hatte im Nachttisch eine Reihe von Fotografien ausgemacht. »Bestimmt seine Eltern. Und das hier dürfte …« Bekker stockte, ein vergilbtes Foto zeigte zwei Jungs, die auf dem Dach eines Hauses saßen und auf den Rhein blickten. Einer der beiden war unverkennbar Andreas Alb. Und auch der andere Mann kam ihm bekannt vor, wer war das? Der Kommissar setzte sich aufs Bett und versuchte sich der Züge des jungenhaften Gesichtes zu erinnern. Dieses Grinsen, die wachen Gesichtszüge.

»Ernie, kannst du mal herkommen?«

»Beweg du dich, Schack.«

Er drehte das Bild hin und her, als ob er so eine andere Perspektive auf die beiden Jungen bekommen würde. Im Flur trafen sie sich. »Hast du eine Ahnung, wer der andere Junge sein könnte?«, sagte Bekker und reichte ihr das Foto.

»Der eine ist Alb, gar keine Frage. Hat sich fast überhaupt nicht verändert. Und der andere ... hmm, du hast recht, den habe ich schon mal gesehen.«

Bekker begleitete Erna ins Wohnzimmer, Teile des Inhalts der Kommode lagen auf einem beigefarbenen Couchtisch vor einem dunkelroten Ledersofa.

»Wie aus der Weihnachtswerbung, oder?«

»Schack, das ist eben ein klein wenig moderner als deine Einrichtung.«

»Modern heißt ja noch lange nicht geschmackvoll.«

Erna sah ihn nur an.

»Du magst nicht, wie ich eingerichtet bin?«

Seine Kollegin überging die Bemerkung.

»Sieh dir das mal an«, sagte sie, ohne weiter auf ihn einzugehen, »ein Brief, etwa ein halbes Jahr alt.«

Sie zog ihn aus einer Fülle von Papieren hervor.

»Eine Liebeserklärung, der Schrift nach zu urteilen von einem Mann geschrieben. Ich nehme an von Andreas Alb. Das ist ein Entwurf, Zeilen wurden durchgestrichen, keine Anrede. Warum hebt jemand einen Entwurf auf?«

»Warum? Weil er das Original weggegeben hat und ihn als Erinnerung behalten wollte. Blieb also nur die Rohfassung.«

»Das leuchtet mir ein. Aber es lässt sich nicht nachvollziehen, an wen der Brief ging.«

Bekkers Blick fiel wieder auf die Fotografie, wer in Gottes Namen war das? Die wachen Gesichtszüge ...

»Siehst du die Hände, Schack, kraftvoll und doch filigran.«

»Ha! Genau das hab ich auch schon mal gedacht. Und ich weiß auch wann und vor allem wo.«

»Nun sag schon.«

»Oben auf der Haulotte. Es ist Reiner Kümmert. Kein Zweifel.«

»Die beiden kennen sich schon seit der Jugend und werden kurz hintereinander ermordet. Steinmann dürfte wissen, wie ihr Verhältnis in der letzten Zeit war. Damit könnten wir ihn auch unter Druck setzen«, stellte Erna fest.

»Lass uns noch ein wenig stöbern und dann die Spurensicherung rufen. Außerdem sollten wir uns nochmal Kümmerts Wohnung vornehmen. Vielleicht gibt es dort das, was wir hier nicht finden.«

25

Ihre Suche förderte keine weiteren Hinweise zu Tage. Als die Mitarbeiter der Spurensicherung eintrafen, verließen sie die Wohnung. Es begann neblig zu werden. Mittlerweile war es halb eins. Bekker hatte Hunger, weshalb sie in der Kantine der Polizeiwache zu Mittag aßen. Es gab Seelachsfilet mit Senfsauce, Kartoffeln und Salat. Dingmann saß bei ihnen am Tisch und erzählte von der neuesten Sparmaßnahme im Haus: Die Spülmaschinen sollten nur noch bei 35 Grad laufen. Tolle Sache, wenn man die Kaffeetassen schon braun aus dem Schrank holt.

Nachdem sie wieder im Büro waren, rief Erna Steinmann an. Sie würden gerne noch einmal mit ihm reden, seine Meinung einholen, es gäbe neue Entwicklungen. Ob sie später vorbeischauen könnten? Er war einverstanden.

»Sollen wir ihm sagen, dass wir von der Bekanntschaft von Alb mit Kümmert wissen? Oder wäre es nicht besser abzuwarten, ob er uns das von sich aus erzählt?«, wollte er wissen.

»Abwarten«, war Ernas kurzer, klarer Kommentar. Als sie schließlich in seinem Büro saßen, schien er um Jahre gealtert zu sein.

»Herr Steinmann, wie ich ja schon angedeutet habe, gibt es Neuigkeiten«, Erna wartete einen Augenblick bis sie weiter sprach, »ein zweites Opfer.«

Bekker beobachtete jede Bewegung seines Gegenübers. Erst reagierte dieser überhaupt nicht, dann atmete er die in seinen Lungen angestaute Luft langsam aus. Kein Augenzwinkern, kein Zucken des Mundwinkels, nicht die leiseste Reaktion war zu erkennen. Er wirkte wie betäubt. Erna berichtete unterdessen, wo und wie man den Toten gefunden hatte, Bekker hörte nur beiläufig zu und konzentrierte sich weiter auf Steinmanns Reaktion. Vermutete er, dass der Mord in Zusammenhang mit

Kümmert stand, wusste er mehr? Sie wartete ab, langsam löste sich der Leiter des HfB aus seiner Erstarrung; erst sah er sich um, dann stierte er aus dem Fenster in das nachmittägliche Grau und fragte schließlich tonlos, fast unbeteiligt:

»Kennen Sie seine Identität? Oder war das bereits in der Presse? Ich verfolge zur Zeit keine Nachrichten.«

Bekker war gespannt, was Erna jetzt tun würde. Anstatt ihm den Namen zu sagen, fragte sie nach einem Glas Wasser. Sie testet seine Neugier, stellte der Kommissar zufrieden fest. Gut Ernie, sehr gut. Für einen kurzen Augenblick schien dieser irritiert, fasste sich aber sofort wieder und kam ihrer Bitte nach. Bekker lehnte ab. Gerade jedoch, als Steinmann das Wasser auf den Tisch stellen wollte, sagte sie knapp und ohne etwas hinzuzufügen: »Der Mann heißt Alb, Andreas Alb.«

Eine kleine Menge Wasser schwappte aus dem Glas. Horst Steinmann fuhr mit der Hand an der Kante des Tisches entlang, als er diesen umrundete und sich wieder setzte. Es war offensichtlich, dass ihn die Nachricht von Albs Tod schockierte.

»Reiner und er sind schon seit der Kindheit befreundet. Ich habe ihn ein paar Mal getroffen, das letzte Mal, als wir ein Fest ausgerichtet haben, das war etwa vor einem halben Jahr. Er malt doch, oder?«

»Andreas Alb war Kunstlehrer und malte wohl auch, ja. 48 Jahre alt. Er wurde erstochen im Buchantiquariat am Fischtor gefunden.«

»Erstochen?«

Steinmanns schriller Ton klang beinahe wie ein Aufschrei.

»O Gott, wie bei Reiner!«

»Und mit nacktem Oberkörper.«

Immer wieder flog sein leerer Blick zwischen Erna und Bekker hin und her, erst hatten sie den Eindruck, dass er die Fassung verlieren würde. Aber er fing sich.

»Also stehen die beiden Morde in Zusammenhang.«

»Sollte man meinen«, stimmte Erna zu.

»Ein Psychopath«, sagte er bestimmt und nach einer kurzen Pause: »Verdächtigen Sie etwa mich?«

Bekker wartete auf Ernas Antwort, aber sie kam nicht. Warum nicht. Was hatte sie vor? Sie musste ihn nur nach seinem Alibi für die Mordnacht fragen.

»Wir haben bislang keinerlei Beweise, nur lose Vermutungen, Herr Steinmann.« Bekker glaubte sich verhört zu haben, wollte etwas einwenden, hielt sich aber zurück. Lass sie machen, vertrau ihrer Strategie. »Wenn Sie mich so direkt fragen, bekommen Sie auch eine ehrliche Antwort. Ich habe kein gutes Gefühl bei Ihnen.«

Der Leiter des HfB rutschte unruhig auf seinem Stuhl herum, griff nach seinen Zigaretten, warf sie jedoch im nächsten Moment wieder hin. Die Ränder unter seinen Augen schienen in den letzten Minuten noch dunkler geworden zu sein. Er wandte sich an Bekker.

»Kann ich mal mit Ihnen reden, Herr Kommissar? Auf eine Zigarette?«

Ernas Strategie schien aufzugehen. Draußen vor dem HfB mussten sie sich gegen den böigen Wind und die Schneeflocken schützen. Bekker kam gleich zur Sache.

»Was haben Sie gestern am späten Abend gemacht?«

»Ich war zu Hause, was glauben Sie denn? Die Sache mit dem Reiner geht mir sehr nach.«

»Hat Sie jemand besucht oder angerufen?«

Er verneinte und hatte dabei die Augen geschlossen.

»Ich leugne doch gar nicht, den Andreas gekannt zu haben. Wie ich schon Ihrer Kollegin gesagt habe, die beiden waren Jugendfreunde. Und so was vergeht nicht.«

Bekker dachte an Leo Anrim und nickte.

»Warum wollten Sie mich alleine sprechen?«

»Ich, also, ich habe niemanden getötet. Sie sollen das wissen, irgendwie kann ich gut mit Ihnen. Bitte, helfen Sie mir!«

Der Kommissar klopfte ihm auf die Schulter.

»Gibt es noch etwas, das Sie mir sagen wollen?«

Steinmann atmete tief ein, das Vibrieren seiner Stimme war deutlich zu hören.

»Ich habe Andreas Alb gehasst, ein Aufschneider und dazu nicht sonderlich talentiert. Hat sich für was Besseres gehalten. Und der Reiner mochte ihn, sehr sogar.«

Bekker forderte ihn auf weiterzusprechen. Man konnte förmlich sehen, wie viel Kraft es den Sozialarbeiter kostete.

»Er wollte ihn mir wegnehmen, ich weiß es genau. Einmal habe ich ihn zur Rede gestellt, das ist aber bestimmt schon drei, vier Monate her. Und das war es dann auch, ehrlich. Ich hab den Andreas nie angerührt.«

Dann sank sein Kopf auf die Brust, ohne die Hauswand im Rücken wäre er zusammengebrochen.

»Und Sie haben keine Ahnung, ob zwischen Reiner Kümmert und Andreas Alb was gelaufen ist?«

»Kann ich mir nicht vorstellen. Beim besten Willen nicht.«

»Hat jemand anders etwas von der Sache mitbekommen? Das ist wirklich sehr, sehr wichtig!«

Steinmann sah zu dem Kommissar auf, der leere Blick veränderte sich plötzlich, er schien wieder Mut zu fassen.

»Wie ich Ihnen doch gesagt habe, der Reiner hatte auch außerhalb unseres gemeinsamen Lebens Freunde. Es könnte also durchaus sein.«

»Das Gespräch bleibt unter uns. Machen Sie sich jetzt mal nicht verrückt.«

26

Als sie wieder im Auto saßen, fragte ihn Erna, was er von der Befragung halte. Schack, der schon seit dem Einsteigen in sein Notizbuch kritzelte, klappte es schließlich mit lautem Knall zu und hob die Arme wie zur Predigt.

»Brillant deine Gesprächsführung und nicht gerade angenehm für Steinmann. Solltest du annehmen, dass er der Täter ist, habe ich damit so meine Probleme. Aber wenn das dazu gedient hat, dass er mir sein Herz ausschüttet, Chapeau.«

»Oh, der Herr Kommissar babbelt französelisch. Übrigens, ich hingegen glaube, dass er der Täter ist.«

Als sie die Polizeiwache erreichten, hingen die Wolken schon so tief, als könne man sie mit der Hand greifen.

»Wenn das so weitergeht, wird es der dichteste Nebel, den wir je gehabt haben«, stellte Erna fest und ergänzte, »vergiss nicht, morgen ist die PK im Mordfall Alb.«

»Alles wie immer?«

»Natürlich.«

Sein Handy klingelte.

»Bekker. Mord.«

»Cornelia hier. Das wird Meiner bestimmt nicht mögen, wenn du dich so meldest.«

»Ach, das gehört dazu. Ich halt das Telefon weg, wenn er sich beschwert.«

»Was hältst du davon, wenn wir heute Abend ins Theater gehen würden?«

»Was läuft denn?«

»Du meinst, was gespielt wird? Don Giovanni.«

»Mozart«, platzte Bekker heraus.

»Ich fände es schön, wenn wir hingehen würden. Jan hätte auch Lust, wenn du einverstanden bist.«

Es fiel ihm nicht schwer herauszuhören, dass es Cornelia viel bedeutete, wenn er zusagte.

»Klar, gerne auch zu dritt. Wann soll ich dich abholen?«

»Um sieben würde passen. Jan ist eh in der Stadt und holt die Karten. Er erwartet uns um Viertel nach sieben am Eingang.«

Bekker schaute auf die Uhr, in einer Stunde. Warum eigentlich nicht? Er war zwar kein ausgewiesener Opernfan, aber ab und an legte er sich auf die Couch und genoss eine CD.

»Dann bis gleich.«

Bevor Erna etwas einwenden konnte, machte ihr Bekkers Blick unmissverständlich klar, dass ein Kommentar nicht erwünscht war. Sie ließ sich nicht abschrecken.

»Ich dachte, du gehst bestenfalls ins Kino?«

»Nicht nur und bei Don Giovanni – das ist ja im Übrigen auch eine Don Juan-Bearbeitung.«

»Der große Verführer, na, da kennst du dich ja aus«, sagte sie verschmitzt lächelnd.

»Vielleicht bringt es mich ja auf irgendeine Idee, wir müssen uns ohnehin genauer mit diesem Thema beschäftigen.«

»Genieß den Abend und vergiss mal die beiden Toten.«

Sie erreichten die Polizeiwache. Erna ging noch mal ins Büro, Bekker bog in die Heringsbrunnengasse ab und marschierte guter Dinge durch den Knöchel hohen Schnee zum Graben hinunter. Don Giovanni hatte er einmal in der Frankfurter Oper gesehen, Helene hatte ihn zu seinem Geburtstag dorthin eingeladen. Da hast du mir für dich Karten für die Oper geschenkt, hatte er damals fallen lassen. Die Tatsache, dass Helene, wie Bekker es gerne formulierte, ironieresistent war, hatte sein Übriges zum Abend beigetragen. Dieses Mal würde es anders werden. Neues Spiel, neues Glück, sagte er sich und pfiff eine Melodie, etwas Bekanntes, das er aber nicht einordnen konnte. Wahrscheinlich hatte er es im Auto oder bei Helga gehört. Ja, das Leben konnte schön sein. Beinahe wäre er beim Einbiegen in die Karthäuserstraße ausgerutscht, konnte sich aber gerade noch an einem ihm entgegenkommenden Passanten abstützen. Als Bekker sich an der Jacke des Mannes wieder hochgezogen hatte und dieser wie ein Schrank vor ihm stand, sah er Bernd Bluhm, den ehemaligen Wirt des gleichnamigen Weinlokals, direkt in die Augen.

»Schack, was fällste denn durch die Gegend?«

»Wackelige Füß und lauter Tote.«

»Die Sache mit dem Nackten am Winterhafen.«

»Es gibt jetzt noch einen Zweiten, Bernd.«

»Wieder so hergerichtet?«

»Ja, schon wieder«, antwortete der Kommissar knapp.

»Die Welt wird immer bekloppter.«

»Um dich machen sie ja einen weiten Bogen. Also, ich muss.«

Der ehemalige Schwergewichtsringer der 88er gab dem Kommissar mit seiner enormen Hand einen leichten Schlag in den Nacken und machte sich davon. Bekker blickte sich um und sah ihm noch einen Moment nach, einerseits war er froh, dass es ihm gut ging und er seinen wohlverdienten Ruhestand genoss, andererseits fehlte er ihm. Seine gute Laune war plötzlich wie weggeblasen, nichts hielt ewig, nichts konnte den Verfall aufhalten. Der Kommissar trottete weiter, besann sich und kaufte für Cornelia wieder einen Strauß Rosen, dieses Mal weiß und langstielig, darin eingebettet, zwei dunkelrote.

27

Pünktlich klingelte der Kommissar an der Tür von Cornelia von Pfirsig. Der Summer ging, er drückte die Tür auf und stapfte die Stufen nach oben in den ersten Stock.

»Für mich?« Sie fiel dem Kommissar um den Hals, ihr Duft umströmte ihn. Nachdem die Blumen angeschnitten waren und in einer Vase ihren Platz gefunden hatten, verließen die beiden die Wohnung.

»Don Giovanni, was weißt du von der Geschichte?«, wollte Cornelia von ihm wissen.

»Nur dass Da Ponte und Mozart gemeinsam das Libretto geschrieben haben und es eine der beliebtesten Opern überhaupt ist.«

»Und von Don Giovanni selbst?«

»Hat er seinen Angebeteten nicht auch immer Rosen mitgebracht?«

»Er hat sie alle erst mal überzeugen müssen. Es heißt, er hatte bereits in Spanien 1003 Frauen.«

Bekker überschlug die Zahl und war beeindruckt.

Sie erreichten das Höfchen, überquerten die Straße und sahen Jan vor dem Eingang zum Theater stehen, er trug ein feines Sakko, das unter dem geöffneten Mantel hervorschaute.

»Siehst schick aus, Jan«, begrüßte ihn der Kommissar.

»Don Giovanni, da muss man sich doch ein bisschen in Schale werfen. Der größte Liebhaber aller Zeiten.«

Sie betraten das Foyer, nahmen die Treppe zum ersten Rang und gaben die Mäntel ab. Er begann sich langsam wieder an die Aufführung in der Frankfurter Oper zu erinnern. Jan kam mit drei Gläsern Sekt von der Bar zurück, sie stießen an. Bekker bat Cornelia um das Programmheft. Siglo de Oro, das goldene Zeitalter, die Entstehungszeit des Ur-Textes von Tirso de Molina. Siglo de Oro, wo hatte er das schon einmal gehört? Natürlich, Leo hatte ihn darauf hingewiesen, dass die Verzierung auf dem Dolch aus dieser Zeit stammte. Er überflog die Inhaltsangaben der beiden ersten Akte und klappte das Heft zu. Wie konnte er nur so blind gewesen sein? Als der Gong das dritte Mal ertönte, machten sie sich zu ihren Plätzen auf. Er musste mit Messmann über die Don Juan-Bearbeitungen reden und ihn zu diesem Nietzsche-Band befragen. Seine Allgemeinbildung war außergewöhnlich und er hatte ein untrügliches Kunstgespür. Dazu liebte er Opern. Es wurde dunkel, der Vorhang öffnete sich, die Aufführung begann.

Hatte der Mörder tatsächlich mit voller Absicht diese Spur gelegt? Oder war sein Drang sich zu erklären so stark, dass er zu einem solchen Hilfsmittel griff? Möglich, dachte Bekker, aber kaum nachvollziehbar. Auf der Bühne forderte der Komtur Don Giovanni gerade zum tödlichen Duell. »Und wird erstochen«, sagte er vor sich hin, natürlich, Don Giovanni ersticht ihn. Auch Alb und Kümmert wurden erstochen. Fühlte sich der Mörder wie Don Giovanni? Wo waren dann die Frauen?

Ich Idiot!, dachte Bekker.

Die Pause kam und ging. Gab es trotzdem für den Täter eine Möglichkeit, sich mit dem berühmten Edelmann aus Sevilla zu identifizieren? Denk in einfachen Bildern, Schack, sagte er sich, Don Juan oder Don Giovanni, wie auch immer man ihn nennen mag, der Verführer. So sieht sich der Täter! Und er gerät an Kümmert, es kommt zu einer kurzen Beziehung, dann reicht es dem Sozialarbeiter, er weist seinen späteren Mörder zurück. Was wäre, wenn sich der Verführer verliebt hat, er nicht verführen, sondern besitzen wollte? Aber seine Liebe wird abgelehnt, verschmäht. Sein Selbstwertgefühl ist schwer beschädigt. Seine Identitätsschwäche, die sich schon darin zeigt, dass er diese krankhafte Nähe zu Don Juan als Ausdruck seiner Männlichkeit sucht, wird regelrecht zermalmt. Was bleibt ihm? Der Verschmähte greift zu dem einzigen Mittel, da er sein Selbstwertgefühl nicht völlig verlieren will, er tötet Kümmert, den lebenden Beweis seines Versagens.

Der Vorhang fiel und Bekker applaudierte abwesend, fast betäubt von der plötzlichen Erkenntnis im Rhythmus der begeisterten Menschen um ihn herum. Das Licht ging an und sie verließen den Theaterraum. Jan wollte sich noch mit Freunden treffen und verabschiedete sich. Die beiden überquerten den Marktplatz, Cornelia schlug vor, noch kurz zum Weinhaus Schreiner zu gehen. Bekker stimmte zu. Vielleicht hatten sie ja Glück und trafen den Antiquar Messmann, der dort häufig war. Als sie das Lokal betraten, war es auch jetzt noch so voll, dass sie sich mit an einen der größeren Tische in der Nähe des Tresens setzten. Cornelia bemerkte Bekkers suchenden Blick.

»Wenn Messmann hier wäre, hätte ich ihn gerne etwas zu Don Juan gefragt«, bemerkte der Kommissar.

»Zu Don Juan? Vielleicht solltest du erst einmal mich fragen, ein bisschen was sollte ich auch wissen. Ist ja neben seiner Bedeutung für die Kunst auch für die Psychoanalyse wichtig.«

»Der Don ... Juanismus?«, riet er.

»Genau.

»Und das bedeutet?«

»Es ist vergleichbar mit der Nymphomanie, dem Drang, mit einem Mann nach dem anderen schlafen zu wollen.«

Bekker nippte an seiner Rieslingschorle.

»Und passt das?«

»Im Moment kann ich beim besten Willen keinen Zusammenhang erkennen«, bemerkte Cornelia.

»Frauen erobern. Seine Männlichkeit beweisen. Könnte man ganz platt sagen, dass Don Juan der Mann der Männer ist?«, wollte Bekker wissen.

Jemand stand vor ihnen am Tisch und wartete geduldig darauf, dass der Kommissar ihn wahrnahm.

»Ah, der Herr Antiquar! Ich hatte Sie gar nicht kommen sehen.«

»Ich war nochmal kurz im Laden. Heute musste ich an Sie denken. Es ist eine schöne, nicht sonderlich teure Tirso de Molina-Ausgabe des Don Juan gekommen, die ich besorgen sollte. Hat ein Kunde vor knapp einer Woche bei mir bestellt.«

»Das ist doch der Autor von diesem ersten Don Juan? Wer war denn der Auftraggeber?«

»Müsste ich nachsehen. Moment ...«

Er zog ein schwarzes Büchlein hervor und blätterte. Dann fischte er seine Lesebrille aus dem ebenfalls schwarzen, leicht verknitterten Jacket.

»Hier stehts, ein Herr Alb.«

»Andreas«, setzte Bekker hinzu.

»Genau!« Messmann sah ihn verwundert an.

»Dann hätten sie ihn doch wiedererkennen müssen, er saß halbnackt in ihrem Laden.«

»Nein, denn die Bestellung kam telefonisch. Das Geld für die Transaktion hat er in einem Umschlag im Antiquariatsbriefkasten hinterlegt. Ein bisschen merkwürdig fand ich das schon, aber bei Büchermenschen erlebt man die ulkigsten Sachen. Den Rest sollte er bei Übergabe des Buches zurückerhalten. Ich hatte ihm das Buch für vorgestern versprochen, aber es hat erst jetzt geklappt.«

Bekker schlug mit der Hand auf den Tisch.

»Das macht Sinn!«

Der Antiquar schaute ihn verblüfft an. Bekker entschuldigte sich am Tisch für den lauten Knall, den der Schlag verursacht hatte; jetzt erst fiel ihm auf, dass er vergessen hatte, die beiden einander vorzustellen. Der Buchhändler setzte sich zu ihnen und bestellte einen Wein.

»Herr Messmann, der Tote sollte den Molina-Text in der Hand halten, der Horváth war eine Notlösung. Er muss davon ausgegangen sein, dass das Buch schon eingetroffen war.«

»Na, das ist ja ein Ding«, bemerkte dieser.

»Er spielt mit uns«, orakelte Bekker.

»Du meinst, er gibt immer mehr Hinweise, bis er gefasst wird«, fügte Cornelia hinzu.

»Gefasst wird? Ich weiß nicht«, entgegnete ihr der Kommissar.

»Don Juan wird doch im Laufe seiner Eroberungszüge immer waghalsiger, tolldreister. Vielleicht spielt er darauf an?«, warf der Antiquar ein.

»Klingt nachvollziehbar«, bekräftigte sie, »er riskiert immer mehr, erhöht den Kitzel und baut auf diese Weise den steigenden psychischen Druck wieder ab.«

Bekker nickte, die Gier, der Trieb des Täters musste befriedigt werden. Und dies erreichte er durch das Steigern des Risikos. Dann fiel ihm ein, dass er den Antiquar ja zu dem Nietzsche-Band aus dem Haus der Rheinschiffer befragen wollte.

»Kennen Sie zufällig »Morgenröte« von Friedrich Nietzsche, Herr Messmann?«

»Ja, ich kenne das Buch, habe gelegentlich mal darin geblättert. Es besteht aus einer Vielzahl von Aphorismen unterschiedlichster Länge. Ich glaube an die 600. Hat das auch mit Ihrem Fall zu tun?«

»Das weiß ich noch nicht so genau. Um was geht es denn?«

»Ganz allgemein könnte man sagen, um die Wahrheit von Moral und Religion. Damit hat sich Nietzsche häufig beschäftigt. Am besten googlen Sie mal die einzelnen Inhalte.«

»Das werde ich tun. Und Don Juan?«, wollte Bekker noch wissen.

»Kommt wenn überhaupt nur ganz am Rande vor.«

In jedem Fall war es kein Buch, das vor allem den Verführer von Sevilla zum Thema hatte, das beruhigte den Kommissar ein wenig. Als sie um halb zwei in Cornelias Küche saßen und noch ein wenig diskutierten, kam Bekker eine Aussage Messmanns in den Sinn, die ihn auch noch beim Frühstück beschäftigte.

»Da steckt mehr dahinter, dafür ist dieser Verrückte zu gebildet.«

28

Als die Pressekonferenz vorüber war, fuhren Erna und Bekker spontan zur Wohnung von Kümmert und Steinmann, die ganz in der Nähe lag. Die Kommissarin parkte den Wagen und sah ihn an.

»Uns fehlt nach wie vor das eigentliche Motiv für die Morde.«

»Vielleicht bekommen wir es jetzt«, stellte er fest und stieg aus dem Dienstfahrzeug.

Sie hatten Glück, die Tür öffnete sich. Vor ihnen stand Steinmann – unrasiert und mit einer leichten Fahne. Er hatte sich noch nicht wieder gefangen, wie schon gestern hatte er tiefe Ringe unter den Augen.

»Sie haben frei?«, fragte ihn Erna.

»Hab mich krank schreiben lassen, ich bin einfach nicht einsatzfähig. Leider«, setzte er noch hinzu.

»Wir fangen bei Herrn Kümmert an und würden uns dann gerne noch bei Ihnen umsehen. Das stört Sie doch nicht?«, bemerkte sie in ernstem Ton.

»Stören? Solange es der Aufklärung dient, können Sie machen, was Sie wollen«, sagte er kraftlos.

Die Suche gestaltete sich langwierig. Erna fiel auf, dass Kümmert die merkwürdige Angewohnheit hatte, auf der letzten, leeren Seite seiner Bücher Verschiedenes zu notieren. Über den

Inhalt des Buchs, den Autor, aber auch über betreute Personen, selbst über sein Liebesleben oder andere, ihnen nicht bekannte Personen.

»Was uns interessant vorkommt, reißen wir einfach raus, wenn es kein wertvolles Buch ist«, schlug Erna vor. Sie schlossen die Tür, denn es war durchaus möglich, dass Steinmann nichts von den Aufzeichnungen seines Freundes wusste. Bekker bemerkte, wie seine Kollegin ein Buch längere Zeit nicht aus der Hand nahm und darin blätterte.

»Hast du was?«

»Kümmert hatte wohl vor nicht allzu langer Zeit eine heiße Nacht. Und hier schreibt er«, Erna stand auf und kam zu Bekker, sie sprach jetzt mit gedämpfter Stimme, »dass er den Horst loswerden wollte.«

»Das wäre ein stichhaltiges Motiv.«

»Ja, das könnte es tatsächlich sein. Er kann es aber nicht im Buch gelesen haben, sonst hätte er es verschwinden lassen.«

Nachdem sie noch eine Weile erfolglos weitergesucht hatten, gingen sie zu Steinmann, der im ehemals gemeinsamen Wohnzimmer Fernsehen schaute. Es überraschte den Kommissar, wie wenig sich dieser für ihre Suche interessierte. Nachdem sie auch seine Unterlagen noch einmal durchforstet hatten, verabschiedeten sie sich. In der Tür zum Treppenhaus stehend, wollte Steinmann dann doch wissen, ob sie etwas gefunden hatten. Er hat sehr lange gewartet, dachte Bekker, vielleicht hat Cornelia von Anfang an den richtigen Riecher gehabt.

»Leider nichts, was uns weiterhilft«, log Erna und drückte den Knopf des Aufzugs. Unten auf der Straße klingelte Bekkers Telefon, es war Dingmann, der aus der Polizeiwache anrief.

»Und?«

»Der Büben war da, hat irgendwelche Ergebnisse vorbeigebracht.«

»Hat er gesagt, was es ist?«

»Nee, der spricht doch nicht mit einem »gewöhnlichen« Polizisten. Er hat einen Umschlag abgegeben, den hab ich euch ins Büro gelegt. Halt, er hat noch gemeint, dass es euch bestimmt interessieren wird.«

»Gut. Wir sind bald da.«

»Man sieht kaum mehr die Hand vor Augen«, stellte Erna fest.

»Lass uns erst mal den Bericht vom Nusstörtchen ansehen, vielleicht hat er ja wirklich was gefunden«, schlug Bekker vor. »In jedem Fall hat der Steinmann ein Motiv, zumindest für den Mord an seinem Freund. Und wenn der Alb etwas mitbekommen hat? Aber wer ist der große Unbekannte, mit dem Kümmert ein Verhältnis hatte?«

»Der Alb doch nicht«, bemerkte Erna.

»Glaube ich eigentlich auch nicht. Die beiden kannten sich schon aus der Schulzeit, nein, das passt für mich nicht.«

»Es würde aber den zweiten Mord plausibel erklären, mit Steinmann als Täter. Und Cornelia hatte ihn nach der Befragung auch unter Verdacht.«

»Schon gut. Er hat zu allem auch kein Alibi. Für keine der beiden Tatzeiten.«

Bekker klang ein wenig zerknirscht und konnte sich mit der Idee, dass Steinmann der Täter war, nicht recht anfreunden.

»Dann müssen wir ihn überwachen, und zwar von jetzt an. Ich übernehm das, einverstanden?«, schlug er vor.

»Bei dem Nebel?«

»Das klappt schon. Ich ruf ihn unter einem Vorwand an, um sicherzustellen, dass er zu Hause ist und bleibe an ihm dran.«

»Dann setzt du mich vor der Wache ab und nimmst den Wagen. Ich ruf dich an und gebe dir Bescheid, was im Umschlag ist.«

»Ei, ei, Madame.«

Nachdem Erna ausgestiegen war und ihren Kollegen noch eindringlich gewarnt hatte, er solle bitte vorsichtig sein, fuhr der Kommissar zurück in die Neustadt. Er wählte Steinmanns Nummer. Nein, es sei kein Schal von ihm an der Garderobe, kein Problem. Ob er, Bekker, sich ein wenig Zeit nehmen könnte, um noch einmal auf einen Kaffee bei ihm vorbeizuschauen? Erst dachte der Kommissar daran abzulehnen, folgte aber seinem Instinkt und stimmte zu. Den Wagen parkte er ein Stück vom Haus entfernt. Beim Aussteigen schätzte er schon einmal ab, wie weit die Sicht reichte.

»Das wird nicht einfach«, sagte er vor sich hin und lief los.

Er versuchte jedes voreilige Urteil über Steinmann zu vermeiden, auch wenn die Indizien bis zu einem gewissen Grad eindeutig waren. Aber natürlich fehlte ein stichhaltiger Beweis. Stichhaltig, er blieb an seiner Formulierung hängen. Der Leiter des HfB empfing ihn in Trainingsanzug und Adiletten, offenkundig hatte er nicht vor, noch einmal das Haus zu verlassen. Bekker entschied in die Offensive zu gehen.

»Gehen Sie eigentlich ab und an ins Theater?«

»Ja, schon. Ich bin Opernliebhaber.«

»Und wie finden Sie unseren Don Giovanni?«, fragte er in der Hoffnung, dass dieser die Aufführung gesehen hatte, ärgerte sich aber über seine Formulierung »unseren« Don Giovanni. Das war doch kein Spieler der 05er.

»Ich fand die Inszenierung gelungen. Kaffee, Herr Kommissar?«

Sie gingen in die Küche. Bekker beobachtete, wie Steinmann schnell und gekonnt eine dieser neuartigen Maschinen bediente, bei denen man den Eindruck habe musste, sie könnten auch fliegen oder die Wäsche waschen, von der Lautstärke, die sie verursachten, ganz zu schweigen.

»Schmeckt ja klasse«, log er und versuchte so freundlich wie irgend möglich zu klingen.

Steinmann erzählte mit wachsender Begeisterung über den nötigen Wasserdruck, die unbedingt zu beachtende fachgerechte Reinigung der Maschine und, besonders wichtig: die Bohnensorte! Was interessiert mich der Scheiß, dachte Bekker und lauerte auf eine Gelegenheit, das Thema wieder auf Don Giovanni zu lenken.

»Ich muss gestehen, dass ich nach wie vor Filterkaffee trinke. Wissen Sie, wenn ich morgens dieses zischende, gurgelnde Geräusch höre, dann ist die Welt für mich in Ordnung. Ich bin da einfach altmodisch. Deshalb mag ich wahrscheinlich auch Opern. Don Giovanni besonders«, sagte Bekker und hätte sich am liebsten lobend auf die Schulter geklopft.

»Ist auch eine meiner favorisierten Opern.«

»Und Reiner Kümmert?«

»Nein, er mochte sie ganz und gar nicht. Er fand die Geschichte unglaubwürdig und den Männlichkeitswahn, wie er es genannt hat, albern.«

»Und Sie?«

»Es gibt genug Männer, die unter diesem Wahn leiden, aber der Reiner bestimmt nicht. Viele Menschen versuchen Bildern und Vorstellungen zu entsprechen, Hoffnungen, die in sie gesetzt werden, zu erfüllen. Irgendjemand da draußen, Herr Kommissar, ist so grundlegend daran gescheitert, so abgrundtief verloren, dass er durchgedreht ist.«

»Und das sind nicht Sie, will ich hoffen?«

Sein Gegenüber schaute ihn irritiert an und schüttelte entschieden den Kopf. Er sah müde und gezeichnet aus. Bekker versuchte ihm ein Lächeln abzuringen, aber vergebens.

»Haben Sie eine Idee, wer für die Morde verantwortlich sein könnte?«

Steinmann zögerte einen Moment zu lange für sein Dafürhalten.

»Ich zermartere mir schon seit Tagen den Kopf. Nein, keine Ahnung!«

Der Kommissar trank seine Tasse leer, wünschte ihm einen erholsamen Tag und verließ die Wohnung. Wenn Horst Steinmann etwas zu verbergen hatte, würde er jetzt handeln.

In der Stehpizzeria gegenüber bestellte er sich eine Margherita mit Pepperoni und eine Cola. Den Eingang zum Haus hatte er im Blick, wenn auch nur recht undeutlich. Mittlerweile trank er einen Espresso.

Es war kurz vor sechs Uhr, als die Eingangstür aufging und Steinmann das Haus verließ. Er trug schwarze Hosen, eine dunkelblaue Jacke und eine schwarze Kappe. Er lief an Bekker vorbei in Richtung Stadt. Der Kommissar wartete noch kurz, trat dann auf die Straße und folgte ihm mit gebührendem Abstand. Der Leiter des HfB ging schnell und schien genau zu wissen, wohin er wollte. Er erreichte wenig später die Große Bleiche, wo er nach links in Richtung Theodor-Heuss-Brücke abbog. Sein Handy klingelte. Bekker versuchte Boden gut zu machen, um etwas von dem Gespräch mitzubekommen, war aber zu weit entfernt. Steinmann war nur schemenhaft zu erkennen, er hatte sich wohl eine Zigarette angezündet, denn Bekker konnte das Glühen der Asche erkennen. Der typische Geruch war unverkennbar. Erinnerungen an den Bruchweg, er gemeinsam mit seinem Vater und dessen Freunden, dieser ihm so vertraute kalte Rauch. Er stockte einen Augenblick und genoss das Gefühl. Beinahe hätte er Steinmann verloren, der bereits das Rheinufer erreicht hatte. Bekker beschleunigte seinen Schritt, kam aber nicht näher heran. War das Spiel vorbei, gab es meistens noch eine zweite Brezel für den Heimweg. Und wenn gewonnen wurde, sagte der ältere Herr, der die Backwaren verkaufte: »Da mein Bub, eine Siegerbrezel.« Verflucht, wo war Steinmann? Bekker rannte über die Peter-Altmeier-Allee zur Rheinpromenade und blickte sich um. Nichts, er hatte nicht bedacht, dass es zum Fluss hin noch nebliger sein würde. Man sah kaum die Hand vor Augen. Hörte er vielleicht Schritte auf dem grobsandigen Untergrund? Er machte einen Schritt nach links, entschied sich um und lief nach rechts in Richtung Brückenkopf. Er war richtig, der glimmende Rest von Steinmanns Zigarette lag vor ihm auf der Erde. Weit konnte er nicht sein. So sehr er sich auch bemühte, es war nichts zu erkennen. Bekker glaubte ein Geräusch zu hören, ein dumpfes Geräusch, wie einen Schlag, dann fiel etwas oder jemand zu Boden.

Der Kommissar schrie: »Hören Sie auf, Steinmann! Ich weiß Bescheid, Sie entkommen mir nicht!« Er rannte zur Straße, stolperte über einen Stein und fiel vornüber. Sein Gesicht brannte, das Knie war aufgeschlagen. Er raffte sich auf und brüllte erneut: »Aufhören!« Es war zwecklos.

Plötzlich begriff er die Gefahr, in der er schwebte. Er schlich zum Brückenpfeiler und drückte sich an die Wand. Die Waffe würde ihm wenig helfen, wenn er nicht schnell genug reagierte. Aber nichts geschah. Zehn Minuten stand er da, bis schließlich sein Handy summte.

»Ja?«, flüsterte er.

»Erna hier. Schack, gehts dir gut? Ich hab schon ein paar Mal versucht, aber du bist nicht dran.«

»Hab den Ton ausgeschaltet, sorry. Ich melde mich sofort wieder.«

Erna wollte noch fragen, wo er sich befand, aber er hatte schon aufgelegt. Sie rannte aus dem Büro die Treppen herunter und fuhr in Richtung Neustadt. Sie erreichte die Wallaustraße und sah seinen leeren Wagen, konnte jedoch nichts Auffälliges feststellen. Ihr Handy klingelte.

»Ernie, ich bins, es ist wahnsinnig neblig hier«, zischte Bekker leise.

»Wo denn?«

»Am Brückenkopf, Theodor-Heuss-Brücke.«

»Ich bin gleich da.«

Erna orderte einen Streifenwagen zur Brücke und fuhr selbst los. Kurz darauf stellte sie ihr Auto hinter dem bereits eingetroffenen Wagen auf der Standspur ab. Zum Rhein hin war es unglaublich neblig. Die beiden Polizisten stiegen aus und wurden von Erna kurz mit der Situation vertraut gemacht. Gemeinsam gingen sie in Richtung Fluss und stoppten am Durchgang unter der Brücke.

»Schack, wir sinds«, sagte die Kommissarin mit fester Stimme.

»Ich komme«, antwortete er nach einer kurzen Pause.

Aus dem wabernden Weiß vor ihnen tauchte der Kommissar auf. Er blutete im Gesicht und seine Hose war am Knie aufgerissen.

»Ist dir was passiert?«, wollte Erna wissen.

»Mir nicht, aber ich vermute, dass es hier in der Nähe ein weiteres Opfer gibt.«

Bekker fuchtelte wahllos mit den Armen herum. »Ich habe Steinmann verfolgt, mich ihm gegenüber zu erkennen gegeben und gerufen, er soll aufhören. Dann wurde mir klar, dass ich mich damit zur Zielscheibe mache. Mit der gezogenen Waffe stand ich hier am Pfeiler.«

»Und warum meinst du, gibt es einen weiteren Toten?«

»Weil ich ein dumpfes Geräusch gehört habe, so als ob jemand gefallen wäre.«

Sie begannen zu suchen, aber weder zum Rhein noch zur Straße hin konnten sie etwas entdecken.

»Und was ist da oben?«

Einer der Polizisten deutete zum Brückenkopf.

Sie überquerten die Straße und stiegen die geschwungene Treppe nach oben. Ein paar Stufen unterhalb des Bürgersteigs saß Steinmann mit nacktem Oberkörper gegen die Mauer gelehnt. Der Hinterkopf zeigte eine starke Schwellung. Blut war vom Brustbereich in den Schoß des Toten gelaufen. Wieder ein Herzstich. Bekker beugte sich über den Toten.

»Scheiße«, stieß er aus.

Erna kniete sich neben ihn.

»Den Stich muss ihm der Täter versetzt haben, nachdem Steinmann schon bewusstlos oder tot gewesen war. Er hat gewusst, dass ich in der Nähe bin, ich habe mich ja lautstark zu erkennen gegeben. Und trotzdem hat er ihn ausgezogen und gegen die Mauer gelehnt. Verdammt kaltblütig!«

Der Kommissar schlug mehrfach mit der flachen Hand auf den Boden.

»Ich darf dich daran erinnern, dass du von Anfang deine Zweifel hattest, dass er der Täter ist. Steinmann muss geahnt haben, wer der Mörder ist«, versuchte sie ihn zu beschwichtigen.

Bekker stand auf und stieg die letzten Stufen zur Straße nach oben. Dort zündete er sich eine Zigarette an, lief ein paar Schritte zum Rhein hin und lehnte sich übers Geländer. Er spuckte aus. Wieso hatte er sich nicht auf sein Gefühl verlassen? Der Leiter des HfB musste mehr gewusst haben. Hätte er ihn bei ihrem letzten Gespräch nur nicht in die Enge getrieben. Ihm war schlecht, er brauchte Ruhe, wollte niemanden mehr sehen. Nachdem er sich mit Erna abgesprochen hatte, die sich bereit erklärte, das nun folgende Prozedere auf sich zu nehmen und ihn später zu informieren, machte er sich auf in Richtung Stadt.

29

Der Frust über die verpasste Chance saß tief. Er lief an der Rheingoldhalle vorbei und überquerte die Rheinstraße auf der Höhe des Rathauses, um ins Wilhelmi zu gehen. Nur eine oder zwei Schorlen, sagte er sich. Bekker mied die aufgeräumt fröhliche Gesellschaft im Erdgeschoss und verzog sich in den ersten Stock, wo er am hinteren Ende der lang gezogenen Bank, ganz in der Nähe des Fensters Platz fand.

»Eine Rieslingschorle vom Rheingauer«, brummte er Robert, dem Sohn des Hauses zu. Dieser kannte ihn schon seit Jahren und nickte wissend. Auf die Schürfwunden im Gesicht sprach er ihn besser nicht an, er würde ohnehin nur abwinken. Es dauerte wahrscheinlich noch ein paar Minuten, dann bestellte er auch etwas zu essen, er tippte auf Wurstsalat. Wenn Bekker mit einer solchen Laune auftauchte, aß er das häufig.

»Und bring mir einen Wurstsalat mit Bratkartoffeln, bitte.«

Der Kommissar saß minutenlang da und haderte mit sich selbst. Wie nur hatte er sich so täuschen können? Irgendetwas hatte ihn auf die falsche Spur geführt, hatte seinen Instinkt, auf den er sich so gut wie immer verlassen konnte, getäuscht. Die verzerrten Gesichtszüge des toten Steinmann gingen ihm nicht aus dem Kopf. Er hatte, wie schon Kümmert und Alb vor ihm, einen Herzstich erhalten. Ergab das ein Bild? Bekker nahm sein Handy und rief Erna an. Sie schien gerade keine Zeit zu haben, was schon aus ihrer Begrüßung herausklang.

»Wie weit bist du denn?«

»Schack, du willst doch bestimmt kein Süßholz raspeln. Wir sind immer noch am Tatort.«

»Glaubst du, dass der Steinmann gewusst hat, wer der Mörder ist?«

»Der Steinmann, hmm, er hat es vielleicht geahnt.«

»Und wieso passiert uns das?«

»Was denn, Schack?«

»Na, zu denken, dass er der Täter ist.«

»Ich verstehe nicht, was du meinst?«

»Ernie, täuschen ja, aber so weit liegen wir sonst nie daneben. Das irritiert mich eben.«

»Können wir das vielleicht später oder morgen besprechen?«

»Hab ja nur laut gedacht.«

»Wir hören uns nachher?«

»Alles klar.«

Bekker leerte sein Glas, drehte es in der Hand und orderte schließlich eine weitere Schorle. »Als würde ich den Wald vor lauter Bäumen nicht sehen. Wieso hab ich so viele Indizien außer Acht gelassen? Der Steinmann passt doch überhaupt nicht in mein Profil«, murmelte er. Er lehnte sich zurück und schlug mit dem Hinterkopf gegen die Wand. Schon wieder ging sein Telefon.

»Schack?«

»Ja«, raunte er.

»Wir haben etwas gefunden. Du wirst nicht glauben, was es ist.«

Bekker hingegen meinte es zu wissen.

»Soll ich raten?«

Erna schwieg.

»Den Dolch und ein Buch, und zwar wieder einen Don Juan. Weil wir nichts begriffen haben.«

Ernas erstauntes »Stimmt genau« verbesserte seine Laune.

»Und wo?«

»Ein paar Stufen unterhalb von Steinmann.«

»Was für eine Bearbeitung ist es dieses Mal?«

»Die von Molière. Wieso bist du von einer anderen Bearbeitung ausgegangen?«, wollte Erna wissen.

»Ich vermute, dass diese Spielchen keine tiefer gehende Symbolik haben, er will damit einzig und alleine seine persönliche Tragödie inszenieren. Es gibt allerdings einen Auslöser für all das, und den kennen wir nicht.«

Bekker starrte vor sich hin, erstmals hatte er ein recht klares Bild von der Situation. Der Täter und Kümmert hatten ein Verhältnis gehabt; wahrscheinlich wusste Steinmann davon, ertrug es aber, weil er seinen Freund regelrecht vergöttert hatte.

»Ernie, ich bin leer, lass uns morgen reden.«

Bekker zahlte und lief in Richtung Marktplatz. Alles schien ruhig und besinnlich, er durchquerte den überdachten Durchgang am Gutenberg-Museum. Vor ihm tauchte der Dom auf, groß und gewaltig, dieses Bauwerk vermittelte seit mehr als einem Jahrtausend Sicherheit und Stärke. Bekker liebte die unterschiedliche Färbung je nach Tageszeit. Er hatte schon seit jeher den Eindruck, dass der Dom eine Art Eigenleben führte. Er wirkte trotz seiner Masse unerhört leicht und dies schien das Licht zu bewirken.

Der Kommissar setzte sich auf die Stufen des Marktbrunnens. »Was, wenn man verführt wird und es gar nicht will? Was, wenn einen etwas verführt und man nicht dagegen ankommt? Es ist stärker als du und es zerstört all das, was du dir vornimmst und sein willst. Dieses Don Juan-Zeugs«, sagte Bekker vor sich hin und winkte ab. »Der Dolch, das Buch, der Stich ins Herz, das in Szene setzen, das ist für uns, fürs Publikum. Worum es hier drinnen geht«, Bekker klopfte sich mehrfach auf die Brust, »ist Verführung, Verlockung, das süße Gift.«

»Du Dummbeutel!«, rief er völlig unvermittelt in die nächtliche Stille. Natürlich kannten sie den Auslöser. Er, der Verführer, war von Kümmert zurückgewiesen worden. Aber was war seine Reaktion darauf? Er schwang sich zum Richter über Leben und Tod auf. Sensibel und labil schien ihm der Täter zu sein. Um sich seine Niederlage nicht eingestehen zu müssen, tötete er denjenigen, der seine Liebe abgelehnt hatte. Hatte er Steinmann und Alb als Konkurrenten angesehen? Nicht auszuschließen.

Bekker musste an die Oper denken, die er mit Cornelia und Jan gesehen hatte. Der Moment, als Don Giovanni dem steinernen Gast die Hand gab und offenen Auges das Schicksal, nämlich seinen Untergang herausforderte. Dieser Drang, dieses süße Gift führte ins Verderben. »Ja, das war es! Und dann erkennst du, dass es dich regelrecht in die Tiefe zieht«, sagte er leise. Nur eines verstand er noch immer nicht, warum hatte diese Verführung dessen Leben zerstört? War es ein Kirchenmann?

»Unsinn«, fauchte er sich an, »denk nach, Schack, denk nach!«

30

Eine gute Woche war bereits im neuen Jahr vergangen, überlegte der Kommissar und zog sich die Decke über den Kopf. Er mochte Jahreswechsel nicht, dieser Wunsch der Menschen nach einem neuen Anfang, obwohl doch alles in den gewohnten Bahnen weiter lief. Eine erneute Pressekonferenz stand nach Steinmanns Tod an. Die Unruhe in der Stadt wuchs. Die Fragen der Presse würden immer dringlicher und die Berichte immer drastischer werden, darüber bestand kein Zweifel. Der Druck von außen wurde auf alle Beteiligten immer größer. Eine schlechte Ausgangssituation, um mit klarem Kopf diese Mordserie in den Griff zu bekommen. Aber wer vermochte es den Menschen zu verdenken? Noch immer streifte ein Wahnsinniger durch die Straßen, erstach Menschen und stellte sie zur Schau. Bekker drehte sich noch einmal auf die andere Seite, aber das Telefon klingelte. Irgendwann hatte er ein Einsehen.

»Ja?«

»Der Goldschmied, dein Freund und Helfer. Ich hatte dir doch versprochen, mich wegen des Dolchs zu informieren.«

»Ah, Leo. Danke – gibts was Neues?«

»Also, wie ich schon vermutet hatte, wurde er industriell hergestellt. Und zwar in Spanien. Den kann man aber auch hier kaufen. Augenblick, ich hab das für dich nachgeforscht, in Rüsselsheim bei Waffen Blögg.«

»Waffen Blögg? Kann ich den Dolch nachher im Laden abholen?«

»Sie können jederzeit vorbeikommen, Herr Kommissar, ich bin im Hause.«

»Richten Sie dem Herrn Goldschmied doch bitte aus, dass wir am Zehnten verabredet sind, und dass ich mir sein dekadentes, aufgeblasenes Wesen nicht entgehen lassen werde.«

Anrim rief noch »Ach, mein lieber guter Spinner« hinterher und legte auf. Bekker zwängte sich in seinen zu engen Bademantel und stand unentschlossen im Schlafzimmer. »Kaffee kochen«, sagte er schließlich und ging in die Küche. Eigentlich sollte sich jemand bei Blögg an den Käufer von – mindestens – drei Dolchen erinnern. Er suchte die Adresse heraus, rief Erna an und brachte sie auf den neuesten Stand.

»Ich hol dich in einer halben Stunde am Graben ab, schaffst du das?«

»Na klar. Und bring bitte den Dolch zur Ansicht mit, der Leo Anrim hat ihn im Laden.«

»Gut. Bis gleich, Schack.«

Das zischende Geräusch der Kaffeemaschine verbesserte augenblicklich seine Stimmung. Bekker setzte sich an den Frühstückstisch. Es kam ihm vor, als würde er den Mörder kennen, was jedoch ausgeschlossen schien. Er nahm Schreibblock und Bleistift zur Hand und schrieb Namen, Orte, gefundene Gegenstände, mögliche Motive, wie auch alle Personen des Polizeiapparats auf, die mit den Mordfällen zu tun hatten. Er trank seine Tasse leer, füllte nach und starrte gebannt, die Hände auf den Tisch gestützt, auf das Blatt. Es gab unendlich viele Bezüge und Zusammenhänge zwischen den Personen, den Orten, der Mordart.

Nachdem Bekker sich angezogen hatte, betrachtete er wieder die Notizen. Der Kommissar erinnerte sich an den gestrigen Abend, an seinen Spaziergang vom Wilhelmi nach Hause. »Verführung«, schrieb er quer über das Blatt seiner Notizen und dann: »hoffnungslos verführt«. Was für eine miese Formulierung. Was willst du wirklich sagen? Er griff erneut nach dem Stift und ergänzte: »verschmähte Liebe«. Besser, befand er. Er hatte das doch alles schon einmal durchdacht. Ein Mann wird zum Mörder, weil er, der sich in der Rolle des unwiderstehlichen Verführers sieht, selbst verführt wird und seine Liebe nicht in dem Umfang erwidert wird, wie er sich das vorstellt. Verschmähte Liebe! Zurückweisung! Kein Zweifel, er war auf der richtigen Spur. Es klingelte an der Tür, Bekker steckte den Zettel in die Tasche, nahm seine Jacke vom Haken und rannte die Treppen nach unten.

»Guten Morgen, Ernie«, begrüßte er seine Kollegin.

»Woher der Elan, Schack?«

»Tja, woher?«, sagte er mit triumphierendem Ton in der Stimme. »Unser Täter hat ein gewaltiges Problem, das ihn beherrscht ...«

Erna blickte ihn an und deutete mit einer kurzen Handbewegung an, dass er weitersprechen solle.

»Es ergibt sich aus seiner komplizierten Psyche.«

»Lass dich nicht so bitten. Etwas genauer.«

»Also, er verliebte sich in Reiner Kümmert, der dessen Erwartungen offensichtlich nicht erfüllen wollte. Folglich könnte er aus verschmähter Liebe gehandelt haben.«

Bekker legte ihr seine Einschätzung über die labile psychische Konstitution des Täters auseinander, beschrieb den Zusammenhang von Ich-Schwäche und dem Unvermögen, der Rolle des Verführers gerecht zu werden. Dann erläuterte der Kommissar die aus der Sicht des Mörders notwendige Tötung von Reiner Kümmert. »Ich vermute, dass dieser die Beziehung nur als kurzes Abenteuer angesehen hat. Steinmanns Äußerungen über den Lebenswandel seines Partners legen das nahe. Unser Täter hat ihn aber geliebt und den Schmerz des Abserviert-Werdens nicht ertragen können. Er musste ihn töten, um die Schmach auszulöschen. Da Alb und Steinmann Reiner Kümmert genau kannten, gehe ich davon aus, dass sie früher oder später begriffen hätten, wer der Mörder war. Die beiden weiteren Morde beging er, um seine Spur zu verwischen. Vielleicht war auch eine Portion Eifersucht dabei.«

»Klingt plausibel, aber ungeheuer kompliziert. Wir sollten uns mit Cornelia zusammensetzen. Ich ruf gleich mal an und mache ein Treffen mit ihr aus«, schlug Erna vor.

»Ja, mach das.«

Immer wieder kreisten seine Gedanken um die Frage, was in dem Täter wütete, wie alles zusammenpasste. Erna unterbrach ihn.

»Schack, wie sieht denn es heute Abend bei dir aus?«

»Wieso?«

»Sie hat vorher keine Zeit.«

»Dann heute Abend.«

Sie fuhren über die Theodor-Heuss-Brücke und bogen in die

Eisenbahnstraße Richtung Mainz-Kostheim. Sie würden die Bundesstraße nach Rüsselsheim nehmen.

»Um halb acht bei ihr?«

»Ja, klar.«

Als sie zwanzig Minuten später den Wagen parkten und den kleinen Waffenladen betraten, kam ihnen ein älterer, groß gewachsener Herr entgegen, der sie mit misstrauischem Blick musterte und hellstimmig ansprach.

»Was kann ich für die Herrschaften tun?«

»Dunst und Bekker, Kriminalpolizei Mainz. Herr Blögg?«

Der Mann nickte. Erna zog aus ihrer Tasche einen Plastikbeutel mit einem der Dolche heraus und legte ihn auf die Verkaufstheke.

»Sie vertreiben diese Waffen?«

Blögg studierte kurz den Inhalt des Beutels und blickte auf.

»Ja, diese Dolche kommen aus Andalusien. Werden zwar industriell hergestellt, sind aber trotzdem Sammlerstücke, feine Arbeiten und nicht ganz billig.«

»Was bedeutet nicht ganz billig?«, wollte Bekker wissen.

»80 Euro das Stück.«

»Und haben Sie die vorrätig?«, fragte Erna.

»Einen oder zwei normalerweise immer.«

»Auch jetzt?«

Blögg sah die beiden an und runzelte die Stirn. »Einen Moment, bitte«, sagte er und verschwand hinter einem schweren Vorhang. Man hörte ihn herumkramen und vor sich hinreden. Schließlich streckte er seinen Kopf in den Verkaufsraum.

»Ich hab zur Zeit keinen da ... ungewöhnlich.«

»Kennen Sie einen dieser Männer?«, sagte Erna und legte die Bilder der drei Ermordeten vor ihm aus. Blögg zog eine Lesebrille aus seinem grün-braun karierten Hemd und sah sich die Fotos an.

»Nein, bestimmt nicht«, er machte eine Pause und überlegte, »vielleicht diesen Herrn da. Aber sicher bin ich mir nicht.« Er deutete mit seiner langgliedrigen Hand auf Reiner Kümmert.

»Außer Ihnen arbeitet niemand hier?«

»Niemand.«

»Aber irgendjemand muss doch die Dolche gekauft haben, wenn normalerweise ein oder zwei Stück da sind.«

Blögg nickte wieder und wieder.

»Die Wahrheit ist, dass meine Vergesslichkeit immer mehr zunimmt. Ich kann mich einfach nicht mehr gut erinnern. Und das Geschäft werde ich auch nicht mehr lange halten können. Ach ...« Er seufzte und setzte sich auf einen kleinen Hocker hinter dem Verkaufstisch. Dann jedoch sprang er regelrecht auf, als habe er eine Eingebung, zog eine Schublade unter dem Ladentisch heraus und schlug sein Registerbuch auf.

»Wissen Sie, ich bin altmodisch. Ich leiste mir für meine Verkäufe so einen Band. Es ist ja nicht so, dass allzu viele Kunden kommen. Und manchmal mache ich mir sogar kleine Bemerkungen zu den Käufern – als Zeitvertreib. Beinahe hätte ich Ihnen das vorenthalten. Es wird immer schlimmer mit meinem Gedächtnis. Hier hab ich es. Drei Stück auf einmal. Ein jüngerer Mann, er hat bar bezahlt«, sagte Blögg und sah ins Leere. Bekker konnte das in sauberer Schrift geschriebene Datum erkennen, der 14. Dezember.

»Herr Blögg, können Sie sich an irgendeine Einzelheit bei diesem Mann erinnern?«

Wieder glitt sein Blick ins Leere, er schüttelte mehrfach den Kopf, dann schloss er die Augen und öffnete sie schlagartig.

»Er wollte wissen, wie ich auf die Idee gekommen bin, diese Dolche zu führen. Ich habe ihm gesagt, dass ich mich für das Goldene Zeitalter in Spanien interessiere. Ich habe die Dolche auf einer Andalusienreise entdeckt.« Blögg hielt kurz inne. »Das ist bestimmt dreißig Jahre her. Dann haben wir noch ein wenig geplaudert über Taschenmesser und antike Schusswaffen.«

»Und es ist keiner der Männer auf diesen Bildern?«

Er warf noch einmal einen kurzen Blick auf die Fotos.

»Ich kann es nicht mit Bestimmtheit sagen, ich glaube aber, es war keiner von denen hier.«

»Aber dieser Mann war schon mal hier?« Bekker deutete auf Kümmert.

»Ich bin mir nicht ganz sicher.«

»Versuchen Sie bitte noch einmal den Käufer der Dolche zu beschreiben.«

»Ich gebe mir Mühe, aber es ist schon eine Zeit lang her ...«

Bekker hatte eine Idee.

»Herr Blögg, wäre es Ihnen denn möglich zu uns in die Polizeiwache zu kommen, um ein Phantombild anfertigen zu lassen?«

»Morgen früh ginge, ich könnte so um acht, halb neun da sein.«

Erna rief im Polizeipräsidium an und gab kurz darauf ihr O.k.

»Melden Sie sich bitte am Eingang und fragen Sie nach einem Herrn Staber.«

Blögg notierte sich Namen, Ort und Uhrzeit und versprach, beizeiten da zu sein. Sie bedankten sich bei ihm und fuhren zurück nach Mainz.

»Glaubst du, dass uns das Phantombild weiterbringt?«, wollte Bekker wissen.

»Schon möglich.«

Der Kommissar sah auf die Uhr.

»Ich habe Hunger, wir könnten doch in dieser Pizzeria auf der Hauptstraße eine Kleinigkeit essen. Du weißt doch, die in Kostheim.«

»Da schmeckt es selbst mir, obwohl ich keine Pizza mag.«

Bekker rieb sich die Hände. Essen ist schon irgendwie der Sex des Alters, obwohl ich mich im Moment wirklich nicht beklagen kann, dachte er freudig. Erna sah ihn an und schüttelte den Kopf. Auch wenn ihr Kollege des Öfteren herumlamentierte, war er doch lebensfroh. Sie parkten auf der gegenüberliegenden Seite der kleinen Pizzeria. Erna bestellte eine kleine Quattro Formaggi, Bekker eine große Speciale und dazu tranken sie jeder ein alkoholfreies Bier.

»Ich bin gespannt, was Cornelia zu deiner These wegen des Täters sagen wird.«

»Meistens gibt es irgendeine Schwachstelle, doch am Ende liege ich immer recht gut, oder?«

»Tja, ganz falsch liegst du eigentlich nie.«

Bekker holte die Pizzen an der Verkaufstheke und stellte Erna ihren Teller hin.

»Kaum beginnen wir in eine Richtung zu forschen, gibt es den nächsten Toten. Ich bete, dass uns die Person auf dem Phantombild bekannt ist. Können wir nicht einfach mal Glück haben?«, bemerkte sie und biss in ein Stück Pizza.

»Das wäre wunderbar, aber ich kann es mir beim besten Willen nicht vorstellen. Der Täter ist clever und war uns bisher immer einen Schritt voraus.«

Nach dem Essen tranken sie noch einen Espresso und fuhren dann weiter. Klara rief an. »Wie siehts morgen bei dir aus, Papa? Kommst du zum Abendessen?«

Bekker hätte beinahe vergessen, dass er bei seiner Tochter eingeladen war; er versprach gegen sieben Uhr da zu sein.

»Die Zwillinge kommen auch, es wird bestimmt schön.«

»Ich freue mich auf euch, Klara. Bis morgen Abend.«

Die Sicht war deutlich besser als am gestrigen Tag, aber noch immer nicht sonderlich gut.

»Wissen wir denn, was wir Cornelia fragen wollen?«, ließ Bekker unvermittelt fallen.

»Erst müssen wir sie auf den aktuellen Stand bringen. Und dann will ich unbedingt wissen, was sie von deiner Überlegung hält.«

»Rede ich etwa Unsinn?«

»Nein, natürlich nicht. Aber es wäre schön, wenn ich noch eine andere Meinung dazu hören dürfte.«

»Was dann?«

»Wie schon gesagt, ich bevorzuge einfachere Lösungen. Ich glaube, dass so ein Wahnsinn von einem direkten, klaren Impuls ausgeht. Hass, Wut, Eifersucht, was auch immer. Wenn etwas zu verkopft ist, führt das nicht zu einem solchen Ausbruch.«

»Hmm«, brummte Bekker. Nicht, dass er Ernas Gedanken für verkehrt hielt, nein, ganz und gar nicht, aber es war, als würde er diese düstere, schwere Kraft, die auf dem Täter lastete, regelrecht körperlich spüren. Er würde sich seine Ahnung nicht kaputtreden lassen.

Den Nachmittag verbrachten sie damit, noch einmal die gesammelten Fakten durchzugehen. Dann telefonierten sie mit dem Therapiezentrum und informierten sich über Roland Lieberstock. Der war jedoch, wie ihnen Thorsten Nüssel bestätigte, zur Zeit des dritten Mordes in besagter Einrichtung gewesen. Um sechs Uhr machte sich der Kommissar auf den Heimweg. Er wollte sich frisch machen und noch einen Moment ausspannen, bevor es zu Cornelia ging. Im Hausflur lief ihm Herr Schumee über den Weg, der seinen Hut zog und ihn mit ehrfurchtsvoller, aber doch bestimmter Geste darauf hinwies, dass auch im neuen Jahr die Hausordnung gelte.

»Herr Bekker, ich weiß ja, dass Sie viel zu tun haben und mit diesen Morden«, Schumee schien einen Moment zu überlegen,

»... gibts denn schon was Neues?«

Da er ihn nur anlächelte, ging der Rentner wieder zum eigentlichen Thema über: »Aber wenn das alle so machen, dann«, der Kommissar unterbrach ihn, »bricht die Ordnung zusammen und das totale Chaos aus, nicht wahr?«

»Jetzt nehmen Sie mich nicht auf den Arm. Sie wissen doch, ich hab wirklich nichts gegen Sie, also ganz und gar nicht, aber die Leute reden doch. Und so macht man sich halt unbeliebt.«

Unbeliebt, dachte Bekker. Man macht nichts und macht sich unbeliebt. Er nickte, klopfte Herrn Schumee auf die Schulter und versprach, die Treppe bald zu putzen. Der Rentner schien sichtlich erleichtert, dass er sein Anliegen erfolgreich vorgebracht hatte.

»Dann noch einen schönen Abend«, hängte der Kommissar an und begann die Treppen nach oben zu steigen. In seiner Wohnung angekommen, ging er ins Schlafzimmer und schüttelte sein Federbett auf. Anschließend holte er sich eine Flasche Bier aus dem Kühlschrank und setzte sich für ein paar Minuten auf die Couch ins Wohnzimmer.

31

Als Bekker um halb acht bei Cornelia eintraf, war er überrascht, dass Erna schon am Tisch saß und auch Werner Niesberg zum Treffen geladen worden war. Cornelia hatte verschiedene Platten mit Schnittchen gemacht. Nach dem Essen brachte Erna ohne lange Vorrede das Gespräch auf die Mordserie und schilderte die neuesten Entwicklungen. Abschließend wandte sie sich an die Kriminalpsychologin.

»Und wir bräuchten in einem Punkt deine Hilfe. Schack hat

eine interessante Theorie zur Mordserie, die jedoch, wie ich finde, ziemlich anfechtbar ist.«

Bekker dachte erst daran, einen Scherz zu machen, um der Sache ein wenig den Ernst zu nehmen, aber dafür war die Situation zu prekär. Er bemühte sich, umfassend zu berichten und nichts auszulassen. Schließlich räusperte er sich, machte eine Pause und trank einen Schluck Rieslingschorle. Einen Augenblick herrschte betretenes Schweigen, bis Niesberg eine erste Bemerkung machte.

»Ehrlich gesagt, hört sich das plausibel an, aber hältst du es für möglich, dass jemand aus enttäuschter Liebe drei Menschen tötet?«

»Ja. In dem Moment, als er sich verführen lässt und daraufhin zurückgewiesen wird, bricht seine mühsam konstruierte Scheinwelt zusammen. In Anbetracht der psychischen Konstitution des Täters ist es nachvollziehbar, dass Hemmschwellen abgebaut werden und der Wunsch zu töten die Oberhand gewinnt. Erst hat er sich an die Tiere und dann an die Menschen herangewagt. In den merkwürdigen Don Juan-Anspielungen liegt der Schlüssel.«

»Das klingt ja alles recht interessant, aber glaubst du wirklich, dass die von dir genannten Muster zu solchen Taten führen können? Das Ganze wirkt, ohne dir zu nahe treten zu wollen, konstruiert und am Menschen vorbei«, bemerkte Cornelia.

Bekker entschuldigte sich, griff seine Zigaretten und verschwand aus dem Zimmer. Niesberg folgte ihm und signalisierte den anderen am Tisch, dass alles kein Problem sei. Der Kommissar stand in der Küche am geöffneten Fenster und blickte hinaus in die feuchte Luft.

»Schack, das geht doch nicht gegen dich.«

Er nahm die Schachtel seines Freundes vom Sims und kramte eine Zigarette heraus.

»Weißt du, Werner, ich verstehe, wie abgehoben sich das alles anhört, aber ich liege garantiert richtig!«

»Das kann natürlich sein, aber es klingt so schematisch.«

»Wenn ich nur schon wüsste, was den Täter in die Psychomühle treibt.«

»Psychomühle?«, wiederholte Niesberg verblüfft. »Du und deine Wortschöpfungen. Nur eins, die Cornelia hat nicht unrecht mit dem, was sie sagt.«

»Wie viel Aktfotos hast du denn von ihr gemacht?«, wechselte Bekker plötzlich das Thema.

»Och, bestimmt zehn.«

»Zehn? Du alter Schwerenöter.«

»Das war rein beruflich, Schack. Ich hab sie kaum angeguckt. Kannst also ganz beruhigt sein.«

»Dollbohrer.«

»Lass uns wieder rübergehen. Warum denkst du, ist euch der Täter immer einen Schritt voraus?«

Bekker verzog den Mund und schüttelte den Kopf: »Man könnte fast meinen, er ist einer von uns.«

Als sie wieder am Tisch saßen, war Cornelia gerade dabei, ihr Psychogramm des Täters darzulegen.

»Ein Mann, allein, nur mit sich in seiner Fantasie-Welt, latent gewalttätig und der Überreaktionen neigend. Er könnte eine cholerische Natur haben. Und er besitzt eine gewisse Bildung, jemand der eine Oper wie Don Giovanni kennt, sie aber doch nicht richtig einzuordnen weiß.«

»Also siehst du Lieberstock als Tatverdächtigen«, folgerte Erna.

»Ihn oder jemandem aus seinem Umfeld, ja.«

»Vorher hattest du doch Steinmann in Verdacht?«, warf Bekker ein.

»Ich hatte gesagt, dass ich ihm die Tat zutraue. Zudem hatte er ein klares Motiv, Eifersucht«, erläuterte Cornelia weiter.

»Lieberstock hatte engen Kontakt zu Kümmert, der ja als ständiger Ansprechpartner fungierte. Man kann davon ausgehen, dass er persönliche Details von ihm kannte. Und wenn Schacks Überlegung zutrifft, dass Kümmert etwas wusste, das er nicht wissen durfte, passt doch alles zusammen.«

»Gut, wir knöpfen ihn uns morgen früh vor, obwohl Nüssel angegeben hat, er wäre während der Tatzeit im Therapiezentrum gewesen. Allerdings haben wir das nicht überprüft, da wir gerade an Steinmann dran waren«, stellte Erna fest.

»Eine gute halbe Stunde hätte genügt, um die Tat zu begehen. Abgesehen davon hat er für die ersten beiden Morde kein Alibi«, fügte die Kriminalpsychologin hinzu.

Bekker bezweifelte zwar, dass Cornelia richtig lag, doch auszuschließen war das alles wirklich nicht. Vielleicht war Lieberstock tatsächlich kurzzeitig unbeobachtet gewesen. Thorsten Nüssel fungierte ja ohnehin nicht als Aufsichtsperson, sondern hatte nur nachgefragt.

Gegen halb zwölf saßen nur noch Cornelia, Niesberg und Bekker am Tisch. Der Fotograf wollte von seinem Kollegen wissen, warum er so schematisch und absolut argumentiert hatte.

»Weil solche Krankheitsbilder bestimmte Schemata hervorrufen. Ein Betroffener reagiert zwar in einer ganz spezifischen Art und Weise, also individuell, aber die Grundmuster des Wahns oder des Leidens ähneln sich bei allen Kranken.«

»Also ist derjenige nicht mehr als eine Blaupause dessen, was ihn krank macht.«

»Im Prinzip schon, die scheinbar individuelle Erscheinungsform seiner Krankheit ist im Grunde verallgemeinerbar. Er ist nur ein Muster.«

»Weißt du Schack«, mischte sich Cornelia lächelnd ein, »deine Analyse ist wirklich aller Ehren wert und clever, aber so stimmig und berechenbar sind psychische Abläufe eben nicht.«

Als schließlich Niesbergs Frau anrief, verabschiedete sich dieser kurz darauf. Der Fotograf nahm sich noch ein Fläschchen Bier mit auf den Weg.

»Hilfst du mir noch mit den Gläsern, Schack? Du bleibst doch hier heute Nacht, oder?«

32

Als Cornelia mit ihrem leichten Négligé bekleidet Kaffee ans Bett brachte, fühlte Bekker sich so wohl wie schon lange nicht mehr. Sollten seine Frauendramen endlich ein Ende haben? Er streckte sich und trank einen Schluck.

»Wie viel Uhr ist es denn?«

»Halb neun und eine Sternstunde für die Liebe.« Sie beugte sich zu ihm hinunter und küsste ihn.

»Dann können wir ja noch gemeinsam frühstücken, oder?«

»Können wir.«

Bekker rollte sich aus dem Bett, ging zum Fenster und schaute in die Kapuzinerstraße. Er rieb sich den Bauch.

»Ist was, Schack?«

»Der Nebel macht mir Kummer. Ich befürchte, unser Täter hat heute Nacht etwas vor und je nebliger es ist, desto schlechter stehen unsere Chancen, ihn aufzuhalten.«

»Er wird gar nicht dazu kommen, denn wir nehmen ihn in Kürze in Gewahrsam.«

Der Kommissar schwieg, er würde sich nicht auf Lieberstock versteifen. Natürlich sprach einiges dafür und die Tatsache, dass er bei ihrem Besuch klassische Musik gehört hatte, passte ins Bild. Damals hatte er sich noch gewundert. Aber all das erklärte nicht den Bezug zu Don Juan. Bekker war überzeugt davon, dass dies der Schlüssel zur Psyche des Täters war.

»Magst du ein Ei?«

»Oh ja, gerne.«

Der Kommissar verschwand im Bad.

»Nicht der Lieberstock«, sang er beim Duschen, »sicher nicht der Lieberstock.«

Kurz darauf saß er am Frühstückstisch, schlang einen Toast mit Himbeermarmelade in sich hinein und köpfte gekonnt das weich gekochte Ei. Bekker fiel erst beim zweiten Toast auf, dass Cornelia Kerzen angezündet hatte und machte ihr ein Kompliment.

»Es hat gedauert, aber immerhin. Ich werde übrigens den Eindruck nicht los, dass du unsere Arbeitshypothese über Lieberstock nicht wirklich teilst.«

»Ich halte es zwar für richtig, ihn zu verhören und sein Umfeld zu überprüfen, aber meiner Meinung nach hat er mit den Morden nichts zu tun.«

»Und warum nicht? Das ist gestern ein bisschen untergegangen. Sorry, dass wir gesammelt über dich hergefallen sind.«

»Kein Problem, ihr seht es eben anders. Bist du denn beim Verhör dabei?«, versuchte er von sich abzulenken.

»Ich habe mich mit Erna abgesprochen, ja.«

Ein paar nette Worte würden Wunder wirken, wusste Bekker. »Das hilft uns.«

»Danke, Liebling. Was machst du eigentlich heute Abend?«, wollte Cornelia wissen.

»Ich bin zum Abendessen bei Klara eingeladen.«

»Bei mir will sich Dr. Meiner unbedingt für die Einweihungsfeier revanchieren.«

»Ist euer Verhältnis so gut?«, stieß der Kommissar verwundert aus.

»Ich verstehe mich ganz gut mit ihm. An solchen Abenden jongliere ich dann zwischen Seelsorge für seine Frau und Conférencierère. Aber was tut man nicht alles.«

Bekker genoss es, endlich mal nicht alleine am Frühstückstisch in der Küche zu sitzen, nur er mit seinem Rechner und dem altem Kofferradio.

»Du könntest später noch zu uns stoßen«, schlug er vor.

»Das sehen wir dann, lass uns telefonieren.«

Um halb zehn stand Bekker auf der Straße. Er hatte mit Erna vereinbart, dass sie und Cornelia Roland Lieberstock verhören würden. Er könne ruhig noch einen Spaziergang durch die Stadt machen. Vor der Alten Universität blieb er stehen und schaute sich um; nichts deutete auf die Mordserie der letzten Woche hin und niemand schien zu ahnen, wovon der Kommissar überzeugt war, nämlich, dass wieder etwas passieren würde. Er durchlief die Steingasse und sah schon von Weitem die Kleine Stadthalle. Vielleicht sollte er einfach noch mal mit Helga sprechen. Bekker überquerte die Umbach und stand gleich darauf vor der noch verschlossenen Tür der Kneipe. Es war Licht hinter dem Tresen zu erkennen, er klopfte gegen die Scheibe. Helgas blonder Schopf schoss hinter der Trennwand hervor und starrte zum Eingang. Bekker winkte und klopfte erneut, dann sah ihn die Wirtin und kam freudig grinsend zur Tür.

»Schack, du Schwerenöter, was gibts? Kann ich was für dich tun?«

Der Kommissar drängte sich in die Stadthalle und sagte nur: »Ich hätte gern ein bisschen was von deiner Zeit.«

»Willste auch was trinken oder essen?«

»Nein, nur deine Aufmerksamkeit.«

Sie richtete mit wenigen geübten Handbewegungen ihre

Hochfrisur, in die noch Lockenwickler eingedreht waren.

»Die haste doch immer. Was ist denn los?«

»Ich müsste mal jemanden mit gesundem Menschenverstand etwas fragen.«

»Und da kommst du zu mir?«

»Zu wem denn sonst? Es könnte aber ein klein wenig dauern.«

Sie schaute auf die Uhr.

»Vierzig Minuten, Schack, dann muss ich hier Ordnung machen.«

Der Kommissar berichtete von dem Spaziergang am Neujahrstag, dabei ließ er weder die toten Tiere noch die Geschichte mit dem Don Juan-Text aus und versuchte so objektiv wie möglich zu sein. Als er von Nüssel erzählte, unterbrach sie ihn.

»Wie? Der Nüssel, der Thorsten Nüssel? Na, des ist doch en Stromer, der hat hier immer noch en Deckel liege. Und der leitet das Therapiezentrum in der Frauenlobstraße? Vorsicht mit dem, der guckt immer nur, dass er nicht in die Bedrouille kommt.«

Bekker sah sie von der Seite an.

»Bredouille.«

»Ja genau, nicht in die Bedrouille kommt.«

Er beließ es dabei und erzählte weiter. Von Lieberstock und seiner Musik, den Dolchen, dem Toten auf der Theodor-Heuss-Brücke und der Tatsache, dass sie sich mit Steinmann getäuscht hatten. Helga hatte einen Plastikkugelschreiber sowie ein Blöckchen gegriffen, mit denen sie sonst Getränke und Essen aufnahm, und machte sich Notizen. Der Kommissar nahm es staunend zur Kenntnis. Die Mainzer Miss Marple, es fehlte eigentlich nur noch, dass sie beim Zuhören das Strickzeug rauskramte. Er schilderte den gestrigen Abend und das, was sie heute noch vorhaben würden. Helga ging zu dem kleinen, mit Strass beklebten Spiegel am Durchgang zur Küche und malte sich die Lippen hellrot nach. Ihre Zigarette behielt sie im Mundwinkel, wofür Bekker sie am liebsten in den Arm genommen hätte.

»Zuerst hätte ich da mal ne Frage.« Die wachen Augen strahlten, als sie an ihrer Zigarette zog. »Das macht schon irgendwie Spaß, ich hätt vielleicht auch so was machen sollen. Ach so«, sagte sie, als wolle sie sich selbst zur Raison rufen, »pass auf. Niemand macht sich die Müh mit dem Dolch und dene Bücher, wenns ihm nicht auch darum geht, oder?«

»Ist das die Frage?«

Helga lachte.

»Jetzt sei doch mal nicht so ungeduldig, ich ...«

Bekker unterbrach sie. »Nein, das macht niemand, wenn es nicht wirklich was zu bedeuten hat.«

»Und wenn der das macht und alles ist so, wie du es erzählt hast, dann will er sich mitteilen. Das ist, wie wenn du in den Dom gehst und beichtest.«

»Wie beichten? Also verrät er mir mehr, als ich sehe?«

»Ja, würd ich sagen, er legt mit den Morden sozusagen Zeugnis ab. Das ist wie, wenn einer von den Jungs hier spät an der Theke hockt und erzählt. Natürlich sagt der nie genau das, worums geht. Aber dann könnt er ja auch keine Geschichtchen mehr drumherum erzählen. Ich merk mir nur die Kernsätz, also wenn er was übers Leben sagt, und das bezieh ich dann auf ihn, dann weißte so gut wie alles. Das Wichtige wird immer nur so erzählt, als würd es um was anderes gehen.«

Sie legte ihm die Hand auf die Wange. »Übrigens, egal wer sie ist, die Frau tut dir gut, Schack.«

Er lächelte.

»Mach dass du den Fall löst. Zigarette für unterwegs?«

»Bevor ich EVE rauche, muss schon viel passieren.«

Er wollte schon zur Tür, als Helga ihn am Arm festhielt und mit rauchiger Stimme erinnerte: »Schack, das Leben ist kein Tanzlokal!«

»Aber, es wird schon wieder gut, irgendwann.«

»Vertrau deinem Instinkt.«

Der Kommissar umarmte sie und verließ die Kleine Stadthalle. Er ging die Große Langgasse entlang in Richtung Altstadt. Sein Handy klingelte, es war Erna.

»Morgen. Wo bist du denn?«

»Ich war in der Kleinen Stadthalle zum zweiten Frühstück. Hast du eigentlich schon das Phantombild vom Blögg?«

»Das dürfte bald fertig sein. Und wir haben den Lieberstock. Da war vorhin was los, kann ich dir sagen. Der alte Mann von nebenan, der mit den Tierbildern.«

»Der Herr Sandner, der die ganze Gegend beobachtet.«

»Genau, sein netter Nachbar hat schreiend im Hausflur gestanden und ihm gedroht. Er hatte sich im Bad verbarrikadiert, als wir kamen. Ist aber alles glimpflich ausgegangen. Wir verhören den Lieberstock jetzt gleich.«

»Ich stöbere noch ein bisschen und komme dann.«

»Lass dir ruhig Zeit. Cornelia und ich haben uns schon eine Taktik fürs Verhör zurechtgelegt.«

»Ist denn noch jemand in der Sömmeringstraße?«

»Ich denke schon. Soll ich Bescheid geben, dass du vorbeikommst?«

»Ja, ich will da noch mal rein. Und klingel durch, wenn du das Bild hast.«

Er würde den möglichen Ärger in Kauf nehmen, ohne Durchsuchungsbefehl in die Wohnungen von Lieberstock und Sandner zu gehen. Es wäre nicht das erste Mal gewesen, dass er die Dienstvorschrift großzügig auslegte. Außerdem drängte die Zeit. Bekker überlegte, ob er ein Taxi nehmen sollte. Laufen war eindeutig zu weit und die feuchte Kühle unerträglich. Vielleicht hatte ja Werner Niesberg Lust mitzukommen. Er wählte seine Nummer.

»Es Fotomännsche. Na, alles im Lot?«

»Sag mal, hast du vielleicht Zeit? Ich bräuchte mal deinen erlauchten Geist.«

»Und das Auto, oder?« Der Fotograf lachte meckernd. »Wo bist du denn?«

»Ich steh vorm Sixties und müsste in die Sömmeringstraße.«

»Trink halt was Warmes, ich hol dich in einer Viertelstunde ab.«

»Danke, Werner. Hup, wenn du da bist.«

Bekker betrat die Kneipe und bestellte sich einen Tee. Das Phantombild würde kaum den Täter zeigen, dafür schien er ihm zu gerissen. Er dachte an Helgas Bemerkung. Wenn die Morde eine in Szene gesetzte Beichte waren, also jemand Zeugnis ablegte; was sagte es über den Täter? Er erniedrigte seine Opfer, setzte sie herab. Natürlich, um sich zu erhöhen! Damit überspielte er sein Minderwertigkeitsgefühl und das hatte er, weil ... Es hupte mehrfach vor der Tür, der Kommissar schreckte hoch. Der verbeulte Alfa, den die Niesbergs schon seitdem er sie kannte, fuhren, stand warnblinkend an der Ecke. Der Beifahrersitz war voller Hundehaare, »Bauz«, bemerkte der Fotograf kurz, der Bekkers Mimik beobachtet hatte, als dieser einsteigen wollte.

»Irgendwann lässt die Gerda meinen Hund verschwinden, ich komm heim und er ist weg. Gut, er ist bissig, träge und kein sonderlich nettes Tier. Außerdem frisst er kein Dosenfutter.«

Wenig später stellte Niesberg den Wagen auf dem Gehweg in der Sömmeringstraße ab. Im Hausflur stand ein Streifenpolizist, der die beiden kurz über die Geschehnisse informierte, bevor sie die Räumlichkeiten des Rentners betraten.

»Der arme Sandner ist zur Kontrolle in der Uni. Sein Herz, er war völlig mit den Nerven runter wegen der Attacke.«

»Uns interessiert doch vor allem Lieberstocks Wohnung?«, wollte Niesberg wissen.

»Ja, aber wir laufen hier trotzdem schnell durch, vielleicht fällt uns ja irgendetwas auf. Du hast doch deinen Fotoapparat dabei, oder?«

»Was wär ich ohne den.«

Bekkers Handy klingelte.

»Erna hier. Wir haben das Phantombild, es ist zweifelsfrei Reiner Kümmert.«

»Aber wir hatten Blögg doch sein Bild gezeigt?«

»Was soll ich dir sagen?« Sie klang niedergeschlagen. »Wahrscheinlich konnte er sich einfach nicht mehr an den Mann erinnern, der die Dolche gekauft hat. Ich vermute, dass Blögg Kümmerts Gesicht auf dem Bild irgendwie vertraut vorkam und es ihm deshalb im Gedächtnis geblieben ist.«

»Und was ist mit dem Lieberstock? Wieso hat er den alten Mann angegriffen?«

»Wir sind noch dabei. Keine Ahnung, was in ihn gefahren ist.«

Erna würde ihn benachrichtigten, wenn es etwas Neues gab. Bekker sah sich, wie schon bei seinem ersten Besuch, mit ziemlicher Verwunderung die in der gesamten Wohnung hängenden Bilder mit Tieren und Tierkadavern an. Immer wieder blieb Niesberg kopfschüttelnd vor einzelnen Motiven stehen. Unweigerlich musste der Kommissar wieder an die beiden toten Tiere am Rheinufer denken. Irgendein Indiz, und wenn es sich nur um einen scheinbar unbedeutenden Verweis handelte, befand sich in diesem Haus, dessen war er sich sicher.

»Hier ist nichts, Schack, lass uns rübergehen«, schlug Werner Niesberg vor.

Sie begannen Lieberstocks Wohnung auf den Kopf zu stellen; zuerst das Schlafzimmer, in dem überall im Raum Bücherstapel standen, sowie das ungemachte Bett, das eigentlich nur aus einer Matratze bestand. Auch die Bücher, vornehmlich Krimis und Thriller gaben nichts her. Bekker erinnerte sich an die Entdeckung bei Kümmert und begann die letzten Seiten zu kontrollieren. Niesberg sah ihn erstaunt an.

»Der Reiner Kümmert hat sich private Notizen hinten in seinen Büchern gemacht. Vielleicht finden wir ja was Ähnliches.«

Niesberg fing ebenfalls an zu suchen.

»Und du meinst, wenn der Lieberstock das auch macht, deutet es darauf hin, dass er der Täter ist?«

»Gute Frage. Zumindest gehe ich davon aus, dass es keine reine Betreuer-Patienten-Beziehung war. Aber alles andere«, murmelte Bekker, legte dabei ein schmales Taschenbuch auf einen der Stapel zurück und griff einen weiteren Band. Nach einer Weile gaben sie auf, verließen den Raum und gingen in die Küche. Hier herrschte unbeschreibliches Chaos, weshalb sie die Suche schon nach kurzer Zeit aufgaben. Das Wohnzimmer hingegen war aufgeräumt.

»Kaum zu glauben, dass die Zimmer von ein und derselben Person bewohnt werden«, stellte der Kommissar fest.

Der Fotograf zeigte auf den Computer, Bekker nickte und bedeutete ihm, vorsichtig zu sein. Erst durchforstete er einen Zeitschriftenständer, dann die Regale mit den CDs. Niesberg wollte wissen, wann Lieberstock zurückkomme.

»Erna ruft mich an und sagt Bescheid, falls sie ihn nicht mehr festhalten kann, du kannst also ungestört suchen.«

Der Kommissar entdeckte einen Taschenkalender vom Vorjahr und blätterte zum Dezember. Kein Eintrag an Weihnachten, aber am 31. fanden sich folgende Zeilen: Ihm fehlt die Liebe zu den Dingen, welche er erkennt, aber er hat Geist, Kitzel und Genuss an Jagd und Intrigen der Erkenntnis.

»Werner, bist du am Rechner?«

»Ja.«

»Geh mal ins Netz und gib ein: Ihm fehlt die Liebe zu den Dingen, welche er erkennt.«

»Noch mal, was soll ich machen?«

Bekker wiederholte den Satz und wartete. Niesbergs Antwort lautete nur »Friedrich Nietzsche. Eine Fabel. Stammt aus dem Band »Morgenröte«. Der besteht aus hunderten von kurzen Textchen. Augenblick, Schack. In dem hier geht es um ..., du wirst es nicht glauben, Don Juan!«

Der Text stammte ohne jeden Zweifel aus dem Buch, das sie im Haus der Rheinschiffer am Winterhafen gefunden hatten.

»Kannst du mir den Text ausdrucken?«

Kurze Zeit später drückte ihm der Fotograf ein Blatt in die Hand.

»Das wiegt genauso schwer wie ein Eintrag auf der letzten Seite in einem Buch. Warum hat er sich das in seinen Kalender geschrieben? Zufall? Nein. Ich informiere die Erna, sie muss ihn in die Mangel nehmen.«

Niesberg wartete, aber sein Freund sprach nicht weiter. Irgendetwas schien ihm nicht zu behagen.

»Trotzdem, der Lieberstock war es für mich nicht. Aber er weiß irgendwas und er hat keine Ahnung was.«

Der Kommissar zog sein Handy aus der Hosentasche und rief seine Kollegin an. Niesberg war erstaunt, wie Bekker, der eben noch herumgestammelt hatte, im nächsten Augenblick eine präzise Einschätzung abgeben konnte.

»Sie geben uns Bescheid, sobald sie etwas Genaueres wissen.«

»Schack?«

»Was ist, Werner?«

»Ich hab Hunger und müsste dringend was essen. Es ist auch schon halb fünf. Wie wärs, wenn du mit zu uns kommst? Schwarzbrot und Fleischwurst haben wir immer da.«

Niesberg steuerte den ramponierten Alfa in Richtung Baentschstraße, dem so genannten Klein-Paris. Der Fotograf wohnte in einem der denkmalgeschützten Häuser der Gemeinnützigen Wohnstätten-Genossenschaft. Niesberg war Überzeugungstäter. Niemals wäre er in eine gewöhnliche Mietwohnung gezogen, auch wenn er sich diese durchaus hätte leisten können. Die Tatsache, dass er wie jeder Mieter Anteilseigner war, behagte ihm. »Hier sind wir wenigstens alle ziemlich gleich, also nicht ganz gleich, aber so gleich wie es eben geht.«

Auch wenn Bekker Sympathie für das genossenschaftliche Wohnen hegte, wäre er niemals aus der Altstadt weggezogen. Hier hinterm Bahnhof konnte man aus Niesbergs Wohnung heraus wegen der Bonifaziustürme den Dom nicht sehen. Allein das: undenkbar! Der Fotograf parkte in der kopfsteingepflasterten Straße. Sie stiegen aus und betraten das Haus, die Wohnung befand sich in einem der oberen Stockwerke. Als er die Tür öffnete, strömte ihnen der Geruch von frisch gewaschener Wäsche entgegen.

»Wo warst du denn die ganze Zeit?«, schallte es aus dem Badezimmer. Die Tür wurde aufgestoßen und Gerda kam ihnen mit einem Plastikkorb voller Wäsche entgegen. Sie trug knallenge Jeans und ein rosafarbenes Shirt mit dem Aufdruck: »Du mich auch«. Sie wollte erneut etwas loswerden, als sie Bekker bemerkte, der auf das Shirt stierte.

»Du hast doch nicht etwa die Schnauze voll, Gerda?«

»Sei bloß ruhig, Schack. Du hast mir zu allem noch gefehlt. Was verschafft mir denn die Ehre?«

»Der Werner meinte, wir könnten ein bisschen Fleischwurst und Brot bei dir essen.«

»Hat er das gemeint? Bedient euch. Mach bitte mal die Tür auf. Jemand muss ja den Laden am Laufen halten und er tut das sicher nicht.«

Die Wohnungstür fiel ins Schloss und Niesberg, der sich in die Küche verzogen hatte, rief ihn. Es lagen bereits Holzbrettchen auf dem Tisch, das Brot war vorgeschnitten und die Fleischwurst aus dem Kühlschrank geholt. Zwei Flaschen gekühltes Bier komplettierten das Ensemble.

»Setz dich, Schack. Was denkst du, wie die Sache weiterläuft?«

Bekker schnitt ein Stück Wurst ab und biss genüsslich in das frische Brot.

»Ich ruf gleich an und informiere mich, aber der Charakter des Jungen passt einfach nicht in mein Täterprofil. Das kann nur jemand aus seinem Umfeld sein. Am besten fahre ich zur Wache und befrage den Lieberstock selbst noch einmal.«

»Der Nüssel oder der Sandner wären noch eine Möglichkeit«, mutmaßte der Fotograf.

»Erna hat mir übrigens gesagt, dass Nüssels Angaben nicht ganz stimmten. Lieberstock war zwar am Morgen im Zentrum, aber eben nicht die ganze Zeit. Er hat es einfach behauptet, wollte einen guten Eindruck machen und hat daneben gelegen. Ihm muss man grobe Nachlässigkeit vorwerfen, aber die Morde hat er nicht begangen.«

»Und Sandner?«

»Der ist alt und schwächlich.«

»Und wenn er das nur spielt, also die Schwäche?«

»Unwahrscheinlich, aber vielleicht hast du ja recht. Ich muss mal kurz raus.«

Der Kommissar öffnete die Tür zum Balkon und ging nach

draußen. Niesberg kam dazu. Es begann zu dämmern, das neblige Grau wurde immer undurchsichtiger.

»Schack, entspann dich, es wird schon nichts passieren heut Nacht.«

Niesberg sah seinen Freund an, der angegriffen wirkte.

»Ich rede nochmal mit Sandner, der dürfte jetzt wieder zu Hause sein. Ich will sicher gehen.«

»Soll ich mitkommen?«

»Nein, lass mal, ich nehm ein Taxi. Wenn wirklich was ist, ruf ich dich an.«

Wieder klingelte das Handy des Kommissars.

»Ernie?«

»Schack, willst du noch vorbeikommen? Wir lassen Lieberstock nämlich sonst gehen. Er hat ein wasserdichtes Alibi für die Tatzeit von Alb. Er war im Therapieszentrum und hat anschließend für eine Umzugsfirma gearbeitet, er macht das aushilfsweise auf 400-Euro-Basis. Sie haben ihn dort abgeholt und er war bis abends unterwegs. Wir haben es überprüft, er war die ganze Zeit mit Kollegen zusammen. Nüssel bekam seine Information von einem der Sozialarbeiter, der angegeben hatte, dass Lieberstock die ganze Zeit unter Leuten war. Dein Bekannter hat das fälschlicherweise auf die Station bezogen, aber im Kern stimmt es. Wir haben die Namen und Adressen seiner engsten Freunde. Ich mache mal ein paar Anrufe.«

»Dann lass ihn gehen, ich fahre nochmal zu Sandner, möglicherweise hat er doch mehr mit den Morden zu tun, als wir annehmen. Danach gehe ich zu Klara.«

»Du entwickelst dich noch zum Vorzeigepapopa.«

»Ach, komm. Wir telefonieren später.«

Bekker bestellte sich ein Taxi und machte sich auf den Weg.

»Das macht 9,20 Euro«, unterbrach der Fahrer seinen Gedanken.

»Hier sind zehn Euro, stimmt so«, sagte der Kommissar und stieg aus. Erneut stand er in der Sömmeringstraße, als würde er hier immer wieder etwas übersehen und deshalb nicht weiterkommen.

»Wie im Adventure«, brummte er vor sich hin und klingelte bei Sandner. Die Tür sprang auf und der Pensionär ließ ihn herein.

»Guten Abend, Herr Kommissar. Wie komme ich zu der Ehre Ihres späten Besuchs?«, begrüßte ihn dieser leicht irritiert, aber freundlich.

Sie gingen ins Wohnzimmer, diese merkwürdigen Fotografien schienen ihn regelrecht anzustarren. Auf dem runden Esstisch lagen fein säuberlich aufgereiht mehrere Fotos und Rahmen. Dem Kommissar entging nicht die Akribie, die der Alte beim Zurechtlegen aufgewendet hatte. Um ganz sicher zu gehen, ließ er sich von ihm noch einmal berichten, was er zu den Tatzeiten gemacht hatte. Seine Alibis waren bis auf den Steinmann-Mord einwandfrei. Nein, er kam als Täter nicht in Frage. Beiläufig erwähnte Bekker Lieberstock und dessen soziale Kontakte. Der Alte berichtete von drei Männern, die häufig vorbeikamen; nach einer Weile jedoch erinnerte er sich noch an eine vierte Person, die nur ab und zu und nie allzu lange vorbeischaute. Er sei wohl auch kein enger Freund. Der Kommissar wurde neugierig. Er stellte anhand einer Fotografie nochmals sicher, dass es sich nicht um Kümmert handelte, den kenne er, das sei der Sozialarbeiter gewesen. Der unbekannte Mann sei ein wenig jünger als Lieberstock und die anderen gewesen.

Ob ihm etwas aufgefallen sei, eine Narbe, besondere Kleidung, ob er vielleicht besonders groß oder klein gewesen sei. Sandner ging in die Küche und holte sich ein Glas Milch. Bekker wollte nichts. Der Alte versuchte sich den Mann vorzustellen, aber es schien zwecklos. Nur auf die mittelbraune Haarfarbe und die Größe zwischen 1,80 und 1,90 wollte er sich festlegen. Dem Kommissar fiel Niesbergs Foto ein, das dieser am Winterhafen von dem vermeintlichen Täter gemacht hatte, er legte Sandner den Abzug hin.

»Der Kapuzenpulli, und ganz in Schwarz, ja so ähnlich war der Mann auch mal angezogen, also nicht immer, aber von seiner Erscheinung her, könnte er es sein.«

Bekker rief Erna an.

»Ernie, sag mal, ist denn der Lieberstock noch da?«

»Nein, was musst du denn wissen? Vielleicht kenne ich ja die Antwort.«

»Du hast doch die Liste seiner Freunde. Wie viele sind das denn?

»Drei Männer in seinem Alter, sie waren regelmäßig zusammen.«

»Und hat er vielleicht noch jemanden erwähnt, der recht selten vorbeikam und nie allzu lange blieb? Wohl etwas jünger als er.«

»Nein, Schack. Warum?«

»Hast du eine Ahnung, wo der Junge ist?«

»Keine Ahnung. Klingel doch mal bei ihm.«

»Ernie, bleib dran.«

Bekker stand auf und gab Sandner zu verstehen, dass er gleich zurück sei. Lieberstock schien nicht da zu sein. Er ging auf die Straße, in der Wohnung brannte kein Licht.

»Ich probiere ihn aufzutreiben, vielleicht ist er ja zu einem seiner Freunde«, mutmaßte Erna.

»Gut, bis gleich.«

Er setzte sich vor den alten Mann und sprach auf ihn ein.

»Wir brauchen ein Detail, etwas, das diesen Mann ausmacht, unverkennbar macht. Versuchen Sie es.«

»Mein Kurzzeitgedächtnis ist eine Katastrophe, Herr Kommissar. Ich erinnere mich viel besser an die guten alten Tage. Tja, früher oder später holt einen die Nacht ein.«

Bekker ermunterte ihn immer wieder, weiterzuerzählen, in der Hoffnung, dass er sich erinnerte. Und dann schien Sandner plötzlich einen Geistesblitz zu haben.

»Dieser Mann, ich bin ihm im Flur begegnet, wie gesagt, ein recht großer Mann, bestimmt über 1,80 Meter, er hat ruhelos gewirkt, obwohl er eigentlich nett und zurückhaltend war.«

»Hat er unsicher ausgesehen?«

»Nein, er wirkte tatkräftig, aber die Augen, die waren nicht in Ordnung. Die schienen mir rastlos. Wissen Sie, als würde man einen schönen Baum sehen und ständig Angst haben müssen, dass er über Nacht verdorrt und alle Blätter abwirft.«

Das musste der Mann sein, den sie suchten. Das Telefon klingelte.

»Ja? Wie bitte? Tot? Ach, du Scheiße. Und wo?«

Während Erna berichtete, kam dem Kommissar eine Idee. Es gab noch eine Möglichkeit.

»Du musst Staber auftreiben. Ich bringe den Herrn Sandner fürs Phantombild mit, wenn er sich dazu bereit erklärt.« Er wandte sich zu seinem Gastgeber. »Was meinen Sie? Ginge das? Es wäre wichtig, das noch heute Abend zu erledigen.«

»Natürlich mache ich das.«

Bekker bat ihn, ein Taxi zu rufen. Roland Lieberstock war erschlagen aufgefunden worden, im Pfaffengässchen. Dieses Mal war der Tote nicht ausgezogen worden und es gab auch keinen Herzstich. Dazu hatte dem Mörder wohl die Zeit gefehlt. Sie waren auf der richtigen Spur. War Sandner jetzt auch in Gefahr? Der Täter schien über jeden ihrer Schritte Bescheid zu wissen.

33

Während der Fahrt rief Erna erneut an und teilte ihm mit, dass Martin Staber zwar leicht genervt reagiert hatte, denn es war Sonntagabend, aber bereits zu ihnen unterwegs war. Er schaute auf die Uhr, halb sieben, viel Zeit blieb eigentlich nicht mehr. Die Einladung bei seiner Tochter stand an, möglicherweise würde er absagen müssen. Sie erreichten die Wache und stiegen aus. Bekker überließ Sandner einem Kollegen und ging in sein Büro. Eine Thermoskanne Tee stand auf Ernas Schreibtisch. Er nahm sich eine Tasse und stellte sich ans Fenster. Die Sache mit Lieberstock ging ihm nicht aus dem Kopf. Verdammt, ich seh vor lauter Bäumen den Wald nicht. Er musste mit Klara sprechen, bestimmt war sie mit den Vorbereitungen für das gemeinsame Abendessen beschäftigt. Er wählte ihre Handynummer und wartete. Als sich die Mailbox einschaltete, legte er auf. Der Kommissar starrte nach draußen. Dieser letzte Mord unterschied sich grundlegend von den vorherigen, weil Lieberstock einfach nur liegengelassen worden war. Der Mörder versuchte seine Spuren zu verwischen, sie waren ihm demnach dicht auf den Fersen. Bekker trank so hastig, dass er sich verschluckte und einen Teil des Tees gegen die Scheibe spuckte. Die Tür ging auf und Dr. Meiner starrte ihn an.

»Sagen Sie mal, Herr Bekker, ist das, also ...«

»Verschluckt, Herr Meiner, hab mich ver ...« Bekker hustete, kramte ein Taschentuch aus der Hose und putzte sich die Nase.

»Der vierte Mord«, hörte er seinen Vorgesetzten schrill in den Raum werfen. »Es kann doch nicht sein, dass wir immer noch keinen Verdächtigen haben.«

Bekker trocknete sich die vom Hustenanfall feuchten Augen und ermahnte sich, ruhig zu bleiben.

»Wir dachten schon, wir hätten ihn, doch der Verdächtige

hatte sich als drittes Opfer entpuppt. Aber Staber ist gerade dabei, ein Phantombild des vermutlichen Täters zu entwerfen. Ich denke, dass wir einen guten Job machen.«

»Das zu beurteilen, lassen Sie mal meine Sorge sein.«

»Ich bin übrigens nicht der Einzige hier«, verteidigte sich der Kommissar, »und abgesehen davon, wüsste ich gerne mal, was wir in der kurzen Zeit hätten besser machen können. Der Täter tötet wie im Rausch, vier Morde in acht Tagen. Wir tun, was wir können. Er muss irgendeine Verbindung zum ...«

»Was wollen Sie sagen?«

Bekker begann unvermittelt die Scheibe mit seinem Taschentuch abzuwischen.

»Sie brauchen gar nicht so zu tun, als ob ich nicht wüsste, was das ...«, Meiner fuchtelte wild mit den Armen in Richtung Scheibe, »zu bedeuten hat. Sie sind eine Plage, ja, Sie haben richtig gehört.«

Die Tür fiel ins Schloss. Schon wieder ging sein Telefon.

»Bekker. Mord.«

»Jacques? Helene hier.«

Sie klang fassungslos.

»Was ist passiert?«

»Ich habe gerade die Zwillinge zu Klara gefahren, sie ist nicht zu Hause und ihr Kleines liegt schlafend im Bettchen. Vor zwei Minuten kam Frank nach Hause. Er war beunruhigt, weil sie nicht da war und versuchte sie anzurufen. Aber das Handy springt auf die Mailbox um.«

»Das kann nicht sein.«

Er sagte ihr nicht, dass er es auch vergeblich versucht hatte.

»Jacques, das ist doch nicht Klaras Art.«

»Nein, vor allem wegen der Kleinen. Ich komme, sobald ich hier weg kann. Versuch es noch ein paar Mal auf dem Handy, ich melde mich gleich wieder.«

Was war los? Was passierte hier gerade? Eine düstere Ahnung überkam ihn. Bekker musste sich am Stuhl abstützen und setzte sich schwer atmend. Er rief Erna an, die ihm sagte, dass sie gleich bei ihm sein würde. Staber habe mit Sandner begonnen, das Phantombild des Unbekannten zu erstellen.

»Sandner braucht Personenschutz, wir können ihn nicht alleine lassen. Und in seine Wohnung kann er heute Abend auch nicht zurück.«

»Gut, in Ordnung.«

Bekker rief wieder Klaras Handy an, aber auch jetzt ohne Erfolg. Vielleicht war ja nur der Akku leer oder sie war aufgehalten worden. Aber Anne alleine in der Wohnung zu lassen, das war nicht seine Tochter, sagte er sich. Die Tür ging auf und Erna kam herein. Ein kurzer prüfender Blick genügte ihr, um zu sehen, dass es Schack nicht gut ging. Er erläuterte die Situation.

»Fahr sofort hin, ich informiere dich, wenn wir etwas Neues haben.«

Bekker ging zum Kleiderständer und zog seine Jacke an. Die Tür schloss sich hinter ihm und Erna rekapitulierte die Ereignisse der vergangenen Stunden. Schack hatte recht, irgendetwas bei den Nachforschungen war wie verhext. Cornelia hatte Lieberstock erst psychologisch begutachtet. Nach der Mittagspause waren sie zur eigentlichen Befragung übergegangen. Lieberstock hatte ihnen bereitwillig geantwortet, von seinen Problemen und seinen Besuchen im Therapiezentrum berichtet. Auch die Namen seiner Freunde hatte er ohne zu Zögern angegeben. Und dann wurde er kurz nach dem Verlassen des Polizeigebäudes getötet – nur ein paar hundert Meter von hier entfernt. Es musste mit der Befragung zusammenhängen. Was nur hatte der Ermordete gewusst?

Cornelia kam zur Tür herein, sie sah blass aus und zitterte, ihr stand Schweiß auf der Stirn. Plötzlich fing sie an, hysterisch zu schreien. Erna war kurzzeitig wie benommen, dann reagierte sie geistesgegenwärtig, umarmte die Psychologin mit festem Griff, bis diese wieder ruhig wurde und sich ihre Verkrampfung löste. Die Kommissarin führte sie zu einem Stuhl.

»Was ist denn passiert?«

Sie saß regungslos da und starrte aus dem Fenster in den schweren Nebel, der noch immer bleischwer über der Stadt lag.

»Es ist schon wieder in Ordnung. Kannst du das glauben, dass der junge Mann hier aus der Tür herausgeht und kurz darauf erschlagen wird? Wie kann das sein? Das ist doch Wahnsinn!«

Wieder brach sie in Tränen aus.

»Cornelia, reiß dich zusammen«, sagte Erna streng. Sie hatte den richtigen Ton getroffen, denn ihre Kollegin fing sich augenblicklich.

»Was meinst du, wie lange das mit dem Bild noch dauert?«, wollte sie wissen.

»Nicht mehr lange, vielleicht fünfzehn, zwanzig Minuten. Aber der Herr Sandner scheint auch kein leichter Fall zu sein. Wenn jemand etwas Brauchbares aus dem Alten herausholt, dann der Martin.«

Das Telefon klingelte, Bekker war am Apparat. Erna meinte eine unterschwellige Panik aus seiner Stimme herauszuhören.

»Wer hat denn eigentlich die Arbeit am Fundort gemacht?«, wollte er wissen.

»Ich, Schack. Plus Spurensicherung und Maximilian. Wir bekommen morgen die Ergebnisse der Obduktion. Dieses Mal ist ja nichts inszeniert worden.«

»Erna«, seine Stimme klang ernst und schwach, »die Sache wird persönlich. Ich habe auf Klaras Briefkasten einen Zettel gefunden, da steht in Druckbuchstaben«, er machte eine Pause, es fiel ihm schwer Luft zu holen, »GLEICH WERDEN SIE WISSEN, WIE SICH DAS ANFÜHLT, OK.«

»Und du bist sicher, dass das mit dem Verschwinden von Klara zusammenhängt?«

»Ich weiß es, Ernie. Die Druckbuchstaben erinnern an die auf dem leeren Umschlag, den wir unter Kümmerts Schreibtisch gefunden haben. Zu allem dreht Helene da oben durch, ich sei an allem schuld. Sie habe es schon immer kommen sehen, alle in meinem Umfeld würden durch mich ins Unglück gestürzt. Zum Glück ist Frank da, er kümmert sich um sie.«

Erna war schon wieder bei dem Zettel.

»Und wieso beziehst du den Spruch auf dich?«

»OK. Damit ist nicht ‚in Ordnung' gemeint, sondern ...«

»Oberkommissar!«, platzte sie heraus.

»Es muss jemand sein, der mich kennt, mit dem ich schon gesprochen habe, der in irgendeiner Weise meine persönliche ..., oh Scheiße!«, schrie Bekker auf, dann war die Leitung tot. Sie versuchte vergeblich ihn zurückzurufen.

Er war hinaus auf die Straße gerannt und sah sich um. Jetzt war alles sonnenklar, er hatte es nicht kommen sehen, nicht einmal geahnt. Dieser Wahnsinnige würde Klara töten. Wohin nur hatte er sie verschleppt? Erneut drückte er einen Anruf weg. Er sah auf die Uhr, es war kurz vor halb acht. Was hatte er diesem Idioten getan, dass er seinen Hass an Klara ausließ? Wenn er gleich wissen würde, wie es sich anfühlt, musste er, Bekker, den Ort kennen. Zum Rheinufer, sagte er sich, dort hat alles angefangen.

Er zwang ein vorbeifahrendes Taxi zum Anhalten. Die Polizeimarke und die Worte Kommissar und Notfall taten ihr Übriges. Sein Gegner musste eine Stelle gewählt haben, an der er ungestört war und von wo aus sein Opfer doch gesehen werden konnte. Er überlegte, versuchte sich an die Gespräche zu erinnern und schüttelte dabei so vehement den Kopf, dass ihn der Taxifahrer fragte, ob es ihm gut gehe.

»Ja, ja danke. Fahren Sie erst mal zum Kaisertor und dann am Adenauerufer entlang in Richtung Feldbergtor.«

Er würde mit diesem Teil des Ufers beginnen. Bekker war sich sicher, dass der Täter davon ausging, dass er ihn finden würde. Die Nachricht klang so, als würde er Klara vor seinen Augen töten wollen. Mit Kümmert hatte die Mordserie begonnen, mit ihm hatte der Täter ein Verhältnis gehabt, alles Darauffolgende stand damit in Beziehung. Ein Ort am Rheinufer schien naheliegend. Sie erreichten das Kaisertor, Bekker stieg an den Parkplätzen aus und sah sich um. Was hatte dieser Irre vor? »So eine Scheiße«, stieß er aus und lief die Stufen zum Wasser hinunter – den herumliegenden Pfandflaschen schenkte der Kommissar jetzt keine Aufmerksamkeit. Die Promenade war recht leer. Aber hier konnte der Täter keinen Mord inszenieren, schon gar nicht am frühen Abend. Bekker blickte rheinaufwärts und entdeckte die Konturen der Theodor-Heuss-Brücke. Ja, sagte er sich, am Ufer, gar keine Frage. Das Schwein ist irgendwo in der Nähe. Er ging zurück zum Taxi, sie fuhren zum Frauenlobtor. Es gab nichts, was ihn in irgendeiner Weise annehmen ließ, dass dies der rechte Ort war. Am Zollhafen bat er den Taxifahrer einen Moment zu warten. Der Kommissar sprang aus dem Wagen und schaute auf den Fluss hinaus, der dalag, als könne ihn nichts aus der Ruhe bringen. Die Sicht war wieder etwas besser. Bekker hatte die Augen starr auf den Rhein gerichtet, eine Eingebung, er brauchte eine Eingebung. Plötzlich hörte er jemanden kurz aufschreien, so als würde er sich zu wehren versuchen. Nicht in unmittelbarer Nähe, aber auch nicht allzu weit entfernt. Er hätte diese Stimme aus Tausenden herausgehört, das war Klara! Er blieb mit den Augen auf der vor ihm im Fluss liegenden Petersaue hängen. Natürlich, sie lag nicht direkt am Ufer, war aber einsehbar. Außerdem gab es ausreichend viele Fluchtwege. Er rannte zurück zum Wagen und wies den Taxifahrer an, ihn in den Zollhafen zum Zugang Kaiserbrücke zu fahren. Von dort aus war es möglich, schnell auf die Petersaue zu kommen. Bekker zahlte und stürzte die Brücke nach oben. Er erreichte den Mittelpfeiler, von dem aus man auf die Aue gelangen konnte. Allerdings war die Tür zu der auf die Insel führenden Treppe mit Hilfe eines überdimensionalen Gitters gesichert, das wie ein scharfkantiger Maulkorb den Weg versperrte. Seine Pistole hatte er, wie so häufig, nicht dabei. Wenn man das Scheißding einmal braucht, fluchte er. Entweder kletterte er über das mindestens drei Meter hohe Gitter, in das die Tür eingelassen war, oder er musste versuchen, sich an der Seite daran vorbeizuhangeln. Abgesehen davon, dass es einige Meter ungesichert nach unten ging und er unter Höhenangst litt, würde er die Absperrungen aus Plexiglas an den Seitenwänden der Treppe nicht überwinden können. Bekker spürte Wut in sich aufsteigen, eine so unbändige Wut, dass er alles um sich herum zu vergessen schien. Entschlossen riss er sich die Jacke vom Leib, setzte den linken Fuß auf den Türgriff und schwang sich nach oben. Mit der rechten Hand hatte er eine der Verstrebungen des Gitters gepackt und mit der linken warf er seine Jacke auf das abgerundete Dach mit den zur Insel zeigenden Spitzen. Er schwitzte, atmete stoßartig, fühlte jedoch eine ungeheure Kraft, wie schon lange nicht mehr. Dann stieß er sich mit dem linken Bein ab, zog sich auf das Dach und ließ sich über die Spitzen hinweg auf die Plattform fallen. Dabei riss er sich nicht nur Hände und Arme auf, auch sein linkes Bein hatte eine lange Schnittwunde. Sein Körper brannte, zitternd kam er auf die Füße.

Erna Dunst schaute ungläubig auf ihr Handy, hatte Schack tatsächlich das Gespräch abgebrochen? Cornelia wollte wissen, was passiert war, aber die Kommissarin antwortete nur sehr vage.

»Ach, Schack macht sich Sorgen wegen seiner Tochter, er meldet sich bestimmt gleich wieder. Ich rufe den Staber an, mal sehen, wie weit er ist.«

Die Kriminalpsychologin beobachtete Erna Dunst, die nervös von einer Seite des Zimmers zur anderen lief. »Wie lange noch?«, hörte sie sie fragen.

»Und das Ergebnis ist gut? Wir sind gleich da.«

Sie verließen das Büro und standen kurz darauf bei Staber und Sandner im Zimmer. Der alte Mann sah die beiden Frauen an und nickte erleichtert. Martin Staber gab ihnen ein Zeichen, dass es nur noch einen Moment lang dauern würde. Endlich zog er ein Blatt aus dem Drucker und legte es auf den Tisch.

»Ach, du ahnst es nicht ...«, stieß Erna hervor und musste sich setzen, um den Schock zu verarbeiten.

34

Überall am Körper hatte Bekker Schmerzen. Mühsam wankte er die Treppe hinunter und stand auf der Petersaue. Er zog sich in den Schatten eines Brückenpfeilers zurück und überlegte. Wohin hatte das Schwein Klara verschleppt? Die Aue war nicht für den Publikumsverkehr zugänglich, auch weil ein Teil der Mainzer Wasserversorgung aus rund 25 Brunnen gesichert wurde. Er nahm sein Handy und textete Erna drei Worte, »Petersaue« und »Beeilt euch«. Hierher hatte er sich also zurückgezogen, ein strategisch wohl überlegt gewählter Rückzugsort.

Natürlich war sein Gegner im Vorteil, Bekker wusste zwar ein paar Details über die Insel, aber er kannte sich nicht wirklich aus.

Er hatte Klaras Stimme gehört, als er ein gutes Stück weiter flussaufwärts am Ufer stand. Sie mussten an diesem Ende der Insel sein. Die Sichtweite betrug bestenfalls zwanzig Meter. Über das freie Feld zu gehen, erschien ihm als ungeschickt. Unter der Brücke, die dem Kommissar zur Orientierung diente, lief er in Richtung der Mainz zugewandten Uferseite. Das Wasserplätschern verlieh dem Ort etwas Friedliches. Ein paar Schritte vom Rhein entfernt auf dem asphaltierten Weg würde der Boden keinerlei Geräusch verursachen. Vorsichtig ging er weiter; bis zur Inselspitze waren es einige hundert Meter. Nach gut der Hälfte der Strecke sah er in nicht allzu weiter Entfernung ein schwaches Licht. Bekker überlegte, er brauchte etwas, das er als Waffe benutzen konnte. Es würde sich schon etwas finden, entschied er und schlich weiter. Er war jetzt noch schätzungsweise fünfzehn Meter von der Lichtquelle entfernt.

»Geh noch ein Stück, Schack«, sagte eine harte Stimme in unmittelbarer Nähe. Der Kommissar drehte sich zur Seite und sah Jan Pfirsig direkt ins Gesicht. Dieser deutete mit seiner Waffe in Richtung Ufer. Bekker hatte nur ein Ansinnen, ein Ziel, er würde Klara retten. Um sich hatte er keine Angst. Schritt für Schritt ging er auf das Licht zu. Jan stieß Bekker immer wieder die Pistole in den Rücken und herrschte ihn an, schneller zu gehen.

»Ich weiß, dass ich nicht viel Zeit habe, du hast sicherlich deine Kollegen informiert.«

»Ja. Und auch deine Mutter«, log er.

Bekker wartete auf eine Reaktion, die aber ausblieb.

»Setz dich dahin«, sagte Jan und wies auf einen Baumstumpf, »und nimm die Arme hinter den Rücken.«

Er tat wie ihm befohlen, ließ jedoch die Hände gefaltet vor dem Bauch und sagte nur: »Nein, wir spielen hier nicht Cowboy und Indianer.«

Jan holte mit der Waffe aus und schlug dem Kommissar damit auf den Hinterkopf. Bekker fiel zu Boden.

»Komm hoch und nimm die Hände hinter den Rücken. Sonst knall ich deine Tochter gleich hier vor deinen Augen ab.«

Sein Kopf dröhnte, er raffte sich auf und vermied jedes Stöhnen oder Ächzen. Er würde, egal was auch passierte, ruhig bleiben. Wimmer bloß nicht um Klaras und dein Leben. Damit steigerst du nur seine Lust, sagte er sich. Er musste das Gespräch hinauszögern, was aber war mit Klara? Was hatte er mit ihr gemacht?

»Was willst du von mir, Jan?«, fragte er scheinbar völlig emotionslos.

»Nenn mich nicht bei meinem Namen.«

Bekker nickte leicht und wiederholte seine Frage leicht abgewandelt.

»Was willst du von mir, Juan?«

»Halt die Schnauze. Ich bin derjenige, der hier die Fragen stellt.«

»Und was soll ich dir antworten? Ich habe keine Antworten. Ich bin lediglich auf der Suche nach demjenigen, der in acht Tagen vier unschuldige Menschen auf dem Gewissen hat«, sagte Bekker gereizt und betonte dabei »unschuldig« besonders.

»Und du glaubst, dass du mich provozieren kannst? Du wirst noch um das Leben deiner Tochter betteln. Du hast doch keine Ahnung, was es bedeutet, einen Menschen zu verlieren.«

Ihm war klar, dass er unter keinen Umständen Angst zeigen durfte. Nur so gab es überhaupt eine Chance für Klara. Wenn er schwach wurde, würde Jan dies zum Anlass nehmen, ihn zu bestrafen. Er hatte einen Männlichkeitswahn, wollte seinem

Fantasiebild eines Mannes entsprechen. Nur konnte er seiner Mutter kein Mann sein und natürlich nicht die Rolle seines Vaters erfüllen. Wie auch, Bekker schüttelte den Kopf. Diese fixe Idee muss er sich über Jahre aufgebaut haben, er hat sein ganzes Leben danach ausgerichtet und dann ist er der Verführung in der Person von Reiner Kümmert erlegen. Du musst ihm Paroli bieten, Schack, das ist deine einzige Chance. Scheitern heißt in diesem Fall betteln, unmännlich sein. Erna war auf dem Weg, die Zeit lief für Klara und ihn. Cornelia hatte sie mehrfach von der rechten Spur abgebracht, wie auch hätte sie ihren Sohn verdächtigen können? Aber das war ohnehin müßig.

»Du bist ein elender Versager, Schack«, sagte Jan mit aggressiver Stimme, »und ich hatte wirklich erst angenommen, dass du anders bist.«

»Wie anders?«

»Du bist verantwortungslos, selbstgerecht und hast die Menschen, die dich gebraucht hätten, im Stich gelassen. Wasser predigen und Wein saufen, das trifft es am besten, wenn man deinen Charakter beschreiben will.«

Er musste ihn beschäftigen, aber bevor Bekker etwas sagen konnte, fuhr Jan ihn mit wutentbrannter Stimme an.

»Du glaubst wohl, ich bin ein kaltblütiger Mörder?«

»Du bist ein Jammerlappen, nicht mehr und nicht weniger. Was sollte das, die Opfer halbnackt irgendwo hinzusetzen? Was haben dir diese Menschen getan? Wahrscheinlich bist du einfach nur ein sadistisches Schwein.«

Jan Pfirsig holte aus und schlug ihm mit voller Wucht ins Gesicht, der Kommissar kippte über den Baumstumpf hinweg nach hinten. Der Schmerz war unerträglich, aber er hielt jede Regung zurück, der Gedanke an Klara gab ihm Kraft. Er würde nicht nachlassen, er hatte den Nerv des Jungen getroffen, musste ihn weiter mit Unterstellungen konfrontieren und so mehr Zeit gewinnen. Wieder zog er sich hoch und stützte sich am Stumpf ab.

»Das sind alles Leute, denen ich vertraut habe und die mich hintergangen haben.«

»Rede nicht so einen Stuss.« Bekker versuchte aufzustehen, doch Jan stieß ihn zu Boden.

»Du hast überhaupt keine Ahnung, was ich mitgemacht habe«, schrie er. »Ich musste meiner Mutter ...«, er stockte und sah den Kommissar an, »sieh dich doch mal an! Nichts hast du auf die Reihe gekriegt, dich von deiner Familie entfernt, deine Frau verlassen. Und vor allem deine Kinder. Bedeutet das für dich die Vaterrolle erfüllen? Du schwingst immer dieselben Reden, dieses unsägliche Gequatsche. Du lebst im Vorgestern, Schack, du hast dich nie gefordert, immer nur die anderen. Du hast es verdient! Spürst du endlich, wie es ist, wenn man etwas verliert, das man nie genug geschätzt hat.«

Bekker fiel ihm ins Wort.

»Du bist an dir und deiner fixen Idee gescheitert, Jan. Davon kann dich nichts und niemand befreien.« Bekker spuckte Blut aus. »Dein Wahn beherrscht dich. Du hast geglaubt, deinen Vater ersetzen und für deine Mutter der Mann an ihrer Seite sein zu müssen, aber das funktioniert nicht. Du hast Reiner Kümmert ermordet, weil du dich in ihn verliebt hast und er dich nur als Affäre ...«

»Nein«, schrie Jan, »nein, du verstehst überhaupt nichts. Mein Leben lang habe ich meine Mutter leiden sehen, sie ist nie über den Schock hinweggekommen, dass ihr Mann sie verlassen hat. Hast du überhaupt die leiseste Ahnung, wie es ist, wenn du helfen willst, diese Leere füllen willst? Ich weiß genau, was passieren wird, wie du meine Mutter behandeln wirst, wie sie wieder alleine zurückbleibt. Nein, nein«, brüllte er, »dieses Mal nicht! Bevor das geschieht, werde ich dich von deiner beschissenen Besserwisserei kurieren. Erst töte ich Klara und du überlebst das hier als Krüppel, dafür werde ich sorgen! Dann bin ich weg, Schack, einfach weg, spurlos verschwunden. Mein Boot liegt da vorne.« Er deutete zum nahegelegenen Ufer.

Er musste handeln, gleich würde sein Hass vollends ausbrechen. Jans Pistole schnellte nach vorne und Bekker an die Schläfe. Er befahl ihm, sich zu setzen und die Hände hinter den Rücken zu nehmen.

»Du hast bei all dem eine Sache vergessen«, der Kommissar nahm vorsichtshalber die Hände hinter den Rücken, »was wird deine arme Mutter dazu sagen?«

Einen Augenblick geschah nichts, dann begann Jan Pfirsig zu lachen, er schüttelte sich regelrecht vor Lachen, seine Augen waren weit aufgerissen, er blickte ihn mit wildem, wutentbranntem Gesicht an. »Hast du Idiot denn gar nichts begriffen? Jeder bekommt seine Strafe, nicht nur du«, brüllte er ihn an und holte zum Schlag aus.

Jetzt oder nie! Bekker sprang auf wie ein entfesseltes Tier und rammte Jan dabei die Schulter ans Kinn, dass dieser zu Boden stürzte. Er war sofort über ihm, wollte zuschlagen, sah jedoch die leeren Augen des Jungen und hielt inne. Die Handschellen, die für ihn selbst gedacht waren, legte er Jan Pfirsig an, dann raffte er sich auf und sah sich um. Klara konnte nicht weit sein. Er stolperte zum Fluss und suchte das Ufer ab. Nur ein paar Meter weiter zur Inselspitze hin lag sie gefesselt und geknebelt da. Sie war bei dem Versuch sich zu befreien, mit dem Unterkörper ins Wasser gerutscht. Bekker zog sie heraus und befreite sie, dann riss er sich die Jacke vom Leib und legte sie seiner Tochter um. Sie war am Leben, zitterte jedoch so sehr, dass sie keinen Ton mehr herausbrachte. Aber ihre Augen sahen ihn liebevoll an. Bekker drückte sie behutsam an sich.

Wenig später wurde es hell um sie herum, Hundegebell war zu hören und im selben Moment stand Erna atemlos neben ihnen. Gleich darauf tauchten Sanitäter auf. Sie half ihm aufzustehen und stützte ihn auf dem Weg zurück. Cornelia saß wimmernd neben ihrem Sohn. Der Kommissar blickte weg und ging weiter. Nie hätte er gedacht, dass er einmal so reagieren würde. Tränen liefen über seine Wangen. Am Rettungswagen setzte Erna den Kommissar ab, umarmte ihn und ging zurück zum Tatort. »Vier Tote und keinen Seelenfrieden«, sagte er vor sich hin und nahm ein Glas Wasser entgegen, dass ihm einer der Sanitäter hinhielt.

35

Schack Bekker verbrachte, wie seine Tochter, die Nacht im Krankenhaus. Am späten Nachmittag entließ ihn der Stationsarzt auf eigene Verantwortung. Wieder und wieder hatte er sich vorzustellen versucht, was in Jan vorgegangen sein musste, dass er schließlich in einem solchen Wahn endete. Kein Motiv alleine hätte genügt, um zu erklären, warum der Junge so gehandelt hatte. Aber das Gefühl verantwortlich zu sein, einem bestimmten Männerbild zu entsprechen und eine Rolle erfüllen zu müssen, die er letztendlich nie hatte erfüllen können, hatten ihn den Verstand gekostet. Dann die Erkenntnis, schwul zu sein und sich darauf eingelassen zu haben, was keineswegs leicht gewesen sein mochte. Das Fass zum Überlaufen brachte wohl die Tatsache, dass Kümmert ihn zurückwies. Jan schien gerne die Schuld bei anderen zu suchen, konkret bei Reiner Kümmert. Der unbändige Hass gegen sein Schicksal, den er wie eine Natter an seinem Herzen genährt hatte, ließen die tickende Zeitbombe schließlich hochgehen. Wie eine Natter an seinem Herzen genährt, geisterte durch Bekkers Kopf. Dazu passte die Blutspur auf den Oberkörpern. Ironie des Schicksals? Niemand war frei von Bildern. Manchmal verrieten sie so viel mehr über das eigene Denken, als man anzunehmen wagte. Der perfekte Mann wollte er sein. Für sich und seine Mutter. Und zudem als Mann seinen Vater übertreffen, der sie verlassen hatte.

Jan hatte ihm zeigen wollen, wie sich das Drama des Verlustes anfühlt, indem er Klara vor seinen Augen töten würde. Der Kommissar bemerkte, dass er trotz allem ein gewisses Maß an Mitgefühl für ihn hatte. Es verwunderte ihn. Warum hatte sich Jans Wut gegen Klara gewandt, die er noch nicht einmal kannte? Was hatte er ihm auf der Petersaue gesagt? Er solle spüren, was Verlust bedeutet. Wahrscheinlich hatte er Jans Hoffnung enttäuscht, der sich möglicherweise eine Vater-Sohn-ähnliche Beziehung zwischen ihnen erwartet hatte. Dessen Offenheit ihm gegenüber hatte er als selbstverständlich angenommen, ohne zu erkennen, dass dies wohl ganz und gar nicht so war. Zu diesem Zeitpunkt hatte Jan bereits jeden Sinn für die Realität verloren. Hatte er Klara womöglich als Konkurrentin empfunden? Diesen Gedanken verfolgte er nicht weiter.

Wieso nur hatte er auf Cornelia gehört? Mehrfach hatte er in die richtige Richtung ermittelt und sich von ihr abbringen lassen. Natürlich hatte sie ihrer Mutterliebe wegen die Hinweise gegen ihren Sohn nicht richtig einordnen können. Ein unglücklicher Zustand neben vielen anderen in diesem Fall. Hätte er beispielsweise gewusst, dass Jan und nicht Cornelia den Wunsch geäußert hatte, in die Don Giovanni-Aufführung zu gehen, wer weiß, ob er dann den Fall nicht schneller hätte lösen können. Auch der Umstand, dass Jan wohl über ihre Schritte informiert gewesen war. Dazu hätte selbst beiläufiges Mithören ausgereicht, aber er war ja sogar bis zu einem gewissen Grad eingeweiht.

Bekker saß, eingewickelt in eine Decke, in seinem Lehnstuhl auf dem Balkon und trank heißen Vanilletee. Obgleich es ihm körperlich miserabel ging, fühlte er eine ungeheure Gelassenheit. Klara ging es besser, er war noch bei ihr gewesen und hatte lange am Krankenbett gesessen. Der zuständige Arzt hatte ihm gesagt, dass sie keine bleibenden Schäden zurückbehalten würde. Der Kommissar nickte vor sich hin, als ob damit die Prognose zur Gewissheit werde. Was passierte jetzt mit der Beförderung? Meiner würde schon einen Grund finden. Und im Grunde passte es doch auch gar nicht zu ihm. Eigentlich war es ihm ... Es klingelte an der Tür. Mit Mühe kam er aus seinem Stuhl hoch und ging an die Sprechanlage. Es war Leo Anrim, der nach ein paar Minuten schnaufend oben vor seiner im Tür stand.

»Du siehst ja fast so schlimm aus wie ich damals, Schack.«

»Wirklich beruhigend, wenn du das sagst.« Dabei drehte er sich zu seinem Wandspiegel um und betrachtete seinen geschundenen Körper.

»Na ja, es hätte noch schlimmer kommen können«, murmelte er.

Anrim legte den Arm um seine Schulter und klopfte Bekker sanft auf den Rücken. Mit einer zweiten Tasse für den Goldschmied setzten sie sich auf den Balkon. Die Glocken von St. Ignaz läuteten. Leo betrachtete seinen Jugendfreund, der die Augen geschlossen hatte, aber innerlich noch immer bebte. Sein Gesichtsausdruck hatte etwas Friedliches, aber auch Verwundetes, ganz so, als habe er in einen Abgrund geschaut, den man erst dann als solchen wahrnimmt, wenn man ihm kaum mehr entkommen kann.

»Es geht mir gut, Leo«, sagte Bekker plötzlich und lächelte. »Weißt du, wenn einem dieser ganze Mist irgendetwas klarmacht, dann eines: Man selbst ist bei Weitem nicht so wichtig wie es sich manchmal anfühlt. Als ich Klara am Rhein warm gehalten habe und ohne zu zögern mein Leben für das ihre gegeben hätte, war mit einem Mal alles gut, Leo, alles.«

Peter Jackob wurde 1965 in Mainz geboren. Studium der Allgemeinen und Vergleichenden Literaturwissenschaft, das er mit der Promotion abschloss. Er lebte vierzehn Jahre in Italien und kehrte 2008 nach Mainz zurück.

Kriminelle Veröffentlichungen: »Die Jagdgesellschaft. Ein Sherlock Holmes Roman« (Konrad Kirsch Verlag 2007), »Narren-Mord. Ein Mainzer Fastnachtskrimi« (Leinpfad Verlag 2009), »Aus die Maus« in: »Gleich nebenan, Kurzkrimis aus dem Mörderischen Rheinhessen« (Leinpfad Verlag 2010), »'s Rahmsüppche« in: »Mörderisches Rheinhessen 4. Ein Mord zu viel« (Leinpfad Verlag 2011). www.peter-jackob.de